邊境玫瑰

[邊境 vol. 01]

On the Edge

伊洛娜．安德魯斯（**Ilona Andrews**）——— 著
唐亞東——— 譯

邊境玫瑰 — 邊境 01 目次

獻給我的丈夫
我賭你沒料到會有這本書

致謝

如果沒有我的編輯安．舒華茲，就不會有這本書，她給了這個古怪的點子一次機會，並且再度發揮指引與洞察的力量，把一團混亂變成了一本書。還有我的經紀人南希．約斯特，總是爲我的最大利益著想並拯救我。我在這裡向兩位致上謝意。

有許多人參與製作了這本書。感謝安奈特．費歐．迪費斯搶眼的封面設計；感謝維多莉亞．薇貝兒令人驚艷的封面繪圖；感謝克莉絲汀．德羅薩里歐的內頁排版設計【編按】；感謝瓊安．馬修斯審稿（天曉得妳怎麼受得了我）；感謝製作編輯蜜雪兒．卡斯伯與助理製作編輯安卓梅姐．馬可利確保整個案子順利進行；感謝編輯助理卡麥蓉．德芙蒂於危急中解救我；感謝Ace的公關人員羅珊娜．洛曼尼羅努力宣傳我們的書。我深深地感謝你們。

最後，我要謝謝我的讀者。沒有你們，這一切都不會成眞。

編按：封面設計、繪圖及內頁排版設計爲原文版本之狀況。

第一章

「小蘿！」爺爺的吼叫聲撼動了屋子的地基。

「我造了什麼孽？」蘿絲用抹布擦掉手上的洗碗精泡沫，抓起掛勾上的十字弓，重重踏上門廊。

「小——蘿！」

她踢開紗門，看見他在庭院中佇立——一頭亂髮的高大男人瞪大瘋狂的眼睛，糾結的鬍鬚染血，顫搖著幾綹花白。她平舉起十字弓瞄準他。爺爺又醉得不像話了。

「怎樣？」

「我要去酒吧，我想喝酒。」吼叫削弱成一聲嗚咽。「給我點錢！」

「不行。」

他朝她齜牙咧嘴，身軀不穩地搖晃。「小蘿！這是妳最後一次機會，給我錢！」

她嘆了口氣朝他發箭，正中眉心，爺爺像根木材一樣往後倒，雙腿撞上地面。

蘿絲將十字弓底撐在腰上。「好了，出來。」

兩個男孩從一棵枝椏覆蓋住整座庭院的大橡樹後面溜出來，身上沾滿紅泥、樹脂，以及八歲和十歲小孩能在樹海裡找到的其他不明物體。喬奇脖子上掛了一道歪七扭八的刮痕，金髮上插著根棕黃松枝。杰克指節的皮膚布滿紅痕，他發現她盯著自己的手看，眼睛睜大，琥珀色虹膜黃光一閃，將拳頭藏到背後。

「我要說多少次——別動結界石。看看克利特爺爺！他又一直吃狗腦，吃到爛醉如泥，我得花半小時才能把他沖乾淨。」

「我們很想他。」喬奇說。

她嘆氣。「我也想他，但他醉醺醺的對任何人都沒有好處。你們兩個過來，我們把他弄回小屋去，幫我抬他的腿。」

他們一起將爺爺僵直的身軀拖回空地邊的小屋，丟在木屑上。蘿絲從小屋角落解開金屬鍊拖來，鎖上爺爺的頸圈，並拉開他的左眼皮檢查瞳孔。還沒變紅，射得好——他會昏迷不醒好幾個小時。

蘿絲一腳踩上他的胸口，抓住箭矢，使勁扯出來。她依然記得他原本的模樣：高大、俐落的男人，細劍使得凌厲無比，說話帶著輕微的蘇格蘭口音。儘管年邁，但每和爸爸比劍三次仍能贏上一次。現在卻成了這種……這種東西。她嘆氣。看到他讓人難過，然而他們束手無策。只要喬奇活著，克利特爺爺就不會死。

男孩拿了水管過來。她打開水管，在水管口裝妥噴水器，將水柱對準爺爺，沖掉所有血跡和狗肉。她永遠不懂「去酒吧」和追逐流浪狗、吃掉牠們的腦袋怎麼會是同一件事，不過只要爺爺離開結界，所有野狗都有危險。等到她把爺爺沖乾淨，他額頭上的洞已經閉合了。喬奇讓死者復甦時，不只賦予生命，還讓他們變得無法摧毀。

蘿絲走出小屋反手鎖上門，將水管拖回門廊。她越過隱形結界線時，感覺到皮膚一陣刺痛——小鬼一定把結界石放回去了。她瞇起眼看向草地，就在那裡，一排看似尋常的小岩塊，彼此間隔四呎左右，每顆都蘊藏著少許魔力，組合起來便能創造出隱形結界，足以在爺爺再次扯斷鍊條時將他困在小屋裡。

蘿絲揮手要男孩站到一旁，然後她舉高水管。「輪到你們了。」冷水讓他們抖了一下，她有條不紊地將他們從頭到腳沖得乾乾淨淨。她看見杰克腳上的泥巴溶化，露出Skechers鞋上兩吋長的裂縫，立刻丟下水管。

「杰克！」

他縮了一下。

「那雙鞋要四十五元！」

「對不起。」他囁嚅。

「明天是開學日！你做了什麼？」

「他爬到松樹上抓吸血鳥。」喬奇說。

她怒目而視。「喬奇！今晚隔離三十分鐘，處罰你打小報告。」

喬奇咬嘴唇。

蘿絲瞪著杰克。「是眞的嗎？你在追吸血鳥？」

「我忍不住，牠們的尾巴一直搖……」

她想揍他。的確，他忍不住——生為貓科動物並不是他的錯，但這是她為了他開學買來的新鞋，一毛一毛省下來買的鞋子，免得他只能穿喬奇的破舊運動鞋，她只希望他可以和其他二年級生看起來一樣體面。這太傷人了。

杰克的臉皺成僵硬的慘白面具——他快哭了。

她察覺一陣微弱的魔力波動。「喬奇，別試圖讓鞋子復活，那一開始就不是生物。」波動止息。

一股特殊的絕望湧現，痛苦轉為某種麻木，胸口的壓力加劇。她受夠了，受夠了斤斤計較每一分錢，受夠了仔細分配每樣東西，受夠了一切的一切。她得去幫杰克買雙新鞋，不是為了杰克，而是為了維持自己的理智。蘿絲不知道該怎麼解決這筆額外支出，只知道要立刻幫他買雙新鞋，否則她會爆炸。

「杰克，你記不記得，如果被吸血鳥咬了，會有什麼後果？」

「我也會變成吸血鳥？」

「對。你不能再去追那些鳥。」

他垂下頭。「妳要處罰我嗎？」

「對。但現在氣到沒辦法處罰你，回家之後再說。去刷牙、梳頭，換上乾衣服，然後拿槍，我們去沃爾瑪超市。」

老舊的福特卡車在凹凸不平的黃土路上顛簸前進，獵槍在車廂地板碰撞作響，喬奇自動自發地伸腳壓住。

蘿絲嘆息。在邊境這裡，她能好好保護他們，但他們即將離開邊境，進入另一個世界；而他們的魔力一越界就會消失，地板上的兩把獵槍將是僅有的防身武器。蘿絲感到強烈的愧疚，要不是因為她，他們根本不用獵槍，老天，她不想再次被襲擊，尤其是弟弟們在車子裡的時候。

他們活在兩個世界的夾縫中：一邊是異境，一邊是殘境，兩個次元彷彿彼此的鏡像般鄰接存在。而兩個次元「接觸」的地方微微交錯，形成同時屬於兩個世界的狹長土地——邊境。魔法在異境中豐沛如深潭，在邊境裡只是涓涓細流，但在殘境，他們沒有任何魔法防身。

蘿絲看見道路兩側的樹海，粗壯樹木長滿狹長的硬實土地。她每天開車駛過這條路到殘境上班，但今天那些結滿樹瘤的巨木間陰影令她滿心焦慮。

「我們來玩『不能』的遊戲，」為了抵擋漸增的恐懼，她說：「喬奇，你先來。」

「上次已經是他先了！」杰克的眼眸發出琥珀色光芒。

「才怪！」

「就是！」

「喬奇先來。」她再說一次。

「過了交界線，就不能讓死掉的東西復活。」喬奇說。

「過了交界線，就不能長出毛皮和爪子。」杰克說。

他們每次開車前往殘境時都玩這個遊戲，這是提醒兩個男孩什麼事不能做的好方法，比任何說教都有效。殘境裡很少人知道邊境或異境的存在，保持現狀對所有人來說都比較安全。她憑經驗知道，試圖對殘境的人解釋魔法的存在不會有好結果，雖然不至於被關進精神病院，但絕對會被視為古怪的白痴，讓所有人在午餐時間對妳敬而遠之。

對大多數殘境居民來說，世界上沒有殘境、沒有邊境，也沒有異境。他們生活在地球北美洲大陸上的美利堅合眾國，事情就是這樣。大多數住在異境的人也看不見交界線，只有特殊的人才能察覺交界線的存在，而小鬼們得謹記這一點。

喬奇碰她的手，輪到她了。「過了交界線，就不能躲在結界石後面。」她瞥向男孩，但他們繼續說，對她的恐懼渾然不覺。

路上杳無人跡。晚上這種時間，很少會有邊境人開到這條路來。蘿絲加速，急著解決這趟行程，回到安全的家裡去。

「過了交界線，就不能找到不見的東西。」喬奇說。

「過了交界線，在黑暗裡就不能看到東西。」杰克咧嘴笑。

「過了交界線，就不能用電光。」她說。

電光是她最強大的武器。大多數邊境人擁有獨特的天賦——有人能預言，有人能治療牙痛，有人像喬奇一樣能讓死者復活，有人像奶奶和她自己一樣能施咒。不過任何人都能學會使用電光，那和天分無關，只要練習支配體內的魔力，以一陣宛如鞭子或閃電的爆發導出身體。只要是有魔力的人就能學會電光，而電光的顏色越淺，溫度和強度就越高。強烈、明亮的電光是十分可怕的武器，可以將人體像熱刀切奶油一樣切開。大多數邊境人無法讓電光的熱度提升到足以毀壞或傷害任何東西，因爲他們血統不純，又住在魔力稀薄的地方，所以電光多呈紅色和深橘色，只有少數幸運兒能弄出綠色或藍色電光。

他們所有麻煩始於她的電光。

不，蘿絲回想，他們的麻煩早就夠多了。崔頓家不太走運，太過聰明、太鑽牛角尖，對自己一點好處也沒有。爺爺是流浪的海盜；爸爸是淘金客；奶奶頑固得像山羊一樣，又自以爲比別人清楚狀況；媽媽是蕩婦。不過除了崔頓家，這些問題沒影響到任何人。而蘿絲在畢業慶典上施展白色電光，卻讓無數邊境家族的目光聚集到他們這個小家庭來。就算是現在，就算看到地板上的獵槍，她還是不後悔那麼做。她覺得愧疚，希望事情能有所不同，但再給她一次機會，她還是會那樣做。

前方的路轉了彎，蘿絲轉彎的速度有點過快，卡車的彈簧嘎嘎作響。

有個男人站在路上，在漸深的暮色中有如一道灰漬。

她猛踩煞車。福特卡車在堅硬的黃土路面打滑，發出尖銳的聲響。她看到一抹淺金色的長髮，以及一雙直盯著她的犀利綠眸。

卡車猛衝向他。但她煞不住。

男人筆直躍起，穿著深灰靴子的雙腳砰地一聲踏上卡車的引擎蓋後一閃而逝。男人越過車頂跳到路旁，消失在樹海裡。

滑行的卡車停了下來，蘿絲大口吸氣，心臟在胸口猛跳，指尖刺痛，舌頭嚐到苦味。

她按下按鍵鬆開安全帶，拉開門，跳到馬路上。「你受傷了嗎？」

樹海一片死寂。

「聽到了嗎？」

沒有回應，那個人離開了。

「蘿絲，那是誰？」喬奇的眼睛瞪得像茶碟一樣大。

「我不知道。」她感到一陣釋然。她沒撞到他。她差點嚇死，但沒撞到他。大家都沒事，沒有人受傷，大家都沒事……

「你們有看到劍嗎？」杰克問。

「什麼劍？」她只看到那頭金髮、綠眸和類似斗篷的東西，甚至連對方的長相都不記得——只是一道灰漬。

「他有一支劍，」喬奇說：「在他背上。」

「兩把劍，」杰克糾正：「一把在背上，一把在腰帶上。」

有些年長的本地人喜歡用劍，但沒人有金色的長髮，也沒人有那樣的眼睛。多數人看見迎面而來的卡車會害怕，他低頭瞪她的眼神卻彷彿在說，她差點把他碾過去是在侮辱他。他就像這條馬路的王一樣。

邊境出現陌生人絕對不是好事，繼續逗留並不明智。

杰克嗅聞空氣，像每次尋找氣味來源時那樣皺了皺鼻子。「我們把他找出來。」

「不行。」

「蘿絲……」

「你們就快倒大楣了。」她爬回卡車，關上門。「我們不會去追自以爲了不起到無法靠邊走路的豬頭。」她冷哼，努力控制心跳速度。

喬奇張開嘴。

「不准多說一個字。」

幾分鐘後，他們來到交界線，離開邊境，進入殘境。蘿絲總是能清楚察覺越過交界線的那一刻。首先，焦慮穿過胸口，緊接著是一瞬間的強烈騷動；然後是疼痛，彷彿顫抖的魔力、存在體內某處的溫暖火光在越界的時候死去。那股疼痛眨眼即逝，但她總是很害怕，那讓她感覺少了什麼。殘缺，就是這個沒有魔法的次元名稱由來。

在邊境另一端有條類似的交界線，守護著通往異境的道路。她不確定自己的魔力是否強大到足以保住性命，因此從未試圖越過那裡。

他們毫無困難地進入了殘境。樹海止於邊境的盡頭，喬治亞州平凡的橡樹和松樹取代了古老的黑暗樹木，黃土路也變成了人行道。

他們沿著狹窄的兩線道行駛，經過兩座加油站來到主要幹道。蘿絲確認大路上的來車，接著往右轉，朝松林泥炭地鎮上前進。

一架飛機在他們頭頂上轟隆作響，準備在不遠處的薩凡納機場降落。樹海的盡頭是半完工的購物廣場和工程設備，散布在喬治亞州的紅土堆間，放眼望去，湖泊、溪流星羅棋布——海岸距離這裡只有四十分鐘車程，地面上的坑洞都先後被水淹沒了。他們越過旅館——凱富飯店、騎士旅館、萬豪酒店、大使套房飯店——在紅綠燈下稍停，越過高架橋，終於轉進人來人往的沃爾瑪超市停車場。

蘿絲將車子停到一旁，拉著門讓男孩下車。杰克的眼眸不再閃爍琥珀光芒，成了單純的暗棕綠色。她鎖好卡車，檢查車門以防萬一——緊緊鎖上了——接著邁向燈火通明的門口。

「好了，記住。」她一邊說，三個人一邊走進晚上的購物人潮中。「買完鞋就走，我說真的。」

第二章

在杰克腳穿上一雙黑藍色的小鞋子前，都沒人開口說話。那不是Skechers，但看起來夠像了。如果要買正牌貨，她得到薩凡納城裡的購物中心，還得省下每一滴汽油，免得沒辦法上班。蘿絲蹲下，用手指壓壓鞋子頂端，確認杰克的腳趾位置，空間很夠。他長大的速度像雜草一樣快，她一直努力買稍微大一點的鞋子。「會感覺太大嗎？」

杰克搖頭。

「你喜歡嗎？」

杰克點頭。

「好。」她說，看了看標價。二十七元九毛九，就算上面標五十元她也會買。

兩個男孩非常安靜地望著她，像兩隻嚇壞的兔寶寶。蘿絲嘆口氣。「想看看玩具嗎？」

「看」這個字發揮了作用。男孩盯著模型人偶，被彩色塑膠的鎧甲和肌肉迷住。蘿絲在貨架盡頭徘徊，腦中不斷回想路上那個陌生人。他不是本地人，她很確定。

這一帶的邊境很狹窄，只有將近十二哩寬，甚至算不上城鎮，不過是零星散落在樹海邊緣的幾戶人家幾棟房子，卻有個響亮的名稱叫「東門區」。她認得所有本地的邊境人，很肯定以前從不曾見過那個馬路大王。那不是一雙她會忘記的眼眸。

如果他不是來自東門區，就很可能來自異境。殘境的人偏好用槍，而不是劍。

蘿絲咬住嘴唇。像她這樣的邊境人能在不同的世界間自由來去，但從殘境或異境進入邊境，對那些不是在邊境出生的人卻是另一回事。

首先，大多數異境和殘境的人看不見各自世界的交界線。如果殘境人試圖跟蹤她進入邊境，她一跨過交界線，就會從他們的視線中消失，上一秒她還在，下一秒就消失無蹤，而他們會繼續行駛在自己的世界中。因爲他們察覺不到交界線，對他們而言，邊境根本不存在，就像一扇永遠緊閉的門後的房間般不存在。另一邊的異境人大多也無法察覺交界線，對隔壁這個奇怪的地方和後頭更奇怪的世界一無所知，正常地過他們的日子。

當然，規則總有例外。有些殘境人生來具有魔法天賦，沉睡的魔力會在某天覺醒，讓他們撞見一條陌生的道路，決定看看路通往何處。有些異境人有辦法找到另一個次元，而那帶來第二個問題——越過交界線會痛。

這問題沒辦法解決。像她這種人住在邊境，是因爲這是唯一能夠保有魔力的地方，而在殘境讀書工作，是因爲那裡才能賺錢過活。不過，邊境人越過交界線時只會感覺到輕微疼痛和不適，出生於殘境或異境的人卻會感覺到劇痛。

然而，少數夠堅強的人還是能越過交界線。來自異境的商隊每三個月左右會造訪一次東門區。她和大多數邊境人一樣，用存下來的每分錢到殘境買雜貨：百事可樂、褲襪、名牌鋼筆。當商隊抵達時，她會翻出壓箱寶高價賣給商隊領隊，或者交換從異境來的商品，大多是奇特的珠寶或異國風情飾品，然後將這些商品拋售給幾個殘境商人，小賺一筆。

商隊不會停留太久。世界非常飢渴，在殘境停留太久會喪失魔力；在異境停留太久會被魔法侵蝕，再也無法回到殘境。邊境人有一點豁免權——他們能在兩個世界停留比其他人稍長的時間，但就算是他們也終究要屈服。從異境越界到殘境的名人之一彼得．潘戴克多年前就喪失了魔力，甚至連邊境都再也無法進入。

什麼原因會讓一個異境人忍著痛、冒著失去魔力的危險進入邊境？他不是跟隨商隊而來，商隊要再過兩個星期才會到。他一定是為了某個迫切的原因。或許，他是為了她而來。

這個念頭讓她愣了一下。不對，她決定，已經三年不曾有人來找她了。他很可能根本不是來自異境。邊境狹窄但綿長，和世界本身一樣長，東端沉入海洋，往西則延伸好幾千哩。的確，樹海通常會將訪客阻擋在外，不過偶爾還是會有旅人出現。據說西方的邊境比較寬，謠傳西方有座大城市的泰半面積就在邊境的土地上，或許他來自那裡。*沒錯，一定是這樣。*

話說回來，誰管他是從哪裡來的？

蘿絲嘆氣，拿起一大瓶附有四根泡泡棒的泡泡水。喬奇喜歡泡泡，可以讓泡泡在空中靜止將近二十秒。她已經為了鞋子花了一大筆錢，乾脆一不做二不休，畢竟喬奇沒犯任何錯，而杰克弄壞新鞋好像反而獲得獎勵。她不如買下這瓶泡泡水，對喬奇來說會是很好的練習，有助於學會使用電光……

她突然發覺杰克得到新鞋，喬奇卻只有一瓶爛泡泡。那不公平。她不管怎麼做都不對。老天，她到底該怎麼辦？買下泡泡水，還是只買那雙鞋？她希望有本指南之類的東西或某種說明書，清楚指示有責任感的父母該怎麼處理這種情況。她在腦海中想像著二十年後的喬奇銬著腳鐐、坐在某個殘境的精神科醫生面前。「嗯，你知道，一切都是從泡泡開始的……」

走道上的喬奇說了些話，接著有個低沉的男性嗓音回應。蘿絲腦中警鈴大響。她傾身，躲在陳列的泡泡液附近偷看。一個男人站在兩個男孩身邊說話，她放下泡泡液，大步走向那個陌生人。

他背對她而立——寬肩十分結實，身上褪色的綠T恤在肩部繃緊，到了腰部則寬鬆許多。看得出那件T恤已經穿了好一陣子，牛仔褲也不遑多讓，老舊破損，因為塵土長時間卡在布料上而變得灰撲撲的。深色的頭髮留得稍長，不過沒有長到肩膀。

他不是本地的邊境人，而如果他才剛從邊境或異境過來，杰克聞得出來。越過交界線後，魔法就無法作用，不過杰克的嗅覺仍然比常人靈敏，而身上有魔力的人會散發出獨特氣息。她自己從來不曾聞到，但杰克宣稱他們聞起來像派一樣，無論那是什麼意思。她嚴格要求杰克，只要在殘境碰到身上有派香味的陌生人，就必須立刻告訴她。

她走近時，聽見男人的聲音。「……對，但手臂不會動，就固定成那樣。你們無法用它戰鬥。」他聽起來不像戀童癖，但戀童癖從聲音根本聽不出來，他們聽起來像你家隔壁奉公守法、乖乖上教堂的好鄰居，而且對小孩非常親切。

喬奇看見她。「蘿絲，他也喜歡這些玩具。」

「這樣啊。」她說。如果他們人在邊境，而她又懂得如何轉化魔力影響環境，她的語氣會讓方圓二十碼內的一切結冰。「他也常常在玩具區遊蕩，找小男孩搭訕嗎？」

那男人轉過身來。他看起來將近三十歲，瘦削的臉配上方正的下頷和雕像般的顴骨，臉上沒有半點嬰兒肥，雙頰凹陷，鼻型窄而俐落，她審視他深邃的淡棕色雙眼，那雙眼睛令她安心——非常誠實率直。她決定這男人不是戀童癖，或許只是個找玩具區的小朋友聊天的好人。

他舉高手，從貨架頂層拿下一個海盜模型。「這個可以動，你可以幫它擺姿勢。」他將玩具交給喬奇，兩個男孩低頭研究。「抱歉，」他告訴她，「我不是故意害妳緊張。」

「我沒有緊張。」她稍微緩和語氣中的敵意。

「是我的錯。」他回頭轉向那些玩具。

她站到他身邊，感覺有點不知所措。「幫你自己還是你兒子買？」她問，沒話找話。

「幫自己買。」

「啊。你是蒐藏家？絕不拿出盒子的那種？」噢，太好了。她想，沒有見好就收，還問這個陌生人更多問題，努力冒犯他。

他瞥她一眼。「不，我會拿出來玩。我會擺設大型戰場，也會照重量大小分門別類。」他的口氣微帶一絲挑釁。

「你有很多玩具嗎？」喬奇問。

「四箱。」

他故意的。蘿絲突然怨恨地想，接著立刻打住這個念頭。他只是在回答問題，不可能知道她買不起玩具給他們。她必須結束這段對話，買下那雙該死的鞋子，然後回家。

「我一直在等他們推出好的科南【註一】模型，但一直沒看到，」那男人說：「所以就死心了。今天本來想找綠箭俠【註二】，但沒看到。」

「哪一版的綠箭俠？」

他懷疑地看她一眼。「『苦旅英雄』【註三】那一版。」

蘿絲點頭。身為兩個弟弟的姊姊讓她成為動作英雄模型專家。「DC Direct【註四】出的？街角的平行宇宙漫畫店有，要三十美元。」這句話就這樣脫口而出，她想賞自己一巴掌。

他睜大眼睛。「妳可以告訴我店在哪裡嗎？」

「我們可以帶你去。」喬奇主動提議。

她瞪他。

「我們可以帶他去漫畫店吧，蘿絲？」杰克瞪大了眼睛。「拜託。」

蘿絲必須用盡全力阻止自己咬牙切齒。

「沒關係，」那人說：「我自己去找。謝謝妳告訴我那裡有。」

他看著她的眼神彷彿她是某種瘋子。「不，我們帶你去。」蘿絲聽到自己說：「就在街角，只是很難解釋怎麼走。來吧，小朋友。」

五分鐘後，四個人沿著沃爾瑪超市那一側的人行道往前走。

譯註一：科南（Conan）是美國作家勞勃・歐文・霍華德（Robert Ervin Howard, 1906-1936）所著奇幻小說《蠻王科南》（*Conan the Barbarian*，一九三二年起於*Weird Tales*雜誌連載）主角。《蠻王科南》曾改編成漫畫和電影，電影《王者之劍》（*Conan the Barbarian*, 1982），為阿諾・史瓦辛格成名作。

譯註二：綠箭俠（Green Arrow）為美國DC漫畫的虛構超級英雄，一九四一年開始於*More Fun Comics*雜誌連載，二〇一二年被改編為同名影集。現代羅賓漢形象，使用擁有不同特殊效果的綠色弓箭打擊犯罪。

譯註三：「苦旅英雄」（*Hard Traveling Heroes*）是DC Direct於二〇〇〇年推出的模型系列，除了綠箭俠，尚有綠光戰警（Green Lantern）與黑金絲雀（Black Canary）。

譯註四：DC Direct，DC漫畫與華納公司旗下的玩具精品線，一九九八年至二〇一二年發行多款模型等周邊商品，二〇一二年DC漫畫宣布將此線更名為DC Collectibles。

「再次謝謝妳。」那人說：「我是威廉。」

「蘿絲。」她說，沒再多說一個字。

男孩們似乎很喜歡威廉，杰克尤其看得目不轉睛，那很合理——杰克年紀太小，連爸爸都不記得，而且和所有男性親戚相處時間都不夠長，沒有太多印象。身爲被離家尋找某種黑暗寶物的父親遺棄的孤單小男孩，杰克迫切地渴望男性的陪伴。

「我有新鞋子。」杰克說。

威廉停下腳步，看他的鞋子。「好酷的鞋。」

杰克微笑，那抹小小的微笑有幾分遲疑。他不常微笑，如果蘿絲現在逮到爸爸，很可能一拳將他揍倒在柏油路上。

喬奇深吸口氣，明顯不想被排除在很酷的範圍之外。她幾乎可以聽到他金髮下腦袋裡輪子轉動的聲音，她該買那些該死的泡泡給他才對，這樣他至少可以說自己也有新玩意兒。

喬奇眼睛眨了幾次，終於脫口說出唯一想得到的新鮮事。「我因爲打小報告被處罰。」

「眞的嗎？」威廉說。

蘿絲身體繃緊。如果他提起吸血鳥，她就得想辦法解釋，不過喬奇只點了點頭。「嗯嗯。」

「那或許不太妙。」

「對。」

威廉瞥向她。「你姊姊常常處罰你嗎？」

「不，她通常會這麼做——」喬奇完美地模仿她翻白眼的模樣，嘀咕說：「我造了什麼孽？」

威廉看著她。

「你怎麼會認爲我是他們的姊姊？」

他聳肩。「妳看起來太年輕了，再說，大多數小孩不會叫自己母親『蘿絲』。」

他們來到人行道底端。她牽起兩個男孩的手一起穿過馬路，走過一間小型購物中心的草地。「所以你不住附近？」

「不，幾星期前才從佛羅里達搬到這裡，」威廉說：「這裡的工作比較好。」

「你的工作是什麼？」

「鋪地板。」

蘿絲點頭。這一帶正在發展，每次她開車經過，就會看到又一片森林被清除，挪出空間來蓋新的建案和購物中心。地板工人在這裡可以大賺一筆，難怪他買得起四箱玩具。

平行宇宙漫畫店被夾在一間咖啡廳和一間優比速快遞站中間，以漫畫店的標準來說相當乾淨整齊。過去的彼得．潘戴克是異境海軍准將彼得．潘戴克，血海之鞭和異境艾朮昂里亞王國忠誠的私掠船長。十年前，他從異境退休來到殘境，用某種方式將一輩子的儲蓄換成貨眞價實的美金，開設了平行宇宙漫畫店。彼得管理漫畫店的方式想必和他管理船隻一樣——裝潢樸素，漫畫依照出版社和書名分類，每一本都包上乾淨的塑膠套，清楚地貼上價格標籤。不二價，彼得討厭討價還價。

他一臉陰沉地招呼她。蘿絲知道這不是針對她個人。她是個麻煩，而比起討價還價，彼得更痛恨麻煩。

「在這裡，」喬奇拉著了一下威廉的袖子，「就在那邊。」

威廉跟著喬奇和杰克走到店深處。

她對彼得微笑，而他努力模仿復活節島的石像。她避開他的盯視，走到店深處，一路看著牆上的圖像小說。她喜歡漫畫，也喜歡書，那是她瞭解殘境的窗口，帶給她夢想。

《天才少女》……她時常希望自己能像漫畫裡的主角阿嘉莎一樣，用生鏽的叉子、嚼過的泡泡糖和一根線做出超級武器【註一】。蘿絲拿起一本包在塑膠套裡的漫畫，二十元……這輩子休想。她抬頭看見威廉聆聽喬奇朗讀玩具包裝盒背面的說明。她沉思，他長得並不難看，也很有耐心。大多數男人這時候早就打發掉喬奇了。比起她，他似乎更喜歡那兩個小鬼，或許他的確是戀童癖。

這想法很刻薄——爲什麼只要有男人對兩個顯然渴望男性陪伴的男孩稍微表現出關心，就突然成了某種罪犯？

威廉對她微笑，蘿絲小心翼翼地報以微笑。威廉似乎不太對勁，不過她說不上來是什麼地方。該帶弟弟們離開了。

蘿絲繞過一個小展示架，跑向杰克。他動也不動地站在走道中間，膝蓋微微彎曲，屏住了呼吸，眼睛盯著一排書，彷彿盯住獵物的貓。她朝他視線方向瞥去，看見一本色彩鮮艷的漫畫，不是一般的美國版本，而是比較厚、比較小的漫畫開本，封面畫著一名穿著水手服的少女和穿著紅色和服的白髮少年，紅色的字體橫批在書頁上：犬夜叉【註二】。

蘿絲從書架上拿起漫畫，杰克的視線跟著移動。「這本書怎麼了？」她問。

「貓耳朵，」他輕聲說：「他有貓耳朵。」

蘿絲檢視封面，看見男孩蓬鬆白髮間的毛茸茸尖耳。她翻過書頁。「上面說他有一半人類、一半犬妖的血統，所以那不是貓耳朵。」

蘿絲從他臉上迫切的表情看得出他不在乎。

她瞥向彼得。「你現在進日本漫畫了？」

彼得在櫃台後方聳肩。「那些是二手書，有人帶過來的，三本十塊錢，不拆賣。如果賣得掉，我可能會進一些新書。」

「拜託。」杰克輕聲說，睜大了眼睛。

「絕對不行，你有鞋子，但喬奇什麼都沒有。」

「那可以買給我嗎？」喬奇平空出現在她身邊。

「不行。」她或許可以花三塊錢，但十元不行，而從彼得的表情看來，他不會把這三本分開賣。

「我買給他們。」威廉提議。

「不行！」她退後一步。他們很窮，但不是乞丐。

「聽著，說真的，我拖著你們到這裡來，是我逼你們帶我來找這間店。反正我會買綠箭俠，再多十元也沒什麼差別。」他瞥了瞥彼得。「那些我來付。」

編註一：《天才少女》（*Girl Genius*）為Phil Foglio與Kaja Foglio共同創作的漫畫，首集於二〇〇一年出版，二〇〇九年至二〇一一年皆獲雨果獎最佳圖像小說。

編註二：《犬夜叉》（*Inuyasha*）為日本漫畫家高橋留美子創作的漫畫，一九九六年開始連載至二〇〇八年完結。

「絕對不行。」她說，口氣充滿鋼鐵般的強硬。

「蘿絲，拜託……」喬奇低聲哀求。

她打斷他。「你是崔頓家的人，我們不要人施捨。」

他閉上嘴巴。

「快點決定，別浪費我的時間。」彼得說。

威廉看著他，宛如戰場老兵的冰冷眼神像匕首一樣將彼得釘在原地。威廉甚至不是在看她，一股退後離開的衝動卻攫住她。彼得．潘戴克將手探進放著點四五手槍的抽屜，靜止不動。

她拿起書，放在櫃台上。「你剛剛說十元？」

「加上稅是十元六毛九。」彼得說，目光定在威廉身上。

蘿絲微笑，她的皮包裡剛好有十元七毛五，是油錢。蘿絲拿出皮夾，抽出柔軟的紙鈔和七毛五硬幣遞給彼得，臉上始終保持同樣的微笑。她把書拿給男孩，然後大步走出書店，男孩跟在後頭。

「蘿絲，等等。」威廉追上來。

繼續往前走……

「蘿絲！」

她轉身看著他。「什麼事？」

他大步跨到她面前。「如果我沒開口，妳不會買下這些書。讓我補償妳，明天和我共進晚餐，我請客。」

她眨眨眼。

「我不認識任何人，」他說，「我受夠一個人吃飯了，而且我對店裡的事感到抱歉。」

蘿絲猶豫。

他稍微傾身，凝視她的雙眼。「我真的很想再見到妳，答應我。」

她上次約會已經是遠古時代的事了。任何形式的約會。四年了。

明天是星期三，是開學第一天。小鬼們會想去找奶奶，告訴她所有學校發生的事。她可以省一頓晚餐，不過威廉有種特質讓她猶豫。他很英俊，她希望自己對他能有些好感，但事實不然。「你不是我喜歡的類型。」

「妳怎麼知道？我們還沒和對方說超過二十個字。」

確實如此。她對他一無所知，但拒絕他、回到結界石後面是比較謹慎的做法。躲起來。那個念頭讓蘿絲心中某種感覺暴跳，就像五年級開學那一天，莎拉第一次罵她是蕩婦的女兒時一樣，令祖母盛名遠揚的崔頓家固執抬起頭。不，她想，他們無法逼她一輩子躲在天殺的結界石後面。

但他們也無法逼她做她不想做的事。那麼做一樣軟弱。

「你是好人，威廉，但真的不行。明天是開學第一天，我得待在家。」

他注視她許久，雙手一攤。「好吧，或許我們改天會再碰面。」他的口氣讓那句話彷彿是保證。

「或許。」她說。

第三章

轉瞬間，星期三已然到來。

一輛白色卡車從她旁邊呼嘯而過，喇叭大響，蘿絲看也不看一眼。她車上油表的指針已經轉到了左方黃色低油量區。

「撐到邊境就好，」她嘟囔：「我只要求這樣。」

老舊的福特卡車繼續轟隆前進，吱嘎作響。她將時速保持在三十哩以節省汽油。遠方的夕陽緩緩落下，鮮紅色侵略天空。她晚了。

她必須留下來加班——一如以往，工資照正常的一小時七元美金計算。T恤印刷廠出了緊急狀況，某個不爽的員工在地板上噴滿用來固定T恤上色印圖的黏液，等到老闆發現情況不對，打電話給淨亮清潔公司時，地板已經成了一團可怕的混亂，沾滿各種想得到的髒污。只有一種東西能清掉這類黏液噴劑——松香油。她和拉妥雅在過去兩小時一直趴在沾滿松香油的地板上，她的手指都是松香油的味道，全身都是——皮膚、頭髮、鞋子上……她的背好痛，得回家洗澡。她的確是清潔人員，但不必連聞起來也像清潔人員。

她心裡有一小部分後悔沒接受威廉的邀約。他不是當男友的料，但可以做朋友，讓她在邊境之外也有對象能說說話。木已成舟，她告訴自己。她拒絕了，只好承受後果。

熟悉的波特路彎道在枝葉掩映間出現。終於。

卡車發出噴氣聲。

「沒問題，小子，你辦得到的。」

福特卡車再次發出聲響。她抬腳放開油門，開著舊卡車繞過彎道，沿著馬路往前進入樹海。時速已經降到了十哩，多一點汽油，只要再一點……

車子越過交界線，她體內便湧現魔法，全身充滿暖意。引擎發出微弱的悶響熄火，蘿絲讓卡車滑出路面，進入茂密樹叢。綠葉在她背後啪地合起，她停好車，下車鎖門，拍拍滾燙的引擎蓋。「謝了。」

今天是開學第一天，而她的汽油已經用完了。幸好奶奶同意到路的盡頭接兩個男孩，在蘿絲下班回家前照顧他們。通常男孩們會自己走回家，但今天絕對不同，他們會崩潰地發現回到學校就像世界末日一樣。

蘿絲舉步沿路往上走。四周的樹海布滿黃土小徑，高大樹木的黑暗枝幹交纏扭曲，樹幹間的地面因爲堆積了數百年的秋日落葉變得柔軟，淡藍色的馬尾藤在枝椏灑上金粉，林間微光隱現，將樹木完全吞噬的茂密葛藤在殘境交界線止住。取而代之的是邊境的苔蘚。像一隻天鵝絨長袖般裹住樹幹，伸出纖細的花梗，艷紫、薄荷綠、淡紫、粉紅的小花宛如倒扣的女鞋。數十種香草芬芳混雜空氣中，帶來一股略微苦澀的辛辣泥土氣息。

樹海陰暗的深處傳來邪惡聲響，遮蔽天空的樹梢偶爾也會出現一雙灼亮的眼睛，不過蘿絲不予理會。樹海就是樹海——這一帶大多數東西都知道她的身分，不會來打擾。

距離通往房子的轉角只剩兩哩，蘿絲踏回熟悉自在的大步。到了第三個轉彎處，她煞住腳步，這裡是那個帶雙劍的男人跳到她卡車上的地點。

她注視塵土痕跡。事情不單純。就她記憶所及，卡車引擎蓋比她的腰稍微高一點，蘿絲實驗性地前後晃動身體，盡可能往上跳。差遠了。如果助跑，或許可以一隻腳踏上引擎蓋，但他當時跳上行進中的卡車，雙腳著地，若無其事地繼續前進。

上方傳來微弱的尖銳聲響，她抬起頭。左方一棵大樹的枝椏伸到小徑上方俯向路面，樹幹離地將近九呎處分成兩杈，上頭一道瘦小的身影攀著樹皮——是肯尼．喬．奧格翠。

肯尼在她的喜愛名單上排名敬陪末座，僅比他母親黎安高一點，後者是莎拉高中時最好的朋友，最大的成就是用永久性奇異筆在蘿絲的置物櫃上潦草寫下「蕩婦賤貨」，文法不是黎安的強項，但霸凌技巧高超直達藝術層次。

有其母必有其子——九歲的肯尼是個惡霸兼大嘴巴。一個月前，他和喬奇因爲一場壘球比賽發生誤會，起了口角；要不是有杰克在，肯尼早就把喬奇打得頭破血流了。所有孩子都怕杰克，杰克每次打起架來都像不要命一樣，在打贏之前不會住手。

肯尼緊抓住樹幹，動也不動地站著，拚命使勁的指節都泛白了，上衣和脫線的卡其短褲沾滿泥污，鮮血沿著大腿上一道長長刮傷緩緩滴落到小腿。肯尼眼神空洞地瞪著她，眼白分外醒目。一個嚇壞的九歲小男孩出現在蘿絲面前，無論她和黎安有什麼過節，現在都不重要了。

「你還好嗎，肯尼？」

他一言不發地盯著她看。

她左方的樹叢有些動靜，是一種掠食者式的刻意騷動。蘿絲緩緩退後。

細瘦的樹枝微微晃動，接著樹枝彎曲，深色的三角樹葉分了開來，一頭怪物踏出路面。牠直立起來有四呎高，身體是由一堆腐壞的血肉拼湊而成的恐怖組合。蘿絲在牠的左腿上看見叢林蛇的鱗片，肩膀上是紅狐的毛皮，灰松鼠的細毛在胸口糾結，下腹部則是豬的棕色條紋……牠一部分內臟不見了，爛成一團的腸子從傷口中隱約可見的肋骨下方露出來。

牠的臉很恐怖，兩隻慘白的邪惡眼睛從凹陷的眼眶裡盯著她，溢滿強烈、專注的憎恨，下方是一張咧開的大嘴，下頷布滿好幾排三角利牙。

怪物發出破碎的細微喘息，沉重黏膩。那是一頭荒猪，憎恨和魔法的產物，從創造者的憤怒中獲得力量的詛咒化身。有人詛咒了附近一塊土地或一棟房子，樹海賦予這個詛咒形體和意志——殺死碰到的一切。

樹上的肯尼像小貓般啜泣著。

荒猪的嘴咧得更大，往前移動，惡意像渾濁的日晁般從牠身上散發出來。牠打算殺死她，奪走一塊她身上的血肉，據為己有。

蘿絲舉高右手。

荒猪齜牙，扭曲的四肢大張，露出黃爪。

淡淡的魔光籠罩蘿絲的手指，魔力在她體內翻湧，蓄勢待發。

荒猪撲向她，黑色的咽喉張開，尖牙利爪準備撕開血肉。

蘿絲使出電光，魔法如雪白光鞭般從手上疾射而出，擊中怪物胸口。衝勢讓荒猪又往前一步，不過冰冷的白焰在牠身上燃燒，竄入胸膛，尋找被邪惡包覆的核心。將牠五馬分屍不夠，她得摧毀詛咒本身。

肉塊從荒猪身上崩落，蘿絲往前移動，將光鞭固定在怪物身上，她手臂緊繃得顫動起來。

荒猪四分五裂，露出纏繞著一小團強烈紅紫光芒的黑暗小核。蘿絲握起拳頭，白鞭束住那團黑暗。她全身繃緊，拳頭收得更緊，指甲刺進掌心。小核發出胡桃碎裂般的聲響後潰散，化成一陣白色閃耀光雨，消失無蹤。

蘿絲重重吁了口氣，踏過散落在小徑上的粉末，走向肯尼所在那棵樹。「來吧。」她伸出手說。

肯尼僵立不動。有一瞬間，她以為得去找他母親，但他突然鬆開手滑下樹來，身體刮過樹皮，一路跌進她懷裡。她得讓他自己站到地上——他太重了。

「牠死了。」她說，一邊抱住他。「死透了，懂嗎？」

他點頭。

「牠不會回來了。如果下次再看到同樣的東西，盡快跑到我家，我會解決牠。現在回家吧。」

他沒命似地咚咚沿路奔去，往左轉跑向奧格翠家的房子。

蘿絲回頭看散落一地的屍塊。只有出身於極少數家族的魔法使用者擁有足以創造荒猪的強大魔力，而那些能夠創造荒猪的人都比較年長，應該很清楚後果——沒有人能制止荒猪，牠們是會殺光所見一切的武器。她已經多年不曾見到任何荒猪了，上次出現的那頭在一整團帶著汽油和火炬的自衛隊全力追捕後，才終於被消滅。

一定是出了很嚴重的狀況，才會令某個本地人用詛咒喚醒荒猪——非常糟糕的情況。一股冰冷的恐懼在她下頸部匯集。她一度考慮跟著肯尼．喬去看看黎安是否知道任何線索，但決定不那麼做。高中畢業後不久，莎拉便找到理想對象結了婚，搬到一棟殘境的豪宅裡生活；據說莎拉將黎安拒於夢幻新家門外，使黎安變得比以前更憤世嫉俗。蘿絲和黎安從高中後便沒說過話，她非常懷疑黎安會突然敞開心胸。

蘿絲以飛快的步伐踏上馬路。她越快到家，就能越快確定兩個男孩都平安無事。東門區任何風吹草動都逃不過艾麗歐諾奶奶的法眼，只要問她就能弄清楚。

「婆婆？」喬奇用法文呼喚。

艾麗歐諾瞥向喬奇的臉。她始終無法逼喬奇說出怎麼會知道要那樣叫她。她從來不曾對他們任何人說過一個法文單字，但喬奇從兩歲開始就那樣喊，帶著淡淡的普羅旺斯腔。她覺得他不知道自己爲什麼那麼做，不過每次他那麼喊，就會將她帶回那乾爽溫暖的丘陵，和她的奶奶並肩坐在陽光下，輕咬著普羅旺斯的面具麵包，在舌頭留下淡淡柑橘滋味，看著山下村落的男人以芭蕾舞者般的優雅姿態打長程滾球。

她對他微笑。「怎麼了？」

「我們可以到外面去嗎？」

兩雙眼睛在天使般的臉孔上對她眨著——喬奇的藍眼和杰克的琥珀色眼眸。這兩個小混球。「天黑了嗎？」

「我們不會跑到結界石外面。」

她翻白眼。「噢，你們以爲我這麼好騙，嗯？」

「拜——託——」喬奇的眼神足以讓任何小狗自慚形穢，杰克在他背後急切地點頭。

「好吧。」她在心整個融化之前讓步。蘿絲如果知道，一定會不高興，不過蘿絲無法嘮叨不知道的事。「我不相信你們兩個，我會到外面門廊去。」

她還沒起身，他們已經衝出門去了。

艾麗歐諾帶著茶杯到前廊去，老舊的搖椅在她身下咯嘎作響，男孩早就衝進庭院了。樹海在結界石列後方蠢蠢欲動，天色暗成柔和的紫色，映襯出幾乎變成黑色的樹梢，葉片在夜風冰涼的低語中輕柔窸窣；在樹海間不時可以看見茂盛的螺旋狀白夜針花，在白天只是綠芽的植莖，黑暗乍現時便大肆綻放細緻的鐘型花朵，在夜裡散發著金合歡香氣。艾麗歐諾吸入芬芳，露出微笑。

眞平靜……

一股不安自她的下頸部湧現，帶著惡寒飛快滾落背脊。她感覺到視線壓力，似乎有人盯著自己，彷彿自己的背脊中央被畫了一個靶。她轉身掃視結界線。

在那裡。左方的結界外緣有一道四肢著地的黑影徘徊，彷彿夜幕被切開一個洞般濃濁深沉，顯露出原始的黑暗；昏暗光線下她幾乎看不見任何東西，與其說她眞的看見了那身影，不如說只是猜測。

艾麗歐諾的手指摸到掛在腰間的木質小護符並緊緊抓住，輕聲說：「見。」

魔法從她身上以平面扇形發散出去，迅速讓她的眼睛看清環境和那怪物。她看見黑暗和隱藏其中的一隻狹長眼睛——慘澹、黯沉的灰色，沒有虹膜或瞳孔。她視線試圖越過時，瞥見了一個模糊形體正翻騰著陌生的凶暴。她的直覺緊張地尖叫。那隻眼睛倏地離開她視線。她鬆開護符，剛好看見一抹黑影掠過，怪物無聲無息消失在灌木叢中。

樹海裡是住了許多東西，但她從未見過如此令人不安的怪物。她曾向草坪上的孩子，安全地在保護咒內。沒事的，她告訴自己。包圍蘿絲房屋的結界強大而古老，且深入土地之中。何況蘿絲隨時會從路上開車過來，艾麗歐諾同情任何意圖擋在她和男孩中間的野獸。

或許那只是從自東門區一路往西延伸到異境的樹海吐出來的某個奇怪生物，或許是某種越過交界線進入邊境的異境野獸。怪事也不是沒發生過，艾麗歐諾決定沒必要告訴蘿絲，那可憐的丫頭已經夠多疑了。

蘿絲轉過最後一個彎道，在草坪邊緣停下。艾麗歐諾奶奶坐在前廊，輕啜杯裡的熱茶。不久之前，奶奶決定自己的年紀老得足以打扮成樹籬女巫——灰髮撥成瘋狂糾結的亂髮，夾雜羽毛、樹枝和護符，衣服經過巧妙撕裂和層層披掛，足以讓任何解構主義設計師擔心丟掉飯碗。當她走動時，隨時都有破爛的布料隨之飄搖，看起來就像一隻毛沒長齊的小雞。

她充滿說服力的打扮稍嫌美中不足之處是——破爛衣服和頭髮都非常乾淨，聞起來還帶著淡淡薰衣草，還有一個上面畫了一隻蓬鬆小灰貓、絕對不像女巫用的杯子。

「小朋友有惹麻煩嗎？」蘿絲問，走到她身邊坐下。

奶奶翻白眼。「拜託，我已經一百零七歲了，應付得來兩個小混蛋。」

魔法讓多數邊境居民遠比同齡的殘境人更為長壽且健康，而奶奶看起來頂多五十五歲。不是年紀的問題，蘿絲心想，問題在於只要男孩們對奶奶露出小狗般的眼神，奶奶就把一切規矩都拋在腦後了。

男孩在奶奶背後的草地上追逐彼此：敏捷迅速有如閃電的杰克，以及有如蒼白陰影的金髮喬奇——今天比平常更為蒼白。他們其中一個正在扮演漫畫裡的半妖男孩犬夜叉，而另一個八成是犬夜叉強大的異母妖怪兄長殺生丸少爺，但她分辨不出來誰是扮哪一個。

蘿絲不後悔買那些漫畫。男孩們非常入迷，而寶貴的書本現在占據了他們臥室最上層架子的重要寶座。

喬奇上氣不接下氣，坐在草地上，往前趴倒。蘿絲聽見一聲嘆息，他看起來快倒下去了。

奶奶抿起嘴。「這次是怎麼回事？」

「一隻小鳥。」他今天早上在她送他們到學校公車站牌前讓牠起死回生。

喬奇咳嗽，趴在草地上。杰克走到一半停下來，一臉空洞困惑地看著喬奇許久，然後走過去，坐在喬奇身邊。

「如果喬奇繼續這樣下去，會害死自己。」奶奶搖頭。

蘿絲嘆息。每當喬奇讓某個東西復活，就必須犧牲一點點生命力賦予對方生命。他的力量變得越強大，身體就變得越虛弱，彷彿他的心靈是太明亮的燭火，正以過快的速度消耗蠟燭。他們試過解釋、談話、威脅、處罰和懇求，但毫無用處。只要喬奇看到生命消逝、感到難過，就會賦予生命，根本不懂怎麼讓其離開。

「真是一對活寶。」奶奶嘆氣。「一隻充滿殺欲的貓，和他努力讓半片樹海活下去的哥哥。」她的聲音微微破碎。「克利特怎麼樣？」她說，明顯想努力假裝若無其事，卻沒成功。

「一樣。」蘿絲說。

奶奶的眼中浮現一道陰霾，皺眉幫蘿絲倒了杯茶。「孩子告訴我那個威廉的事，他做什麼工作？」

那兩個叛徒。「地板工人。」

「他賣花【註】？」奶奶的眉頭皺起。

「不。妳知道那些搭屋頂的工人嗎？就像那樣，他的工作是鋪地板。」

「妳確定他不是戀童癖？因爲他們的手法就是那樣——接近家裡的女人、追求她，然後接下來妳會發現他們把老……」

蘿絲憤慨地瞪她一眼。「他不是戀童癖。」

「妳怎麼知道？」

蘿絲無奈地攤手。「因爲他有雙誠實的眼睛。」

「他帥嗎？」

蘿絲皺眉。「是有男人味的那種好看，深色頭髮、深色眼睛。算是很帥。」

「如果他看起來那麼好，爲什麼不讓他追求妳？」

「感覺不對。」她簡短地說。

奶奶看著她，滿布皺紋的淺褐臉上藍眸熠熠，宛如剛翻過土的田野上的兩朵紫羅蘭。「我懂了。」

譯註：英文中的地板工人（floorer）和花（flower）發音相近。

「我今天看到一頭荒豬。」蘿絲說，藉此改變話題。

那雙藍眸緊盯住她。「喔？多大？」

蘿絲舉起手，表示大概四呎高。

「老天，這很大。」一絲憂慮污染了她眼裡清澈的藍。

蘿絲點頭。「肯尼．喬被牠追到爬上樹。」

「肯尼．喬活該。妳消滅牠了嗎？」

她們對彼此露出一抹會心的微笑。在蘿絲使出白色電光的幾週後，奶奶造出一小頭荒豬讓她獵殺。她當時說是練習，其實不只如此——那是測試，奶奶想知道蘿絲的電光溫度有多高。蘿絲十秒就將那頭荒豬轟成了碎片，後來奶奶整整有半天沒說話。爺爺說她創了記錄，並預測世界末日要來了。

蘿絲點頭。「誰能製造荒豬？」

奶奶嘆了口氣，放下茶杯。「那咒語很強大。我可以，李．史地恩、賈瑞米．羅夫達爾、亞黛兒．摩爾、艾蜜莉．包，她阿姨愛爾希也可以，但那可憐的女人瘋了，那是多久的事？二十年前？」

「我聽說她會舉行茶會。」蘿絲喝著茶。

奶奶點頭。「我看過她帶著泰迪熊到野餐桌上，用野餐茶組幫它們倒看不見的茶，有時候那些熊還眞的會喝，她擁有眞正的力量，只可惜都浪費了。」

蘿絲開口，打算告訴她那個似乎跳上移動中卡車的男人，但沒說出來。那只是不相關的事件，根本沒有影響，何必害她擔心。

「不管是誰的傑作，我都會找出答案。我相信賈瑞米和亞黛兒也願意分享一些想法。」奶奶起身。「好了，我該離開了。我明天會去找亞黛兒，看她知道些什麼。小混蛋把功課寫完了，還有，喬奇的老師寫了張字條，上面說什麼石頭本子的。」

「石頭本子？」蘿絲皺眉。

「對，我想他需要一本用大理石做的書。」

「大理石紋筆記本。」蘿絲猜。

「對，就是那個。」

奶奶走向門口，接著停下腳步，門框圈住她的身形。「或許妳應該給那男孩一次機會。人生不必在畢業慶典之後結束，人生會繼續下去。」

她離開了，蘿絲嘆氣，又替自己倒了些茶。

給那男孩一次機會。

蘿絲考慮半晌。或許應該給威廉一次機會，換作大多數人可能都會給，她已經多年沒有約會了。而這正是問題所在。她已經多年沒約會了，判斷力並不靈光。她心裡有一部分想要放縱享樂，希望在安靜絕望的短暫片刻中，有個男人看著她的眼神彷彿她對他而言代表了全世界；要是沒有，她可以將就一個覺得她很美，並說出來的人。現在那種情況越來越少見了。活在夢裡代表醒來後要面對苦澀的失落。她已經紮實地學會了這一課。

威廉的事讓她心神不寧。他無意間引出了她所有小心翼翼埋在內心深處的昔日嚮往和可能性，將那團混亂拉到明亮的光線下，害她現在不得不處理，而她因此討厭他。不過細想，任何邀她出去約會的英俊男人都會引發同樣的連鎖反應，她不希望只因為威廉在對的時間和對的位置出現就答應他。她痛恨別無選擇。

蘿絲起身，將杯子和茶壺收到托盤上，拿到廚房。事情並非總是這樣，她回想，不，她從來不是學校裡最受歡迎的女孩，不過也有些追求者。當年她交往的男孩類型就連崔頓家的女孩都不該帶回家，例如布萊德．迪倫。布萊德有一頭黑髮和火熱的棕眸、雕像般的二頭肌，還有全郡最棒的臀部，但那是在畢業慶典之前的事。

東門區小到沒有自己的高中，大多數孩子都到殘境上學。那裡有所小教會學校提供沒有錢可以賄賂殘境高中校長的人上學，但除此之外，就別想了。對於到殘境上學的人而言，高中代表整整四年假裝成正常殘境人，整整四年不斷認知自己究竟有多窮，看著那些你永遠無法擁有的一切：大學、旅遊、擁有一棟漂亮房子……

所以畢業慶典才這麼重要。慶典在五月三十一日舉行，殘境的學校一放暑假，就是高四畢業生慶祝重獲自由的時候，所有人都會參加，就連全身籠罩著強大異境魔法的貴族都偶爾會從邊境鄰近土地來。小吃攤在廣場邊緣搭起，異境來的商隊交易殘境的小玩意兒，還有爲小朋友準備的充氣彈跳屋和充氣溜滑梯水池。等所有人吃飽喝足、做完生意，就聚集在烏鴉廣場上看畢業生展示電光。電光是最簡單也是最複雜的魔法——像閃電般純粹直接的魔力爆發，展現一個人的力量，電光越明亮清晰，魔法使用者的力量越強大。

邊境小孩就算在殘境的學校裡也自成團體。一旦上了高中，所有人在下課和午餐時間談論的就是這件事——去年誰用了什麼顏色的電光。最厲害的邊境人能使出淡藍或淡綠色的電光，你只能祈禱自己不會在上台後費盡了力氣，卻只弄出一絲暗紅色電光——最弱的顏色——被觀眾嘲笑。只有血統高貴──異境的貴族階級──的人，才能使出白色的電光。然而就算是他們，也不是人人都能放出穩定的光鞭。

蘿絲洗好杯子放回櫥櫃。她的中學時期悲慘無比，黎安和莎拉那兩個賤人女王整天找她麻煩，因爲她媽媽和莎拉的爸爸上過床，勾引他離開莎拉母親，然後拋棄他。莎拉的雙親離異，而蘿絲得付出代價。她是蕩婦，還是窮蕩婦的女兒，又醜又窮、什麼都不會的女孩。

她從中學第一年就開始練習使用電光，狂熱地專注練習，每天偷偷練好幾個小時，決心要證明給所有人看。高三那年母親過世，只讓蘿絲更加堅決。練習電光變成一種偏執，她不斷、不斷、不斷練習，直到魔法順服乖巧地從她身上流出。

蘿絲抬頭挺胸踏上畢業慶典的廣場時，知道自己準備好了。她花了多年練習、準備，終於可以當面讓他們好看。她攤開掌心，射出純白色的拱形光芒，純淨程度絕不遜於任何頂尖貴族表現。

在蘿絲幼稚的勝利夢裡，她本來想像大家會歡呼，自己會被某位貴族雇用，接受訓練後出發到異境深處冒險。她做到了非常厲害的事，不只是一陣爆發的力量，而是拱形光橋，如同銳利明亮的阿拉伯彎刀，在她手中像乖順的寵物那樣任她把玩。*看你們有多厲害，混蛋。*

她得到的是噁心的死寂。恐懼刺著胸口，她突然發現自己可能犯了錯，當時爸爸就在她身邊舉槍對觀眾揮舞，並和爺爺一起以意想不到的速度帶她離開廣場，塞進爸爸的吉普車，然後像有咆哮的狼群在背後追趕一樣疾駛回家。那天晚上奶奶沒睡──她不斷在土地上走動，用鮮血強化結界石。

到了早上，有四名信差在結界石旁等待。其中三名是邊境家族派來的，另一名來自貴族，只有貴族信差獲准進入。那名頭髮花白的年長戰士腰上掛著一支劍，坐在他們的廚房，揭開了謎底──只有貴族能發出白色電光，那是不可動搖的事實，而兩百年來沒有任何邊境人發出過如此純粹明亮的電光。再考慮她母親的名聲，只有一個可能——蘿絲不是她父親的女兒。

聽到那個結論，爺爺必須走出廚房，免得拿起細劍把他們的「客人」串成燒烤。

蘿絲不接受那個說法，那才不是眞的；她不只長得像崔頓家的人，而且剛好在雙親蜜月後九個月出生。她母親是在新婚之夜失去童貞，而一直到蘿絲十幾歲才開始到處和人上床——起因是她母親雙親過世。

那人搖頭。那不重要，他解釋，就算她不是私生子，也沒人會相信。有貴族血統的人擁有強大魔力潛能，任何腦袋清楚的人都不會忽視蘿絲是某個貴族後代的可能性，一個能讓孩子繼承珍貴血統的貴族後代。

她終於懂了。她本來打算贏得所有人的讚揚，結果卻讓自己成了一頭育種牝牛。

那名貴族信差提出條件：給她的家庭一大筆錢，讓她過優渥的生活。他們提議的不是婚姻，不像其他三個邊境家族那樣——畢竟他們是貴族，而血統中出現混血兒會貶低地位。他們只要她生一堆雜種當家裡的僕傭。

父親叫他出去。

年輕的愚蠢總是令人震驚，蘿絲回想。兩天後，她溜出去見布萊德·迪倫，他告訴她：「別擔心，寶貝，有我陪妳一起對抗他們，我們可以打敗所有人。」他們親熱了，然後他想到城裡的酒吧「讓他們瞧瞧」她才沒有被嚇到。他要求她出來開她的卡車——他之前在限速四十五哩的路段開到九十哩，還毆打警察、駕照被吊銷，所以她得當司機。

她根本沒走到卡車旁。他面帶微笑跟著她走出房子，球棒一揮就往她的頭敲下去。

她清楚地記得他的微笑，那是一抹洋洋得意的笑容，意思是：「我比妳聰明多了，賤貨。」

他那一擊沒有使盡全力。他打算打昏她再送到西蒙安家。西蒙安一家向來奉行機會主義，想盡辦法搶奪更多的好處。後來她才知道西蒙安家的族長弗瑞德・西蒙安答應布萊德，只要送蘿絲過來，就給他一萬美元。一萬元，對邊境人來說是一大筆錢。他們要她和弗瑞德的兒子羅伯・西蒙安結婚，這樣一來羅伯的孩子以後也能使出白色電光。

而布萊德也準備那麼做。但蘿絲在最後一刻往後閃，球棒擦過她額頭，磨破了肌膚。她震驚無比地站在原地，痛得頭骨內嗡嗡作響，鮮血湧入眼睛。布萊德・迪倫又揮一次球棒，在打算搞定這件事時，領教到了她的電光有多灼熱。她不想傷害他，但傷害還是造成了。當他在她腳邊的地上痛苦扭動時，她不斷大哭，因爲在那一刻，她瞭解到自己的人生再也回不去了。

接下來是地獄般的六個月。邊境的家族無情地追捕她，有些想將她據爲己有，其他家族則打算將她賣給出價最高的買家。一開始她躲躲藏藏，後來終於出手反擊。沒錯，她只有一項武器，不過任何東西都無法抵禦這個武器。她遲早會被迫殺人，而當她出手反抗某個被雇來綁架她的流浪漢時，邊境人明白她根本不受控制，於是再也不來騷擾她。不久之後，爺爺死了，接著爸爸想出新的天才計畫離開——像小偷一樣在半夜溜走，只留給她一張紙條，誇口說要去找寶藏，等他回來，他們就會變成有錢人。

四年過去，她所有的夢想都悄悄死去了。她像大多數邊境人一樣工作賺錢，在殘境打黑工，賺取最低工資。她清理辦公室，賺的薪水足以買食物和衣服，還有些小東西，用來和想要交換百事可樂、塑膠和衣服的異境商隊交換魔法商品。那是份清白正直的好工作，讓餐桌上有食物可吃，但那麼做殺死了她的一部分。

她看向屋外躺在草地上看夜空的男孩們，至少她的父母懷兩個弟弟時腦袋夠清楚，知道得去鎮上的醫院生下喬奇，又請殘境的助產士來接生，確保杰克的身分合法。兩個男孩都有殘境的出生證明和社會安全號碼。她在邊境出生，駕照號碼是僞造的，而她的父母得給高中校長一筆錢，因爲她的社會安全號碼是別人的。

不過男孩們有合法身分，而她不會像爸爸那樣拋棄他們。如果必要，她願意挨餓，讓他們可以到殘境上學。殘境有一點很棒——一個人在那裡只要靠腦袋和努力就能成功，不用魔法。等男孩們長大，會擁有比她更多的選擇。

然而，她還不準備放棄夢想。總有一天，她會成功擁有夢想中的生活。她非常確定這一點，只是不知道該怎麼辦到。

第四章

發條鬧鐘在五點五十分時大響。蘿絲起床，展開早上的例行公事：煮咖啡、準備午餐、穿上淨亮清潔公司的制服。還來不及喝第一杯咖啡，喬奇已經帶著惺忪睡眼和蓬亂頭髮晃出房間，自在地走到窗前，打了個呵欠。

「想吃點麥絲卷【註】嗎？」她問。

他沒回答。

「喬奇？」

喬奇盯著窗外。「殺生丸少爺。」

他們那本漫畫裡的妖怪哥哥？「你說什麼？」

「殺生丸少爺。」他重複一次，指向窗外。

蘿絲走到他身邊，渾身一僵。車道盡頭站著一名高大的男人，身上披著一件灰色狼毛大斗篷，底下是強化皮革鎧甲，漆成灰色搭配他的斗篷。男人腰上掛著一把優雅的劍，頭髮是華麗的深金色，如冰瀑般從他的臉頰兩側筆直垂落到左肩。她見過那頭金髮——就在頭髮的主人跳上她的卡車前。

第二支大上許多的劍柄從男人背後露出，男人的目光鎖住她，眼眸白光閃耀，宛如一雙星辰。細

編註：麥絲卷（kellogg, mini-wreati）家樂氏生產的一種早餐脆片穀片玉米片食品，受兒童歡迎。

小的寒毛在她頸背豎起。

「那不是殺生丸少爺，」蘿絲輕聲說：「比那個糟很多、很多。」

「什麼？」睡意迅速從喬奇身上消失，他睜大了眼看著她。

「那是異境的貴族，去叫杰克，要拿槍，快！」

蘿絲拿著十字弓，開門踏上前廊。在她背後，是拿獵槍、趴在左邊窗口的杰克，以及趴在右邊的喬奇。

貴族宛如一根灰色冰柱般佇立在結界石之外。寬肩長腿的高大身形讓他看起來彷彿危險和魔法的化身。是因為那件狼毛斗篷，蘿絲告訴自己，才讓他看起來比實際上更高大恐怖。

她在結界石圈前停下腳步，抬頭看著他的臉，心跳漏了一拍。他令人屏息的五官線條有如精心雕琢的成果，融入一張充滿陽剛魄力卻優雅的臉，額頭高聳，鼻梁長而直，寬嘴上的雙唇薄而強硬，下頷方正厚實，輪廓俐落；那不是一張時常微笑的臉，濃密金色眉毛下的眼睛令她肺部空氣凍結，深沉的草綠，燒灼出原始的力量。她懷疑如果自己越過結界石去碰他的臉，就會迸出火花。

蘿絲將十字弓擱在臀邊，深呼吸。「你侵入了民宅，而我們並不歡迎你。」

「妳很粗魯，我覺得粗魯的人很不討喜，特別是女人。」他的嗓音引發一陣絲絨般的輕微戰慄，竄下她的背脊。那很適合他，低沉渾厚。第一次看到他不可思議的五官帶來的衝擊消退後，她看見他左眼附近交錯的細小疤痕。好吧，他是真人。和其他人一樣會流血並留下疤痕，那表示他不會覺得胸口多了一顆子彈很有趣。

「滾出我的土地，走開，」她說：「在你說話的時候，有兩把獵槍瞄準著你。」

「拿那兩把獵槍的人是小孩。」他說。

該死的喬奇，他不該讓自己被看見的。「他們對你開槍的時候不會遲疑。」她對他保證。

「我只要一擊就能打破妳的結界，子彈對我來說也一樣。」他說，一層白光掠過他的虹膜，融入深邃的綠眸中。

張牙舞爪的寒意竄下她的背脊。他辦得到，她領悟到。這不是空口威脅。他不是她拒絕的第一個貴族，但沒有人像他這樣說話，或有這樣的長相。大家都說世世代代在強大魔法中養成的眞正貴族非常駭人。如果這個說法是眞的，他必然是來自最遙遠的異境中央地帶。「你想要什麼？」

「我想妳很清楚。」

她咬牙切齒。「我們把話徹底說清楚——我不會和你上床。」

他的眼中閃過訝異，濃眉揚起。「爲什麼不？」

蘿絲眨眼，不知道該說什麼。她沒有拚命張開雙腿眞的讓他很吃驚。

「我還在等妳解釋？」

蘿絲雙手抱胸。「讓我猜，你是沒落貴族家庭的第四個兒子——沒有頭銜可以引誘女繼承人，也沒有遺產追求貴族新娘。你聽說了能施展白色電光的雜種邊境女孩，決定自己既然無法擁有女繼承人或頭銜，至少可以生出一窩強大的孩子，所以跑來邊境採購新娘。我沒時間和你這種人耗。」

「相信我，妳絕對沒見過和我一樣的人。」他這句話彷彿是個威脅。

「你是說無視女人感受、強迫她上床的傲慢自大狂？說實話，我見多了。一模一樣的老梗，連T

恤都買了。【註】」

他皺眉。「這和衣服有什麼關係？」

「你在這裡討不到好處，快滾，否則別怪我動手。」

他皺起臉，就連因為厭惡而扭曲的表情看起來也很迷人。「妳很粗魯，庶民，而且說話的口氣很糟，得花費一番工夫才能見人。妳真的覺得自己是我妻子的合適人選？」

那麼說真的很傷人。「沒錯，我是粗魯的庶民，是個雜種，所以根本不值得你浪費時間。去找你那些高貴淑女，我相信一定有人很樂意為你躺下，開開心心生一窩貴族。我不會嫁給你，也不會當你的情婦。別來煩我們。」

「除非我達到目的，否則不會離開。」他理所當然地說，眼神緊盯著她，恐懼鎖住她的喉嚨，那雙眼眸冷酷無情，充滿野蠻的魔力和鋼鐵般的意志。

「如果我想，妳就會嫁給我。對我開槍、開車撞我或考驗我的耐性對妳一點好處也沒有。」

她抬高下頷。「我會抗拒到底。」她保證，憎惡自己發抖的聲音。「你得殺了我。」她猛地舉高十字弓，瞄準他的胸膛。

「我不想傷害妳，動手吧，」他說：「我不會和妳計較——那可以省下我一點力氣。」

她朝他發射箭矢。

一切發生得如此快速，她差點就沒看清楚——一片純白光幕掠過他身前，在半空擊飛箭矢，金屬和木材斷裂。他低頭看她。「妳的子彈和弓箭無法傷害我。」

蘿絲咬住嘴唇，壓下顫抖，費盡全力才能繼續瞪著他的臉。

他眼中的凶惡稍微緩和。「我瞭解妳爲什麼堅持不肯講理，考慮到妳的出身，這種行爲可以想見。不過，我們有了個難題——我決心要娶妳當新娘，而妳決心拒絕我。男人的家就是避風港，我不希望和一隻整天磨利爪子、想盡各種奇招，試圖趁我不注意時修理我的野貓共處一室。我也不想和妳動手，尤其是在這些孩子面前。他們可能會不小心受傷，而且看到我們暴力相向對他們來說並不好。有一個傳統的方法可以解決這個問題——給我考驗。」

「什麼？」蘿絲眨眼。

「給我三個難題，」他說：「三項考驗，我會一一解決。等我完成後，妳會自願到我身邊，聽從我的指示。」

「要是你失敗呢？」

他微微一笑。「別擔心那個，我不會失敗。」

「如果你失敗，就要離開，永遠別再來煩我們。」

他聳肩。「對，通常條件都是這樣開的。」

蘿絲在腦中思考各種可能性。「要是我拒絕呢？」

白光凍結綠色虹膜，魔法在他四周湧現增強，並在他的手中彎曲，就連透過兩層結界都能看得一清二楚。他強大得像怪物一樣，她清楚地看懂了訊息。

編註：英文片語「Been there, done that, bought a T-shirt.」，源自觀光客購買紀念T恤的行爲，意爲已徹底體驗某事物，不覺稀奇。

蘿絲咬住下唇。她別無選擇。不能冒險直接和他動手，有孩子們在場時不行。他很厲害，而她也不是容易解決的對手。他說得對，如果他們動手，光是雙方的魔力衝突都可能傷到兩個孩子。再說，她不確定自己正面動手會不會贏。但考驗他？她可以給他考驗。如果無法直接打敗敵人，就智取他、拐他、欺騙他，不擇手段取勝，這就是邊境人的作風。

「三項考驗，」她說，努力裝出輕快的語氣，「無論什麼都可以？」

「在合理的範圍內，」他說：「我無法摘下天上的月亮，掛在妳的脖子上。」

「我要你對這些條件發誓。」她說。

他嘆氣。「好吧。」

他從腰帶上抽出一把細刃匕首，讓她看見。旭日般的光芒閃耀，從邪惡的金屬刀身上射出。「隆榭爾、史威特、維瑞斯的領主坎邁廷伯爵德朗．里耶爾．馬譚．艾多明尼克．艾隆葛蘭．艾羅提波在此宣誓將以接下來兩週完成……」他看著她。

「蘿絲．崔頓。」他擁有的頭銜比車貸公司的車牌還多。如果他缺錢，或許可以典當幾個。以他的外表和出身，一定會有某個異境女公爵或女伯爵樂意嫁給他，他跑到這裡搗亂她的生活做什麼？

「……蘿絲．崔頓指示的三項考驗，只要是人力可及之事。我發誓當我執行這項考驗時，不會對蘿絲或她的家人造成傷害，也不會對她或她所愛的人提出要求。如果失敗了，我發誓離開，不再打擾蘿絲．崔頓和她的家人……」

「確保他們生命無虞，毫髮無傷。」蘿絲插嘴。

「確保他們生命無虞，毫髮無傷。如果成功了，我將有權把蘿絲．崔頓據爲己有。」

他劃開掌心，魔法掠向蘿絲。她踉蹌退後，結界石離地飛起一呎高，在半空中努力轉移他高漲的魔力，接著跌回原本的位置。

「輪到妳。」他刀柄朝前遞給她。

蘿絲遲疑。他確實發了誓，誓言具有約束力，他無法對她造成任何傷害，她踏過結界線，接過匕首，手指圈握住形狀如嘶吼貓頭的雕琢骨柄。「蘿絲．崔頓保證給你……」老天，她連他的名字都記不住，太長了。「三項考驗。如果你成功完成，我保證和你在一起……」她停下來，接著到底該說什麼？她必須盡可能以最妥當的方式表達。

他逼她說出口。「……而且開心愉快。」

「那需要奇蹟。」她本來以為他會加上「和我上床」。他剛剛的說法給了她一些彈性空間。

「妳說得對，」他的語氣有點憐憫，「我們的確說好了要在人力所及的範圍。」

「而且開心愉快。」她在他改變注意、逼她無路可退之前咬牙說：「我僅此起誓。」

「太慘了，這是我聽過最糟糕的誓言。妳完全沒受過教育嗎？」

她劃開掌心，魔法以令人振奮的激流從她身上射出，意外地強烈。石頭升高，再次顫抖，然後墜落。她或許不像他那樣受過教育，卻有著強大的力量和頭腦。她可以對付他。

他不帶感情地點頭。「妳是我的。」

她感覺胃部一陣作嘔。「我們從週末開始，」她說著挺直身子，「兩天後。週間我得工作。」

他轉身，不發一語地離開。

蘿絲盯著他的背影。他是那把剛剛將她的人生一刀兩斷的劍。

紗門砰的一聲打開，她轉身看見兩個男孩站在門口，杰克眼神憤怒地瞪著貴族背影。「妳不該答應的，蘿絲！」

「我沒有選擇，」她走回門廊。「他非常、非常強大。」

「萬一他把妳從我們身邊帶走呢？」

「他不會的。」她注視離開的灰色人影。「他是貴族，習慣別人爭先恐後服侍，但我們不是他的僕人。我們是邊境人。他或許比較強大，但我們比較聰明。我們只需要用一道題目難倒他。別擔心，我會想出辦法。」

「如果我們輸了，可以躲到殘境去嗎？」喬奇問。

她嘆息。「很聰明，喬奇，但不行，我們不能躲起來。首先，我的承諾有約束力，如果不遵守，會遭到非常嚴重的報應，我不確定待在殘境能讓報應找不到我；再者，有些異境人能進入殘境幾天，不會有任何後遺症。就算我們逃走，他還是有機會找到我們⋯⋯」

而他太過強大了，就連他的寬肩都展示出一股她不希望對上的力量。她有種感覺，如果自己對他開槍，他會用口水啐開子彈，然後將她扛上肩膀，一路拖回異境。

她眞正需要做的是留在家裡，確保自己能到公車站接孩子，但他們必須吃飯，而一天不去工作不在選項之列。她的工作儘管差勁，卻很珍貴，只有和邊境有關係的公司才肯雇用邊境人——其他公司都需要社會安全號碼和駕照，而她的證件經不起檢驗。她會一眨眼就被開除，後面還有一長排邊境人準備好取代她的位置。

「那不重要，」蘿絲堅定地說：「我們不會逃，這裡是我們的家。我們會採取邊境人最擅長的行動：不擇手段。不過到週末之前都不必管他的事，只要照顧好自己並且好好思考。奶奶今天不能去接你們，她要和亞黛兒·摩爾去樹海深處調查一件事，而我必須搭拉妥雅的便車，因爲我們的卡車沒油了。我要你們一下公車就直接回家，聽懂了嗎？別和任何人說話，別亂跑，直接回家，進屋子，鎖好門，別幫任何人開門，特別是他。」她朝貴族的方向點頭，目光緊盯住孩子們。「重複一次給我聽。」

「直接回家。」喬奇說。

「別亂跑。」杰克說。

「進屋子，鎖好門。」喬奇說。

「別讓貴族進門。」杰克接著說完。

蘿絲點頭，希望這樣有用。

□

愛爾希·摩爾輕輕哼著歌，時間將近十一點，該是吃早午餐的時候了。這將是一頓非常特別的早午餐，她穿上漂亮的藍洋裝，頭髮綁上她最喜歡的淺藍色絲質緞帶。陽光依舊燦爛，天氣宜人，花園繽紛盛放，而一排排填充玩偶的塑膠眼珠以傾慕的眼神注視她。

愛爾希露出甜美的微笑，坐到綠色塑膠桌的座位上。「彼特先生、布洛斯南先生、克隆尼先生、賓先生，你們好嗎？要不要用些茶和點心？見到你總是很開心，巴納先生。」

玩具熊看起來對她優雅的舉止印象頗為深刻。她的舉止當然優雅——她是位淑女。

她拿起側面飾有小粉紅玫瑰的迷你塑膠茶壺為布洛斯南先生倒茶，毛茸茸的柔軟熊掌伸出想接過。

她嘖嘖道。「布洛斯南先生，你的失態令我震驚，你要等我幫所有紳士倒完茶之後再動作。」

玩具熊放下熊掌，似乎因爲受到責備而羞愧。

古怪的感覺爬下她的背，彷彿有人在她的皮膚上倒了冰涼鵝油。她磨磨牙，試圖忽視那股感覺，這會是非常棒的茶。

那股感覺更加明顯，令人作嘔的黏膩魔法黏著她，試圖滲透她的皮膚，進入她枯瘦的背往下鑽。它想要鑽進去。

愛爾希放下茶壺轉身。

牠站在草坪邊緣，是個由灰色的陰影和黑暗組成的東西，似乎厭惡光線般緊貼著灌木叢的陰影，融入黑暗中，她唯一能清楚看見的是牠的眼睛——兩隻同樣微放冷光的狹長灰眼，彷如骷髏頭上開了兩條縫，塞進雨雲。

她朝牠扔茶杯。「走開！」

那東西沒有移動，另一雙眼睛在第一雙眼睛上方張開，是同樣污濁的灰。上面那雙眼睛看著在草地上無害滾動的茶杯，下面那雙眼睛直盯著愛爾希。

她背上那股恐懼變得更強烈了。冰冷的黏稠感滑下她的頸部，輕微的刺痛燒灼她的胸口和背部，彷彿有十幾根細針正在測試她肌膚的韌度。

艾爾希尖叫，手揮向杯子，狂亂地抓起一個個小塑膠杯，扔向那些邪惡的眼睛。

「奶奶？」愛咪走出屋子，用圍裙邊緣擦拭雙手，一雙胖腿直奔而來。「怎麼了？」

愛爾希用顫抖的手指指向那個黑暗的東西。愛咪撥開臉上金色的鬈髮，瞇眼看向灌木叢。「什麼？」

「牠想要抓我！牠毀了一切！」

「樹叢？樹叢毀了一切？」

「不是樹叢，是那個東西！」愛爾希直指那個怪物。

愛咪彎腰照著她手指的方向看。「奶奶，那裡沒有東西，只有一叢老紫薇花。」

愛爾希甩她耳光。「蠢女孩！」

愛咪直起身子。「那麼做就不對了，我陪妳進屋去，看來妳需要吃藥。」

「不！」

「要。」

愛爾希試著抓她，但愛咪比她強壯得多，也比她重上一百磅。愛爾希被拉起身，堅定地帶回屋子。她扭過頭，看見那個黑暗的東西潛向桌子。她尖叫，但愛咪繼續拖著她往前走。

那四隻眼睛下方咧開了一張大口，露出滿滿的邪惡牙齒。愛爾希只能尖叫，眼睜睜看著怪物咬住巴納先生，將它毛茸茸的填充身體撕成兩半。

□

蘿絲將大吸塵器搬進淨亮清潔公司公用廂型車的後車廂。拉妥雅和泰瑞莎還在卡普蘭保險公司裡，拉妥雅正和艾瑞克．卡普蘭聊著天，泰瑞莎在整理著浴室。艾瑞克是個英俊的傢伙，給人一種無憂無慮、陽光開朗的正面形象。拉妥雅自認可以將他玩弄於鼓掌間，不過蘿絲很懷疑。艾瑞克的工作是讓人們喜歡他，向他買保險，而從豪華的辦公室來看，他很精於此道，完成了他的艾默生叔叔辦不到的事。不幸的是，淨亮清潔公司是他的艾默生叔叔經營的，這表示艾默生是她的老闆，而他脾氣沒有姪子一半好。

蘿絲靠在廂型車上，憂慮像巨大的沉重鉛塊壓在胃底，恐懼折磨了她一整個早上，而且就是無法擺脫。通常她可以找出焦慮的原因——大多是金錢上的煩惱——但今天卻沒有特定理由。碰到荒猪還不夠，現在還得對付貴族。

她對拉妥雅和泰瑞莎提到那頭荒猪，她們發出驚恐的聲音，然後泰瑞莎說她前幾天碰見過瑪姬．布流斯特，一個擁有預見能力的溫柔鬥雞眼女孩。根據泰瑞莎的說法，瑪姬說最近會發生壞事，她說不出到底是什麼——泰瑞莎覺得瑪姬不知道——但看得出來那種感覺嚇壞了瑪姬。

瑪姬曾經出錯，去年十月她預言會有颶風，認爲他們都會被吹走，結果出現的卻是朗朗晴空和六月般的天氣。

但瑪姬也曾說中，蘿絲因此十分擔心。她感覺彷彿有一場看不見的暴風雨正在醞釀，而自己正處於風暴邊緣。

蘿絲關上廂型車門，嚇了一跳。威廉就站在她旁邊。

「嗨。」他說。

她用力吸氣。「老天，你嚇到我了。」

「對不起，我不是故意要嚇妳的。」他靠在廂型車上。「我只是要開車到工作現場，看到了妳，想打聲招呼。妳好嗎？」

「我很好，謝謝。」他就在眼前，英俊又有意願，但她沒有任何浪漫的感覺，心臟沒有「顫動」。那個念頭讓她鬆了口氣。蘿絲微笑。她是對的，不需要和他出去約會。

「開學第一天情況如何？」威廉問。

「情況不錯。」

他咧嘴笑。「他們不必將杰克綁在椅子上？他看起來似乎沒辦法乖乖坐著超過五分鐘。」

她輕聲笑。「他是個好孩子。」

「他們兩個都是好孩子，」他點頭：「有什麼辦法可以說服妳和我去吃午餐嗎？」

她微笑搖頭。「我想那不是好主意，威廉。」

「爲什麼？我又不會傷害妳。」

她察覺他眼中閃過那個在漫畫店彼得．潘戴夫眼裡的戰場老兵眼神。他立刻隱藏起來，但那眼神確實存在，在他的眼中等待著。蘿絲遲疑了，事情沒那麼容易解決。「有時候兩個人認識時會有某種聯繫、某種立刻出現的吸引力，你看著某人，納悶你們之間會發生什麼。我對你沒有那種想法。你是個英俊的好人，而說眞的，我希望以那種方式喜歡你，但我們之間就是什麼都沒有。」

他仍保持微笑，不過臉上的笑容相當僵硬。

「我很抱歉，」她說：「這樣說很差勁，很抱歉，但我不希望誤導你。」

「蘿絲．崔頓。」

那個聲音打斷她的話，她轉過身，手握成拳。「布萊德．迪倫。」她說，聲音充滿憎惡。

布萊德看起來和他們高中交往時一模一樣，雖然身上多了一些新的刺青，鼻子掛上了環，但除此之外，他還是原本的布萊德，同樣的火熱棕眸和英俊相貌，同樣看起來想痛揍某人，就是個傲慢的混蛋。她以前覺得那抹玩世不恭的微笑很性感，現在只想一巴掌甩掉它。

她的槍放在廂型車裡的手提包中，而布萊德絕對不會讓她拿到。她手裡沒槍，布萊德在殘境有個優勢——比較高大強壯。蘿絲看他打架很多次，明白她可以讓他付出昂貴的代價，但仍沒辦法獨力打倒他。

布萊德目光盯著威廉，上下打量。「我不知道你是誰，也不在乎，只想知道你跟我吃過的剩菜在攪和什麼？」

蘿絲做好準備。威廉隨時會賞布萊德一拳，等他那麼做，布萊德會馬上還手。威廉看起來很強壯，不過布萊德是個難纏的對手，而且手段卑鄙下流。她繃緊身子，準備介入。

威廉以微帶厭煩的表情看著布萊德。

「她是個爛婊子，」布萊德說：「我為你感到遺憾。」

威廉一言不發。

布萊德再嘗試一次：「如果換成我，會戴兩層保險套。如果你不戴套就和這個婊子上床，隔天早上老二就會掉下來，你不會希望染上她身上的髒東西。」

威廉的眼神多了幾分強硬，但蘿絲看不出他是憤怒或是害怕。「你打算做的事不值得我浪費時間。」威廉說：「說夠了嗎？」

「還沒。」

「有話快說。我很喜歡聊天，但有點餓了。」

布萊德看起來有些困惑。「去你的，混蛋。」

威廉聳肩。「還有嗎？」

布萊德瞪著他們兩個。她繃緊身子，以為他會撲上來。他下頷肌肉抽動，在暴力的邊緣徘徊。來吧，她想，動手。她幾乎希望他那麼做。

「妳的新男人是個軟腳蝦。」布萊德冷哼。

他退讓了。蘿絲揮手，努力隱藏心中的釋然。「走開，布萊德。」

布萊德轉身，大步走開，想必是覺得勝算不大。

威廉微笑，神情開朗愉快。「前男友？」他問。

她點頭。「類似。」

「回到剛剛的話題，」他說：「我很感激妳直接告訴我，但如果妳給我一次機會，我會改變妳的想法。」

「我懷疑。」她嘀咕。

辦公室的門打開，泰瑞莎走進陽光底下。黝黑的泰瑞莎嬌小結實，看了威廉一眼，停下腳步，仔細欣賞。

「我得走了。」蘿絲說。

「那就下次見了。」威廉後退一步，大步離開。

泰瑞莎朝她挑高眉，蘿絲搖了搖頭，爬上廂型車。她的麻煩已經夠多了，必須撐過這一天、回家、確定孩子們沒事，並且想出給那個貴族的考驗。她不喜歡這樣唐突地拒絕威廉的追求，但這樣最好，他們之間不會有結果。專心處理重要的問題，她告訴自己。

白天慢慢冷卻成夜晚。杰克溜來，坐在門廊，古老的木頭被下午的陽光烤熱了，他大腿下側感覺很溫暖。他瞇眼盯著天空中那枚明亮的黃色硬幣，亮晶晶的。

蘿絲說不要出門，但室內很無聊。他整天都在室內，在學校裡，而且很乖，沒和任何人打架或大叫，甚至連艾登試圖偷走他的橡皮擦時，也沒有抓艾登。就算討厭的炸魚條吃起來像某種神祕的肉混雜砂子，他也毫無怨言地吃掉了。他沒被老師罵或警告，現在他想到外面去。如果放學後不能到屋外，上學又有什麼意義？而且現在才四點，蘿絲要到五點半甚至六點才會回家。

他安靜地坐著，睜大眼睛注視樹海，傾聽。那麼多細微的聲響，在北方遠處有一隻鳥對樹上某個入侵者尖叫，壞脾氣的憤怒松鼠吱吱喳喳互相叫罵，他看著牠們玩鬧爬上那棵藍葉松樹，指節間的肌膚發癢，渴望裂開，伸出爪子，但他動也不動地坐著——松樹的枝椏太細了，他爬不上去。他已經試過兩次，兩次都把樹枝壓斷，刮得自己滿身是傷，沾滿了黏答答的樹脂。

一隻大蟲落到他身邊的木板上，散發著深藍色的光澤。杰克整個人靜止。甲蟲以黑色的節足在木板上搖擺前進。杰克的身體綳緊，眼神緊盯著牠——亮晶晶的漂亮甲蟲。

腳步聲從屋裡走來，喬奇，又來掃興。

甲蟲背部分開，露出一對輕輕顫動的隱翅，繼續搖晃走過門廊，杰克躡手躡腳跟著，無聲靈巧。

「杰克，我們應該待在屋裡。」喬奇透過紗門嘮叨。

甲蟲停在木頭地板的盡頭，彷彿考慮著是否要跳到下面的草地。

「走開！」杰克含糊不清地說。

甲蟲的翅膀再次顫動，抬起兩片背甲，有如昆蟲肩上另一對硬質的藍色翅膀。

「杰克，回屋子裡！蘿絲說……」

甲蟲的翅膀加快速度，振成一片影子，飛進空中。

杰克躍起。

他一跳越過門廊，手指猛撲向甲蟲，接著落在草地上，雙手空空。沒抓到！

喬奇跳到門廊上。「回到這裡來！」

杰克追著甲蟲，牠往左飛，然後急轉往右，這隻明亮大蟲用奶油色的翅膀嗡嗡旋飛。他高高跳起，彷彿有一瞬間在空中飛翔，接著雙手將甲蟲抓在掌心。「逮到你了！」尖銳的蟲腳劃過他的皮膚，他大笑，從指縫間偷看。

「杰克！」喬奇的聲音如玻璃破碎般大響。

一股苦澀濃烈的惡臭朝他的鼻子襲來，接著一陣冰冷黏膩的怪異感受滴上他的頸後。他旋過身。

一頭怪獸站在草地上，五呎高，四隻枯瘦的腳著地，身體轉成某種角度，頭朝向杰克。牠的胸部寬厚，身體後面削瘦，一直到有力臀部的每一根肋骨都清晰可見，看起來像頭賽犬。那頭怪獸的臀部乍看之下幾乎是黑的，但當陽光照射到背脊時，怪獸背上那片粗厚的皮膚卻變成帶有黑色和綠色的深灰紫色，彷彿嚴重的瘀傷。牠沒有毛皮，只在腿後和背脊上長了一排粗短的尖毛。

怪獸的頭很長，非常長，不過沒有耳朵，兩對狹長的眼睛如車頭燈映照下著的濃霧般發出暗淡的灰光盯著杰克。

杰克過去在樹海中探險時，曾經看過惡狼、狐狸、熊和無數他叫不出名字的生物眼睛，但沒有任何生物擁有那種眼睛。那是凶暴的眼睛，就像鱷魚的眼睛一樣殘忍無情。

結界會擋住牠。結界……杰克的眼角瞥見那幾排結界石——落在幾碼之外。

杰克僵住。

他隱約地察覺到門廊上的喬奇。哥哥往後微微退了一步，怪獸抬高長滿長爪的巨大前腳，往前踏了一步。

「別動。」杰克輕聲說。

喬奇像雕像一樣靜止不動。

甲蟲從杰克張開的手指中溜出來，爬上他的手背，振翅飛翔。杰克沒動，連眼睛都沒眨一下，所有本能都在大聲尖叫，動一下就會死，所以他僵立在原地，全身充滿恐懼。

怪獸張開嘴，嘴唇往後縮，露出長滿恐怖血紅獠牙的黑色下頷，四隻眼睛將杰克釘在原地。

杰克吞口水，手腕上的手環開始發燙，但他明白如果拿下手環變身，那頭怪獸一定會攻擊自己。他必須回到結界後面，那是唯一的機會。如果他逃跑，怪獸就會追上來，從牠的長腿和瘦削身體構造可以知道牠的移動速度很快。牠會抓住他，將骨頭上的肉扯下來。

他稍微動了動，沿著草地往後滑了一小吋。

「右邊。」喬奇顫抖的聲音喊道。

杰克微微轉頭，幾乎不敢讓視線離開那四隻眼睛，卻瞥見第二頭怪獸沿著結界線邊緣緩緩踱步。第二頭怪獸發現他在看，停下腳步，露出密密麻麻的腥紅利牙。只要他一動就會被抓住。他被截斷後路，逃不掉了。

杰克的心臟彷彿快要跳出來般在胸口猛撞。響亮的脈搏聲充斥耳朵，在腦中轟隆作響。眼前的世界變得異常清晰，杰克深呼吸，努力不要頭暈。

「別動。」有人輕聲說。

杰克轉頭。那個貴族站在幾碼外的草坪邊緣，杰克心中才剛湧現的暈眩釋然感又消失了——這個貴族也是敵人。

男人走上前，把毛皮斗篷抖落在背後的草地上，俐落地從腰上抽出一把細長的劍，眼神越過杰克，盯著兩頭怪獸。

「慢慢往我的方向退過來。」貴族說。

杰克停在原地。這個貴族想要蘿絲，不能信任他。

怪獸往前逼進。

「我不會傷害你，」那個人保證：「你要過來一點，快。」

他身上飄來一股氣息，是淡淡的辛辣丁香。

貴族是人類，怪獸不是。

杰克的動作彷彿在水中般緩慢，往後退了一步。

兩頭怪獸同時上前。

「就是這樣。」那個貴族說。杰克跟緊那個聲音，又慢慢退後一步。

怪獸逼得更近。

再一步。

他看見牠們腿上的肌肉緊繃，知道牠們準備撲上來了。

「跑！」貴族大吼，跳向他。

杰克拔足狂奔，像腳上長了翅膀般飛過草地，眼角看見兩道黑影改變方向包夾自己。牠們會抓到他，牠們會……

一隻手抓住杰克的肩膀把他往前拉。杰克越過男人，翻滾過草地，蜷成一團。

左邊那頭怪獸跳到半空，貴族劍一劃，怪獸的深色身體變成兩半落到草地上扭動。劍身再次如月光般一閃，第二頭怪獸的頭掉到草坪上。

貴族舉起手，將一團白光擲向左邊的怪獸，先是一半身體，然後是另一半。辛辣的煙霧升起，鑽進杰克的喉嚨深處，怪獸的腿停止抽動。

貴族將另一道白光注入第二頭怪獸的頭，接著轉身，然後彎下腰。杰克感覺到自己被抱離地面，他摟住男人的脖子。管他是敵人或朋友，杰克不在乎，這個貴族很溫暖，又是人類，還有一支大劍。

「你做得很好。」貴族說。

杰克將他抱著更緊，身體劇烈顫抖，彷彿被凍僵。

喬奇奔出門廊，在結界線前停下，臉色慘白好像死人。

貴族將杰克抱到結界線，向喬奇點頭。「把石頭移開。」

喬奇只猶豫了一分鐘。

星期五，蘿絲邊對自己嘀咕，邊跨步走向通往房子的道路。明天就是星期五了，發薪日。她會領到三百元，幫那輛該死的卡車加點油。不管有沒有貓耳朵，她都不要再過這種沒有汽油的生活。

她整個下午都充滿了焦慮，從看著兩個小鬼上公車開始就不斷增強，最後爆發成完全的恐懼。孩子們受過充分訓練，能自己在家度過兩小時；他們知道怎麼使用獵槍和十字弓，在結界的保護中也很安全，但那份擔憂仍令她不安。她在距離屋子一哩的地方將手提包掛上肩膀，開始小跑步，轉進家裡的黃土小路，跑過樹叢，進入庭院。

草地上有三塊黑色血跡，冒著黑煙，污穢的魔法瀰漫空氣中，那股味道彷彿一拳揮向她——一塊用火燒過然後丟棄腐爛的油膩烤肉散發的強烈腐臭。蘿絲乾嘔，奔上屋前的階梯，打開門，越過客廳，衝進廚房。

男孩們坐在桌子旁，盯著站在火爐旁的貴族，他一手拿著平底鍋，一手拿著廚房毛巾。

蘿絲根本沒注意到手提包滑下肩膀，落到地板上，包裡的槍枝發出悶悶的撞擊聲。

四個人瞪著彼此。

貴族甩了一下平底鍋，將鬆餅翻面。

第五章

「你們讓他進門？」

男孩們畏縮了一下。

「進門？進我們家？」

喬奇身體往旁邊閃，彷彿她剛剛砸了什麼東西過去。

「待會再來修理你們兩個。」蘿絲緊盯著貴族。「你，馬上離開。」

他讓那塊鬆餅滑到三吋高的鬆餅堆上，湯匙放進糖罐，將糖灑在鬆餅上，看向她的弟弟。

「男孩在踏進社會前學到的第一條禮儀規則是——對所有女性保持風度。無論是多麼不公平或言詞粗魯的挑釁，男人都沒有理由對女人表現出絲毫無禮。」

男孩們專心聽著他說的每句話。他瞥向她。

「我認識一些極度令人不悅的女人，卻從來不曾違反這個原則，但我得承認，你們的姊姊可能會證明我的修養不足。」

蘿絲凝聚魔力。「出去。」

他露出挑剔的表情搖頭。

她握緊拳頭。「你只剩下十秒離開我的房子，否則我煎了你。」

「如果妳打算煎了我，我會相當生氣。」他說：「再說，煎鬆餅的味道好多了，畢竟鬆餅又甜又軟，而我全身都是骨頭。妳想來一塊嗎？」他將盤子遞向她。

魔法在她體內顫動，一觸即發。

杰克溜下椅子，站在貴族前面擋住了她。

「走開！」

「他從那些怪獸爪下救了我。」杰克低聲說。

「什麼怪獸？」

「外面的怪獸，牠們攻擊我。」

「你怎麼知道那些怪獸不是他變出來的？」

「目的是什麼？」貴族問。

「進入這棟房子！」

「請告訴我，我爲什麼想這麼做？」

蘿絲頓住。她不確定他爲什麼會想這麼做。即使這棟房子裡有任何吸引他進來的東西，她也想不出是什麼。「我不知道，」她說：「但我不信任你。」

他對兩個男孩點頭。「去吃鬆餅，你們姊姊和我必須談談。」他走向她。

她抬高頭。如果他以爲可以在她自己的房子裡對她頤指氣使，那他一定會大失所望。「很好，我們到外面談。」免得杰克又擋在他前面。

那個貴族點頭，以流暢優雅的動作和她並肩齊進，幫她打開前門。

「別傷害他，蘿絲！」喬奇說。

杰克看起來像隻濕淋淋的小貓，悽慘無比。

蘿絲大步走上前廊，緊緊關上背後的門和紗門，指向小路。「去那邊。」

他走下階梯。少了斗篷，他看起來沒那麼魁梧，輕柔的黑色皮革上衣包覆他寬闊的結實背部，往下在瘦削的腰被皮帶束緊，賽跑選手般的長腿套著灰色長褲和深色長靴。他的動作帶著一種自信但不誇耀的氣質，沒有多餘的動作，俐落而敏捷。他走過草地到冒著煙的血跡旁時，她想起了祖父。克利特以前的動作也像這樣，充滿天生劍客的靈敏，不過她的祖父身材瘦削，以速度取勝，而或許這個貴族動作也很快，看起來卻相當強壯。如果他沒有跳上她的福特，那輛老卡車可能會像汽水空罐一樣被他的身體撞爛。

貴族站在血跡旁邊，瞥向她。她交抱雙臂。他伸出手，邀請她走過來。想得美。

「請給我這份榮幸，到我身邊來。」他的說法彷彿她是舞會上的淑女，而他邀請她到陽台私下閒聊。

他在嘲弄她。她發火了。「我從這裡就看得很清楚。」

「妳關心妳弟弟嗎？」

「當然關心！」

「那我不明白妳爲什麼這麼輕忽他們的安全。麻煩過來，還是要我抱妳？」

她跳下門廊走過去。「你敢的話試試看。」

「別引誘我。」他跪在血跡旁，手伸到血跡上方，力量在他的掌心聚合，他用一種她聽不懂的語言低聲吟唱，魔法順從他的言語湧現，煙霧凝聚成一個形體。

一頭可怕的怪獸瞪視著她，怪獸有著高而長的軀幹、寬厚的胸部和靈緹犬【註】的後半身，接著在長頸頂端的頭形狀幾乎像馬一樣，只差在臉部裂開的那四隻暗灰色的狹長眼睛。怪物的腳掌大得不合比例，腳趾極長，配上三呎的爪子。想到那些爪子劃進杰克的身體，就令蘿絲喘不過氣來。

那頭野獸順從貴族揮動的手，張開嘴巴，整顆頭幾乎裂成了兩半。大張的喉嚨張得更開，露出一排排三角形的利牙——血紅且邊緣呈鋸齒狀，用來撕碎血肉。

「總共有兩頭，」貴族輕聲說：「一頭從左邊來，另一頭從屋子後面，牠們追蹤杰克，打算殺了他。我明白妳缺乏教育，也不信任我，那麼聽從妳自己的直覺——妳知道這是頭怪物，不是動物，完全是另一種東西。把手放進去。」

「什麼?」

「碰觸它，妳會感覺到殘留的魔法痕跡，那不會傷害妳。」

蘿絲小心翼翼地碰觸煙霧，手指因爲魔法而刺痛，然後她感覺到了，一種碰觸到黏稠腐爛物的恐怖觸感，同時又很粗糙，彷彿她的手探入腐敗的屍體中，發現裡面充滿了刺人的砂礫。她抽回手。

那還不夠，她要更深入瞭解。

蘿絲逼自己再次伸手探進煙霧，噁心的觸感再次包覆她的手，她皺起臉，別開頭，不過手依舊放在怪物體內。她的手漸漸麻木，然後察覺到污穢魔法的模糊共鳴，彷彿一根通了電的電線在怪物的殘

編註：靈緹犬（Greyhound），又名格雷伊獵犬，強健的四肢與流線形體型，讓此犬種或爲陸上速度最快的哺乳類動物之一。

影中悸動。那是陌生的魔法，彷彿星辰間的黑暗那般無情冷漠。蘿絲抽回手甩動，努力甩掉手指上殘餘的感覺。他說得對，這不是動物。

貴族粉碎獸形煙霧，對她伸出手。「碰觸我。」

她盯著他的掌心，長滿了繭，很可能是揮舞那把天殺的劍造成的。

「我不會咬人，」他說：「至少在妳到我的床上前不會。」

「絕不可能。」她將手放上他的掌心，魔法流入指尖。他是讓她看見魔力，純白溫暖力量在他體內閃耀，宛如遙遠的星辰。那星光黯淡下來，彷彿被一件斗篷遮住般消失了。蘿絲突然發現自己的手指在一個男人手裡，後者正以心知肚明的嘲諷笑容打量她。他的肌膚溫暖粗糙，握手的力道堅定，她的思緒立刻回到他剛剛說的「在床上咬人」宣言。

蘿絲猛然抽回手。他的用意很清楚，就算是她也知道——要召喚那些怪獸，就必須接納牠們貪婪的魔法。而那魔法仍然黏在她身上，努力想鑽進體內，任何長時間接觸牠們或其源頭的人會永遠被玷污。她在這個貴族體內察覺不到任何醜惡的影響。他是清白的。

貴族伸出手，彷彿在要求她的回覆。

「我瞭解你的意思了，」她承認：「牠們不是你帶來的。你強調過很多次你受過教育，所以我想你應該知道牠們是什麼，又有什麼目的？」

他似乎思考了半晌。「我不知道。」他說。

太好了，棒呆了。

「我知道牠們想要殺死杰克，」他說：「我不認為牠們是針對他而來，換作任何其他人，一樣會成爲牠們的目標，牠們的魔法很……」

「黏膩。」她補充。

貴族點頭。「魔法在尋找對象吸收，很危險。」

「謝了，廢話隊長。」

「所以我今天晚上要留在妳身邊。」他說。

蘿絲眨眼。「什麼？」

「我遠道而來，不是爲了目睹未來的新娘被某頭怪物吃掉。妳缺乏足夠的力量對抗這個威脅。如果妳敏感到無法容許我在妳的屋子裡，那麼我會留在這裡。」他指向門廊。

「不！」

「要。」他背對她，走上門廊，坐在台階上。

「我要你離開。」

「恐怕辦不到。聽著，我答應妳弟弟今天晚上會保護他們的安全，而我不會違背承諾。不請我進門是妳的權利，不過如果能提供一條毛毯，我會很感激，那是基本的人道關懷。」

蘿絲想跺腳，但她不想洩露出自己被激怒的程度，不能讓他稱心如意。「沒必要，」她說：「我們在結界裡很安全。」

「我不敢肯定。」

「聽著，我很感謝你的好意，但我要你離開，馬上。」

他不理她。

蘿絲瞥向房子，看見紗窗後的兩張小臉。太好了，現在怎麼辦？不管他是不是貴族，他都救了杰克。他發過誓不會傷害他們，而用電光攻擊一個沒對她出手的人違反她所有本性。他不可能眞的想保護他們，那樣太……高尚【註】了。這個雙關語幾乎讓她捧腹大笑。疲憊像一條丟在她頭上的濕毛毯般襲來。她過了糟糕的一天，沒有力氣爭論下去了。

「好吧，你可以睡在門廊上。」

蘿絲進屋用力摔上門。男孩們盯著她。「如果他試圖進門，開槍射他。」她說，走向淋浴間。

有時候簡單的快樂是最棒的，而什麼也比不上在工作後淋浴。在一整天噴灑清潔劑並擦拭辦公室的櫃台和牆壁後，蘿絲正用愛爾蘭春天香皂和人工海綿搓洗自己，花了十分鐘用洗髮精和肥皀淹沒這一整天。當她走出淋浴間，穿上乾淨衣服、梳好濕答答的頭髮時，才感覺到自己差不多恢復了人樣。

在她淋浴的同時，對那個貴族干涉的惱怒慢慢消融成不自在的彆扭。那個貴族救了杰克，因爲他們害怕而留下來陪伴，甚至準備食物，結果她卻把他當成髒東西一樣對待。她感覺很糟。這麼想很蠢，蘿絲告訴自己，他到這裡是爲了逼她嫁給他，這一切很可能只是演戲，沒必要同情他。那兩頭攻擊杰克的怪物令她非常驚恐，蘿絲希望能和奶奶談談，但夜色已深，必須等早上才能啓程，而艾麗歐諾雖然在緊急情況下會用電話，但拒絕在她家裝一具。

她走進廚房，杰克遞給她一塊用藍金屬盤裝的鬆餅。「很好吃，」他說：「他特別做的，瞧，上面還灑了糖。」

喔，老天在上。「告訴我所有事，從頭開始。」

十分鐘後，她拼湊出整件事的始末。喬奇非常生動地揮舞叉子，示範貴族以高超的武藝將怪獸劈成碎片，然後帶杰克回屋裡，保證只要有他保護，就不會有任何可怕的東西接近，接著開始做鬆餅。如果眞的是他設計了整場戲——還是有這個可能——也安排得天衣無縫。兩個男孩現在相信他能移山倒海了。才不過一個鐘頭，那個貴族在他們眼中從「一看到就開槍」的壞人，成了男子氣概無與倫比的偉大英雄。

「他吃過了嗎？」

男孩搖頭。

太棒了，現在她有個餓肚子的「英雄」在門廊上，沒有食物或毛毯，而她微微的彆扭徹底變成強烈的罪惡感。這根本沒道理，她邊從冰箱拿出一些香腸來煎，邊想著自己應該開槍射他的腦袋。

蘿絲將香腸分別放進四個盤子裡。「吃你們的飯。」

她將一支叉子和一把刀放到其中一個盤子上。喬奇跳下椅子，將冰茶倒進一個塑膠杯裡，遞給她。蘿絲翻白眼，帶著食物和茶到門廊。

他還在她剛剛離開的地方坐著，眺望剛染上晚霞的天空，風吹亂他的金色長髮，那支大劍放在旁邊，就連坐著不動時，他也散發出危險的氣息。

把盤子朝他扔過去就跑，她告訴自己。

她將盤子放在他旁邊。

譯註：高尚（noble），同時也有貴族之意。

「謝謝。」他說。

他道過謝了，妳可以回屋裡去了。

結果她卻靠在門廊的柱子上。「你今晚眞的打算留在我家門廊？」

「對。」

「我完全可以照顧我們三個人，天色越來越晚了，你應該回去本來住的地方。」

「相信我的帳篷會非常想念我。」他說。

「帳篷？」

「對。」

「你睡在帳篷裡？爲什麼？你沒錢嗎？」

「剛好相反。」他伸手探進無袖緊身上衣裡，拿出一只皮質小錢包，他解開繫帶，伸手進去，取出一枚金幣，陽光在金屬的表面閃爍。

一小筆財富。她很好奇那價值多少，足以讓他們度過兩個星期嗎？還是三個星期？

「那麼問題在哪裡？」

他露出困惑的表情。「我試過找住處，但不幸的是，妳的鄰居大多嚴重缺乏信任。他們一看到我走近，就鎖上門、關上窗戶，不管我喊多大聲、怎麼揮舞錢包，都無法說服他們講道理。」

蘿絲想像他穿著那件壯觀的毛皮斗篷，肩膀上揹著那把巨劍，站在奧格翠家的邊界使盡力氣吼叫，然後憤慨地發現沒有人出來的畫面。她放聲大笑。

「我相信妳覺得我尷尬的處境很好笑。」他挖苦說。「妳住的地方都是不懂絲毫禮貌的瘋子。」

「你試過南邊的麥考爾家嗎？他們可能需要錢。」

他抬高鼻子，貴族的傲慢姿態宛如廉價香水般四溢。「我才不住破房子。」

「喔，眞抱歉，殿下。」她笑得更大聲了。

「有些和我有同樣處境的人可能會覺得妳的笑聲很無禮。」

「我忍不住，一定是因爲緊張。」她笑得全身發抖，心中凝結的那一小塊冰冷恐懼融化了。這個貴族絕非人畜無害——剛好相反——可是一旦她嘲笑過某人，就很難繼續對他抱著同樣強烈的恐懼。

「妳可以讓我住在這裡，當然，我會付錢。」他將金幣丟回錢包，金屬撞擊聲響起，表示裡面還有很多同樣的東西。

「喔，這招高明，」她說：「你要我答應讓你住在我們家裡？」

「有何不可？我已經答應要保護你們，所以被自己的誓言束縛在這塊土地上，至少今天晚上。妳不妨從我的不幸賺一點錢。」

「你簡直匪夷所思。」蘿絲搖頭。他到底爲什麼這麼想進她房子？她心裡有一小部分懷疑他是不是眞的擔心那兩個孩子，但更多的是憤世嫉俗的不信。他是貴族，天殺的才不在乎雜種邊境男孩。

「我單純是實事求是。妳那棟房子裡可能有張空床，而我希望那張床乾淨又柔軟，比這個門廊的硬木地板好多了。」

她眞的在考慮。他可能肩膀一推就能撞開她的房門，事實上，如果他下定決心，很可能把牆撞破。就他們的安全而言，讓他睡在門廊上或睡在房子裡根本沒有差別，那筆錢尤其吸引人。她可以買一次牛肉，而不是雞肉，可以幫喬奇多買一套制服，可以幫小鬼們買朗奇堡【註】。他們總是想吃那個，但一盒三塊九毛八的價格只能當作偶一爲之的享受。

「這是單純的生意安排，和我們另一個協議無關。」她警告。

「當然。」

「我要你發誓不會試圖騷擾我。」

他很緩慢地上下打量她。「如果我決定騷擾妳，絕不只是『試圖』，而且妳會非常樂於參與。」

蘿絲感覺熱氣爬上臉頰。「仔細想想，我不確定我房子大到容得下你和你的自大，應該沒有地方辦得到。給我保證，不然就睡外面。」

「如果妳堅持。」

「我要聽到承諾。」

他嘆氣。「我保證無論多想，都不會騷擾妳。」

「或是孩子。」

微笑從他臉上消失。他的眉頭蹙起，眼神變得陰沉。「我是坎邁廷家的貴族，才不會騷擾兒童，我不接受這種侮——」

「我不在乎，」她打斷他：「你可以忿忿不平地捶胸頓足，或發完誓然後進屋睡覺，自己選。」

「妳是我所見過最令人火大的女人。我發誓不會騷擾孩子。」他咬牙切齒地說。

蘿絲伸出手，他丟了一枚金幣到她的掌心。一枚異境金幣，就算以馬克斯·泰勒黃金換現金的苛刻匯率，這枚小金幣也夠買一個月的食物了。

「我沒有零錢，你有比較小的錢嗎？」

「拿著。」他咆哮。

「隨你便。」

她帶著嘲諷的鞠躬和大大的微笑開門。「請進，殿下。」

「叫我坎邁廷爵爺就好。」

「隨便啦。」

她領他進門，男孩們已經掃光食物，正在洗盤子。

「喬奇，麻煩去門廊把他的盤子和飲料拿進來。他今天晚上會睡在爸爸的臥室裡——他付了錢。你們在我房間地板睡。」

貴族低聲怒吼。

三十秒後，蘿絲和貴族在桌子的兩端坐下。蘿絲嚐了一口鬆餅。當然已經冷了，但還是很美味，而她餓壞了。「老天，這眞好吃。」

「吃慢點。」

蘿絲從餐盤裡抬起眼來。

他的用餐坐姿非常端正，彷彿進行著手術般精準地切著鬆餅。

「慢慢吃，」貴族說：「別用叉子切食物，用刀子切。切完的大小要讓妳不必吞下食物就可以回答問題。」

譯註：朗奇堡（Lunchables），美國大廠卡夫食品（Kraft Food）專爲兒童設計的即食餅乾三明治午餐組合。

我造了什麼孽？「好吧，還有其他指示嗎？」

他似乎把挖苦當成耳邊風。「有，看我，不要看盤子。如果一定要看盤子，偶爾用瞥的就好。」

蘿絲放下叉子。「潛水艇大人……」

「坎邁廷。」

「隨便啦。」

「妳可以稱呼我德朗。」他的口氣彷彿正敕封她爲騎士。這個混蛋。

「那德朗，你今天在做什麼？」

「這個問題很簡單，你今天在做什麼？在你殺怪獸和做鬆餅之前？」

「我在恢復旅程的疲勞。」他以突如其來的莊重語氣說。

他皺眉頭。

「你睡了午覺。」

「或許。」

「我整天都在洗地板、吸灰塵，清掃十間殘境辦公室。早上七點半上班，到六點才下班，我腰痠背痛，現在還能聞到手指上的漂白劑味道，兩隻腳底板感覺和這些鬆餅一樣平。明天，我還得工作，而我現在希望安安靜靜地吃東西。我有很好的餐桌禮儀，或許對你來說不夠好，但對邊境人來說絕對夠格了，而這就是這個家最高級的社交禮儀，所以麻煩你少囉唆。」

他臉上的表情彷彿剛被甩了一巴掌，讓答應他進屋這事值回了票價。她對他微笑。「噢，謝謝你做了鬆餅，非常美味。」

第六章

蘿絲很早就起床了。她睡得很不安穩，斷斷續續，一小時左右就醒來一次確定孩子的狀況。她兩度以爲聽到屋外有動靜，走到門廊探查卻一無所獲。昨天以前看起來還是如此平凡的夜晚似乎突然變得險惡，危機四伏。

等到她終於入睡，卻夢見了怪物，聽見孩子尖叫，失控地在彷彿永無止盡的泥巴上往前滑。還不到五點，她便放棄了睡眠，逼自己起床煮咖啡。

她走過父親的臥室，房門緊閉著。昨天晚上她爲「德朗」簡單地做了從浴室開始的屋內導覽，他似乎很能進入狀況。蘿絲不覺得意外，殘境的存在在異境並不算公開的資訊，但有些貴族知道，就像少數優秀的殘境居民也知道異境的存在。他的社會階層很可能高到足以知道不爲人知的訊息。

導覽結束後，蘿絲給了他一支多的牙刷——他的金幣夠付房租了，而且還有剩——和一條新毛巾，然後用乾淨的被單和毛毯鋪整爸爸的床。兩個小鬼向他道過晚安，他便躲進房門裡。她半夜出來遊蕩時沒看見他，不管吵醒她的鬼魅聲響是什麼，對他都沒有影響。

蘿絲考慮了一下是否要敲門，但決定不要。她不必出門，時間還沒到，可以利用小鬼們起床前的時間安靜地喝杯咖啡。

她打開窗戶，讓新鮮空氣流入，接著用父親稱爲土耳其咖啡壺的小金屬壺煮咖啡，等咖啡沸騰兩次後才從爐火上拿開。她爲自己倒一杯，並加了一點牛奶，然後坐在餐桌旁，準備專心品嚐飲料。從她面前的大窗戶看得見綿延到邊緣灌木叢的草坪景致，灌木叢後方的小徑蜿蜒通往林木之間的迷霧陰影。在黎明前的微光中，樹葉和草坪仍幽暗潮濕，一陣寒意滲進紗窗。像這樣的早晨，她總是慶幸能有頭上的屋頂和手中的咖啡。蘿絲舉高杯子到唇邊輕輕吹氣，碰了碰杯緣。還是太燙。

那些怪物令她心煩。她從未感受過如此……如此古怪的東西。所有的魔法都和自然有關，就算是最邪惡的那種亦然；但那些怪獸和一切毫無關係。牠們不是不死怪物，不是被召喚出來、賦予生命或由某種東西變形而成的。要製造出上述任何一種，必須從某個自然元素著手——岩石、金屬、生物細胞，而經使用的素材會在最後產物上留下印記。那些怪獸的魔法和任何東西都沒有關聯。

儘管不願承認，她的確非常感激德朗碰巧經過救了杰克。與其說是那枚金幣，不如說是那件事讓他能在她家過夜。她回想起德朗，充滿力量，他眼中凝結的白光……他是另一回事。她昨晚在斷斷續續的打盹和遲遲不肯消失的清醒間想到他好幾次，她仍然想碰觸他的臉，確認他真的是血肉之軀。

蘿絲將思緒拉回兩個男孩身上。沒有卡車，她根本不可能安全地接送孩子到公車站。在那些怪物出沒的此刻，絕不能讓他們獨自走回家。她必須在七點半之前到公司，很可能待到五點——如果走運的話——或六點。孩子們下午三點半就放學了，下公車的時間是三點四十五分。附近有這些怪獸，不能讓他們獨自回家，她也不放心讓他們在大馬路上等那麼久。奶奶很可能還在亞黛兒家，那個老婦人住在樹海深處，奶奶每次去拜訪她，都會在那裡過夜。

男孩們不能在公車站等兩個小時，殘境也有自己的掠食者，他們必須請一天假。

小徑上有動靜吸引她伸長脖子看個清楚。德朗從昏暗的小徑跑出，她猛跳起來，以為有東西正追趕著他。他跑上草地，稍微伸展，搖搖頭，接著開始慢慢以顯而易見的慢跑者姿態繞著房子前進，用漫步舒緩肺部的燒灼感。蘿絲坐回椅子，脈搏仍在猛跳，針刺般的腎上腺素飛快竄過她的手臂。該死的。

像他那樣傲慢的混蛋，或許根本不知道逃離攻擊者是什麼意思。吃慢點，眞是夠了。

她明白他爲什麼會有那種態度，她看過從商隊那裡交易來的《異境百科全書》和其他書籍。異境的貴族擁有無上的權力，各自統治自己的領地，在立憲制君主的監督下組成議會管理國家。他們擁有精心維護的血統、從小養成的教育，並被灌輸身爲菁英一分子的觀念。就像純種賽犬爲了服從比賽而細心打扮，他們的生活有嚴謹的規則，想要強迫所有人照規矩來並不是他的錯——他根本不知道還有其他做法。但就算瞭解他的出身也無法讓他變得討人喜歡。

德朗繞行完畢，直接停在門廊前方。他穿著深棕色長褲和無袖上衣，露出了手臂，腳上套著輕便的靴子。很棒的手臂……

他昨天召喚出那頭野獸影像的手法讓人印象深刻，她非常想知道他是怎麼辦到的，幾乎要開口問了。幾乎。他會當面嘲笑的。他已經認爲她是個無知粗魯的雜種，沒必要給他更多攻擊的把柄。

他依舊揹著那把大劍，他聳肩卸下，脫掉上衣，蘿絲正要舉起杯子的手頓在半空。

他汗濕的金髮散落在背上，雕像般的肌肉包覆高大魁梧的身材，以意志力鍛練出的寬闊肩膀和手臂，結實的背部往下收束成窄腰，臀部緊實，腿長而有力。他雖然身材壯碩，卻有練出來的肌肉線條——強壯、敏捷、迅速，從一出生便不斷致力於將自己的身體磨練成一件武器，這就是異境貴族的作風——他們的最終目標是帶領軍隊作戰。

德朗微微轉身，那是個細微的動作，但她察覺到了——他確保她從窗口看得見。哈！他在展示自己，讓她一飽眼福。蘿絲對杯子微笑。無論是不是貴族，他都只是個男人。

德朗稍微繃緊肌肉，對著草地炫耀完美的胸膛，接著伸展身軀。蘿絲將頭靠到一旁，望著他轉身的動作，讓目光順著明顯的二頭肌線條移動到結實的背部，然後回到胸膛和緊實的腹肌。那些異境人在這方面真有一套。

他的胸口和腹部都沒有毛髮，所有肌肉都被包覆在閃耀著金色光澤的肌膚下，因為跑步的汗水變得濕滑。在清晨冰冷的霧氣中，他身上散發出的熱氣彷彿體內有屬於他的溫暖光焰不斷燃燒著。他很俊美，就連那雙殺氣騰騰的冰山眼眸都令人著迷。

她啜飲咖啡。他一定是做了什麼很糟糕的事，才得到邊境來找新娘，或許是強暴犯……不對，她決定。她在他身上完全沒感覺到那種噁心的氣息。或許是殺手？在決鬥中殺死某個重要人士的兒子？她想像得出那種情況。

他拿起了劍。又想搞什麼花招？

德朗將劍高舉過頭和草地平行，站在原地許久，動也不動，接著突然開始凌厲地劈砍，旋揮疾刺，靈活的肌肉在皮膚下起伏，動作越來越快，以融合劍擊和藝術的致命劍舞打倒隱形的對手。

那畫面會讓任何女人受不了。蘿絲把杯子放到桌上，將頭靠在手肘，專心欣賞。

她沒抱任何幻想，她對他唯一的價值在於電光和生育能力。如果她同意成為他的新娘或情婦，就會和極有可能輕視她的冷淡拘謹男人住在一個屋簷下，和一群忙著看不起她的身分，根本沒機會瞭解她內心的人生活。她的兩個弟弟頂多只能當僕人，那種人生太可怕了。德朗確實俊美得令人心碎，看起來賞心悅目——不過等她目送他踏上離開房子的小徑、那結實的背部和完美的臀部永遠消失在眼前時，那幅畫面會更賞心悅目。

□

愛爾希坐在房內的搖椅上，抱著克隆尼先生，從門口可以看見孫女和她最好的朋友黎安低聲交談，愛咪的女兒明笛也在門廊上試圖和黎安的大兒子肯尼．喬做同樣的事，但他沒有理會。

那頭四眼怪物坐在門口，阻擋愛爾希出門。她花了一整晚用魔法麥克筆在地板上畫結界符文，本來想畫更多，但麥克筆沒水了。

怪物推擠著靠在由符文構成的隱形魔法牆上，一道閃光從扭曲的漩渦迸出，刺痛怪物的下頷，牠蹲坐回地上，對她露出血紅猙獰的獠牙——牠想抓到她。她抓起泰迪熊對牠揮舞，殺死巴納先生的就是這一頭，她很確定。

「謝謝妳過來，」愛咪說：「我不知道她怎麼了。她從昨天下午就坐在那裡不動，不肯出來，而我無法自己拖她出來。」

「老人有時候會有這種狀況。」黎安瞭解地點頭。

愛咪高挑柔軟，有張圓臉、圓潤的肚子和略帶捲度的棕髮。黎安與她身高相仿，但瘦削結實，再配上一張尖瘦的臉，像是長了胸部的金黃雪貂，麥多勒家的女人長得都像那樣。愛爾希噘起嘴，她們可以合力將自己拖出去。愛爾希用圍巾把自己綁在搖椅上，不過她知道這點障礙無法阻擋她們太久。

另兩頭怪物從廚房悄悄走出來，一頭溜過愛咪身邊，差點碰到她的大屁股，她顫抖一下，轉頭看，那頭怪物直接看著她，她聳聳肩又回頭看向黎安。愛爾希冷哼，蠢丫頭。

門口的怪物對著她微笑，灰眼彷彿在承諾——快了。

「我也不想對她動粗，」愛咪往前傾，偷偷說：「她尿濕了。我不希望大家以爲我虐待外婆之類的，妳知道人們會怎麼說。」

「妳不必擔心這個。」黎安對她保證。

兩頭怪物將爪子刺進牆面，像兩頭醜陋的大蜥蜴一樣爬上旁邊牆壁，細碎灰土剝落，掉到地上。

「不，我知道，妳不會說閒話，我只是……眞的很謝謝妳幫忙，巴柏出門打獵，家裡只剩下我一個人，我希望趁比較小的孩子們起床前搞定，沒必要讓他們看到。」

黎安點頭。「來把事情解決吧。」

她們走向門口，怪物悄悄閃開，躲到沙發後面。黎安在門口停住腳步，瞪著畫著黑線的地板。

「喔，天哪！」

「她連夜弄出來的，我連這是什麼都不知道，」愛咪搖頭。「我最不需要的就是這些符文跑出什麼髒東西來，妳懂嗎？家裡有小孩。」

黎安搖頭。「人的腦袋有時候就是會壞掉。」

愛咪走過房間，在愛爾希面前停下來。「外婆，妳必須出來。」

愛爾希放開克隆尼先生，抓緊搖椅扶手。她絕對不會被她們逼出去給那些怪獸抓到。

「如果妳不肯講理，黎安和我只好強拉妳出去。」

愛爾希把指甲嵌進木頭。

「隨便妳，」愛咪嘆氣，俯身試著將她拉起來。「喔，老天爺，她把自己綁在椅子上，用的還是她上好的圍巾。」

她蹲下拉鬆圍巾的結，愛爾希抓得她臉上見血。愛咪震驚地瞪著愛爾希，眼中湧出淚水。「外婆！」

愛爾希舉高手，枯瘦的手指像爪子一般曲起。「別碰我！」

黎安抓住她的左手，用雙手壓住，愛爾希抓她，但愛咪將她的右腕壓在椅子扶手上。愛爾希大聲叫罵，試圖用咬的。愛咪用左手按住她的胸口，將她固定在椅子上。愛爾希怒吼，咬牙切齒，卻無法碰到愛咪的手臂。

她們看著彼此。

「現在怎麼辦？」愛咪喘氣著說：「我碰不到那個結，要是我放開手，她又會把我們抓得滿身是血。」

「肯尼．喬！」黎安大叫：「叫他解開結，然後我們就這樣把她搬進浴室。肯尼．喬！」

紗門砰地打開，肯尼．喬越過客廳，走進臥室，符文微微震動，愛爾希抵著愛咪的手掙扎。肯尼．喬不是愛咪那種廢物。「逃！」愛爾希對他大喊：「快逃！」

「媽？」

「我要你……」

第一頭怪物悄悄從沙發後繞出，盯著肯尼的背。他轉身，立刻面白如紙。怪物搖搖晃晃地朝他踏近一步，肯尼踉蹌退後，嘴巴大張，嗆咳、掙扎、喘氣，然後尖叫，讓窗戶的玻璃轟隆大響。

第七章

一直到德朗結束伸展運動，蘿絲才想起咖啡。飲料已經冷了，她起身重新斟一杯，正好看見他大步走進門。他高大、金髮、氣勢凌人，讓廚房顯得狹小。至少他把上衣穿回去了，這絕對是件好事。

「喝咖啡嗎？」她問。

他點頭。「謝謝。」

她本來希望他會先去淋浴，讓她有時間一個人在廚房冷靜冷靜。

在這麼近的距離下，她聞到了他的氣息——從他汗濕的淡褐色肌膚散發出的淡淡檀香和極度陽剛的麝香。不，她堅定地告訴自己並退後一步，遠離他的碰觸範圍。他看起來俊美絕倫散發的氣味令人上癮，如果她走過去探索他嚐起來的味道，一定會在一吻過後放棄自己的自由、獨立和未來。

「很抱歉我儀容不整。」德朗說。

別客氣，他的儀容恰到好處。事實上，她或許該拿一個黑色大垃圾袋套到他頭上，這樣絕對能讓她的日子好過一點。「無所謂，我們邊境這邊不太重視儀式或正式服裝。」

他盯住她的淨亮清潔公司制服。「妳爲什麼穿那件衣服？」

「這是我的制服，公司所有人都要穿。」

「很醜。」

蘿絲感覺到自己怒髮衝冠，這件亮綠色制服是很醜，但她不喜歡聽到他說出口。她張開嘴。

「不過，就算如此，妳看起來還是很漂亮。」他說。

「諂媚也沒用。」她告訴他。

「那不是諂媚，」他冷淡地說：「誇大才叫諂媚，我只是表明事實——妳是個穿著不自然顏色醜陋布袋的美女。」

蘿絲盯著他，不確定該怎麼想。那是讚美還是侮辱？她無法確認，決定置之不理。

「照慣例妳應該提供借宿者早餐。」他說。

「希望你喜歡麥絲卷，我們只有這個。」

她從架子上拿下麥片盒，倒進兩個碗裡。「我要謝謝你救了杰克，還有陪在他們身邊，做鬆餅給他們吃。」

「謝謝。」

「我做的是任何正直的人都會做的事。」他說。

「不過，我還是拒絕和你走。」她在碗中倒了牛奶，把其中一碗推向他。

「收到。」他遲疑，彷彿在考慮什麼。「那兩個孩子非常勇敢。」

她坐在他的對面，看著他，「單純當作討論，假設你贏了賭注，對我有什麼打算？我會被當成育種牝馬拍賣給出價最高的買家，或者打算把我留下來自己用？」

他眼神一暗。「有人曾想把妳拿去拍賣嗎，蘿絲？」

「那不重要。」

「剛好相反，奴隸買賣在艾朮昂里亞是違法的。如果有人從事人口販賣，我想知道細節。」

她眯起眼。「那你會怎麼處理？」

「我會讓他們後悔莫及。」

她相信他會。「何必管這種事？」

「捍衛艾朮昂里亞的法律是我身爲貴族的責任，我很認眞看待這件事。」

「那很好，」她說：「但你還是沒有回答我的問題．你對我有什麼打算？」

他往前傾身，眼中的冷硬褪去了一點，雙眸變得深沉碧綠。「我打算擁有妳。」

「哪方面的擁有？」

他的嘴角勾起淺淺的笑意，神情十分專注，宛如一隻即將進行獵殺的貓。「全方面的。」

蘿絲嗆到咖啡。

喬奇揉著眼睛，搖搖晃晃走進廚房，德朗立刻直起身，表情輕鬆。

剛剛有一瞬間他的眼神發亮，讓她以爲他或許一直在捉弄她，似乎那麼說只是爲了激怒她。他是在開玩笑嗎？絕對不是。她並不是以爲他不會占她的便宜、取笑她，而是他看起來不像有幽默感的人。

蘿絲又拿出一個碗倒了牛奶，加上食物。喬奇爬上德朗旁的椅子，用湯匙戳自己那份麥絲卷。

「謝謝妳準備早餐。」德朗說，拿起自己的湯匙。

「謝謝妳準備早餐。」喬奇跟著說。嗯，貴族在這裡至少有件好事——喬奇不必別人提醒就說了謝謝。

喬奇望著德朗，彷彿在等下一個動作的暗示。她明白其中原因，德朗身上散發著某種「男人」的訊號，不是因爲臉——雖然他就算臉色陰沉，還是英俊得教人心跳停頓——他有絕佳的身材和雍容的氣度，但那也不完全是原因；更不是因爲他的劍、斗篷或皮衣。那是種難以言狀的東西，在眼神中或他散發的氣質裡，一種她無法確切指出的特質。

用比較俗氣的方法說：德朗很有男性氣概，那種「在暗巷裡可以倚靠」的男性氣概、那種「在壞人開槍前拿椅子揍他」的男性氣概。如果他們受到攻擊，他會毫不猶豫地挺身而出，擋住危險，因爲那是任何正直的人都會做的事。這兩個孩子根本沒辦法抗拒。

換個情境，她或許也會和兩個男孩一樣，但過去的經驗狠狠地教會了她，要對貴族敬而遠之。這一切剛毅不屈的男子氣概說不定只是惺惺作態，她必須步步爲營。

德朗將一匙穀片塞進嘴裡，喬奇遲疑了。最近要叫他吃東西是一件苦差事，他總是肚子餓，吃法卻像鳥一樣，東吃一點，西吃一點，然而他若是吃不飽，就會開始發抖。

德朗咀嚼，接著舀起更多穀片放進嘴裡，瞥向喬奇。喬奇在那雙綠眸的壓迫下坐立不安，再次拿起湯匙開始進食。

「喬奇，你們今天去奶奶家。」她說。

「爲什麼？」

「走到公車站或從公車站走回家不安全。」

德朗停下手的動作。「妳要去上班？妳的首要責任不是他們的安全嗎？」

「我很清楚我的責任，謝謝。我不工作，全家就得挨餓，就那麼簡單。」

所有人咀嚼食物，她瞥向德朗，他安靜地吃著，享受食物。他察覺她的視線。

「很好吃，謝謝妳。」

他必定習慣享用更好的食物，這句話很可能只是禮貌。「不客氣。」她含糊地說。

喬奇在座位上動了動。「杰克說昨天妳身上有威廉的味道。」

「喬奇！」

太遲了。德朗眼中閃出掠食者的光芒，這個貴族像聞到一絲鮮血氣味的鯊魚般警覺起來。「誰是威廉？」

「不關你的事。」蘿絲怒聲說。

「他是個男的，喜歡模型玩具，」喬奇好心地說：「他想和蘿絲約會，但蘿絲不肯。」

「你姊姊常常約會嗎？」

「每個星期都有。」蘿絲說。

「從來沒有，」喬奇同時宣布：「都是因爲布萊德．迪倫在他們最後一次約會時試圖綁架她。」

她瞪著他。他怎麼會知道那件事？

「婆婆告訴我的，布萊德用球棒打她的頭，然後她用電光烤了布萊德。杰克和我覺得威廉還不賴，但布萊德是個爛老——」

「喬奇。」蘿絲以鋼鐵般強硬的語氣說：「去刷牙，把弟弟叫醒。」

他溜下椅子，離開廚房。

德朗往前傾身，表情彷彿罩上一層冰。「這個威廉長什麼樣子？」

「英俊非凡。」蘿絲告訴他。

「那涵蓋的範圍太廣了。」

「你不必知道他長什麼樣子！」

「當然要。如果我遇見他，就必須阻止他追求妳。妳不希望我看到陌生人就攻擊，對吧？」

她將碗拿到洗碗槽。

「蘿絲，」他喊道：「這很重要，那個威廉長什麼樣子？」

蘿絲沖洗手中的碗，抬頭瞥向窗戶，看見黎安．奧格翠在小徑上踏著堅決的大步朝她的房子走來，憂慮的表情讓她的臉擰成蒼白的面具。就算小徑的盡頭出現一頭有彩虹翅膀的粉紅大象，蘿絲也不會更訝異了。她連話都說不出來，這是怎麼回事？

德朗走到她身邊站著。「那是誰？」

「我過往生命中的災星。拜託，留在屋裡。」

蘿絲做好心理準備，踏出門廊。

黎安走近到台階處，她是個沒有曲線的瘦女人，整個人似乎完全由銳角組合而成——尖凸的手肘、突出的膝蓋、線條分明的臉，以及蘿絲親身體驗過的利刃般眼神。過去四年來，她們沒說過半句話，蘿絲離群索居，而黎安也不是社交花蝴蝶——自從莎拉結婚搬走後就不是了。少數狹路相逢的幾次，兩個人都不約而同地默默假裝沒看到對方。

但是要假裝一個就站在門口的人不存在，眞是天殺的困難。

「早安，黎安。」蘿絲保持文明的語氣。

「早安。」

黎安臉色慘白，蘿絲在她的藍眼中瞥見一抹恐懼。

蘿絲有好幾件事可以說——關於拒絕承認黎安的莎拉；關於黎安離家進行不明冒險的丈夫．奧格翠；關於黎安的爸爸，他上星期喝得爛醉，結果在教堂台階大吐特吐，成了邊境當地所有教徒眼中永遠的恥辱。然而黎安站在那裡，眼中透著恐懼，於是蘿絲放過她。

「怎麼了？」她簡單問。

「是肯尼．喬。我們去愛咪．海爾家幫忙處理她外婆愛爾希。妳認識她。」

「愛爾希．摩爾？辦茶會的那個？」

「對。她把自己關在房間不肯出來，還把自己綁在搖椅上，當愛咪和我想要搬動她時，她抓得愛咪滿臉是血，所以我叫肯尼．喬幫忙趁我們壓住她時解開綁結。他一走進房間就尖叫起來，我想帶他離開房間，結果有東西撕掉他的衣服，好像有瓜子把他T恤扯開，還抓傷他的胸口。愛爾希說我們看不見是因爲那東西隱身，而我們的魔力不夠強大，但肯尼．喬看得見。」

「爲什麼來找我？」蘿絲說。

「他尖叫著妳的名字。」黎安吞了吞口水，嗓音沙啞地說。「聽著，我知道我讓妳高中的日子很難過，但我的孩子困在那裡，拜託幫忙救救我的兒子。」

「妳看不見房間外面有任何東西？」

黎安搖頭。「我感覺到某個東西，冰冷又潮濕……」

「像是泥巴從背部滑下？」蘿絲顫抖著想起攻擊杰克的怪獸。

「對，就像那樣。」

「拜託，在這裡等我，我馬上來。」

蘿絲快步走回房間，放下閣樓的梯子，爬上去打開電燈。多年來，閣樓一直被當成父親在旅途中蒐集來的各種垃圾儲藏室，現在她眼前是堆積如山的怪異物品：舊書、壞掉的武器、拼好時會顯示虛幻美妙藏寶路徑的古怪拼圖、好幾卷的假地圖、廉價商店買來的古董……

「杰克！」她喊道。

他手忙腳亂地爬上梯子。

「我需要見形提燈，快！」

他吸入閣樓裡的陳舊氣息，爬到那一堆古怪物品上，從裡頭拉出提燈。那是一個老舊的航海用提燈，多年的海水腐蝕讓沉重的金屬底座和華麗的頂部長出鏽斑。蘿絲勾住提燈頂端的釦環輕輕搖晃，厚實的菱紋玻璃裡亮起了微弱的綠色光芒。

「謝謝！」

她爬下梯子，一邊詳細地指示：「留在屋裡，別讓任何人進出，我馬上回來。如果我午餐前還沒回家，就帶著槍去奶奶家。」

男孩們看著她。

「好嗎？」

「好。」喬奇點頭。

「杰克？」

「好。」

「很好。」她往房外走去。「德朗？」

爸爸的房間是空的，床鋪得整整齊齊，她差點想多看一眼。她匆匆走過房間，看見他全副武裝，站在門廊上穿戴上了斗篷和所有東西。黎安震驚到啞口無言，瞪著他看。

「我陪妳一起去。」他宣布，綠眸中湧現的雪白寒霧強調他的話。

「為什麼？」蘿絲走下門廊階梯，黎安花了半晌才掙脫德朗引發的眩暈，跟了上去。

「那些怪物很危險，」他說：「妳是頑固的女人，可能為了激怒我而決定害死自己。」

她不可能阻止他陪她去。「隨你便。」

她沿著小徑往前走，莫名地惱怒著，一小部分自己竟因為有個拿著三呎長劍的高大猛男當後盾而興奮起來。

「他是誰？」黎安趕上她，低聲問。

「一個很快會兩手空空走人的傢伙。」

愛咪的房子是一棟從原本A字型屋發展而成的古老龐然大物，很久以前它必定曾擁有俐落外觀，但海爾家是出了名地自以為木工技巧過人，而多年來，房子多了幾個房間，現在看起來像大雜燴，座落在寬闊草皮的中央，被小花圃、五金雜物和四輛生鏽的舊車包圍，那些車子已經有五、六年沒開過了。他們越接近房子，黎安前進的速度就越快，蘿絲將提燈緊抱在胸前，免得它亂晃。

「妳拿那個提燈要做什麼？」德朗問，憑著一雙長腿毫不費力地跟著她們。

「這是見形提燈。」她說。

「我知道那是航行提燈。」

「『見形』，不是『航行』。這可以讓東西現形，幫助魔力不足的人看見魔法事物。」她和兩個弟弟從來都不必使用這提燈，但她父親偶爾會需要，發誓很管用。這可以讓黎安看見危險——如果危險真的存在的話。

德朗皺眉。「沒有人看不見魔法。」

「在邊境不然，這裡有些人的殘境血統比異境血統強。」

他們奔上階梯，黎安打開門，蘿絲停下腳步，輕輕對著提燈頂部的三角洞孔吹氣，淡綠色光芒增強並擴散，將提燈玻璃映成淡淡的綠寶石色。

德朗手指一彈。「我懂了，它用的是奧古斯都螺旋原理，自然的吐氣帶著個人殘留的魔力，被裡面的線圈吸收，透過循環迴路放大，最後放射出綠色光形態的奧古斯都波。」

蘿絲心中充滿嫉羨；那整段話她大概只懂了兩個字，希望能更深入瞭解。她舉高提燈，窺向屋內。

客廳空無一人。她正對面、客廳另一端有間臥室，房間大開，從房間口她看見肯尼・喬穿著被撕裂的T恤獨自站著，胸口抓痕看起來不深；右邊是等待的愛爾希・摩爾，正如黎安說的，還綁在搖椅上。愛咪緊抱著膝蓋，坐在兩人之間的地板上，她的三個孩子安靜地窩在身邊。他們坐著的地板以黑色油性麥克筆寫滿了神祕符文。

一頭怪物從沙發後方探出來，用充滿發亮灰霧的四隻斜眼看著蘿絲。她從德朗召喚出的鬼魅影像中知道會看見什麼，但親眼看見還是差點讓她吐出來。

「喔，老天！」黎安驚喘。

愛咪尖叫，然後立刻閉上嘴，將孩子抱得更近。

那頭怪物至少四呎高，深紫色皮膚上間綴膿黃和慘綠，像是舊的瘀傷。怪物張大嘴巴，露出密密麻麻的深海動物猩紅細牙。德朗叫牠「獵犬」，確實很貼切。

左邊的動靜讓蘿絲轉身，另一頭怪獸從雙人沙發後盯著她看，第三頭竄進廚房，她抬起頭，舉高提燈。

天花板布滿了怪物，四處騷動，像擁有馬臉、嘴裡長滿龍牙的惡夢魔犬。

老天！屋裡至少有三十頭，蘿絲握緊提燈，免得手開始顫抖。

怪物大多聚集在孩子和愛爾希藏身的房門上方，牠們身上滲出的魔法形成濃重噁心的波浪，漫過牆面從門口滴落，一路流到下面的地板。她看不見，但感覺得到，而其中充滿了飢渴。

她現在才注意到符文外緣在門口外六吋左右的地方中斷了，彷彿被擦掉般突然消失。她的手臂肌膚頓時冒出雞皮疙瘩。

「怪獸的魔法正在腐蝕符文，我們得救他們出來。」

房間裡的愛咪伸手掩嘴啜泣，孩子們緊抱著她，除了獨自站在一旁的肯尼．喬，他盯著地板。

「我就說吧，」他以平靜的得意口吻說：「我就說吧。」

「好吧，」蘿絲輕聲說，狂亂地思考。「好吧，我們可以繞到後面，試著從窗戶爬進去。」她一說出口就知道錯了。到了屋外，那些怪物會一擁而上，數量太多了。

「那行不通，」黎安輕聲說：「窗戶只有一呎寬。」

天花板的騷動顯示怪物改變姿勢，轉向了他們。

「牠們發現我們了。」黎安的聲音像枯樹枝一樣裂開。

「別緊張。」蘿絲堅定地說，頭腦以每分鐘一哩的速度飛轉，盤算各種可能性，卻想不出任何可行的辦法。

沙發旁的怪物朝她走來。

「牠想要妳。」黎安退回門廊。「牠想要妳的魔力。」

另一頭怪物從天花板落下，掠過空中，四腳著地。

地板上的魔法又侵蝕掉五吋的符文。

「好吧，」蘿絲吸氣。「用我來當餌，我引牠們離開，妳去帶孩子……」

第一頭怪獸距離她只剩下十呎。

一隻強硬的手扣住她的肩膀，將她拉到德朗背後。在他們碰觸的瞬間，她察覺到巨大的力量在他體內震動湧現，他的眼眸綻出白光。

「不，德朗！」

一陣陰風揚起他的頭髮，他的雙眸燦如星。

怪物躍起。

一片刺眼的弧形白光從德朗身上迸裂，宛如颶風般呼嘯，蘿絲的呼吸卡在喉嚨。

第一頭怪物在半空中被光芒吞噬消失，光暴肆虐過家具、擊中屋頂，橫掃而去，木頭咯嘎碎裂。

德朗怒吼，身軀緇緊，燃燒的光芒持續了一次深呼吸的時間，接著消失。

屋頂和對面的牆壁都不見了。蘿絲望著天空。

上方清朗的天空散落著黑點，變得越來越大……斷落的木板和燒焦的怪獸殘骸紛紛落到地板上。

她眨眨眼，下一秒，德朗的臉擋住天空。「妳還好嗎？」

他的眼中露出誠摯的關懷，她驚愕地退後一步。「我沒事。」

「很好。」德朗若無其事地踏過滿地瘡痍，越過客廳來到房裡，對愛咪伸出手。

她震驚地瞪著他，緩緩將手交給他。他扶她起身。「你們現在安全了。」

「你是誰……」愛咪眨眼。

「我是坎邁廷爵爺。」

蘿絲搖頭。他只差一身耀眼的白鎧甲和照在身上的聖光。

「愛咪，」愛爾希·摩爾盯著德朗，以老邁的聲音說：「幫我買隻新泰迪熊，要金色的。」

第八章

等他們安撫完孩子，想辦法將愛爾希從椅子上挖起來、逼她去洗澡時，已經七點多了。蘿絲發現自己不可能及時趕去上班，她的制服沾滿了油膩、燒焦的血肉，也早錯過了搭拉妥雅便車的時間。她向愛咪借了手機，打電話到公司。

「妳最好滾進來，」拉妥雅的聲音多了一絲尖銳。「艾默生今天是個徹底的混蛋，他說妳如果不馬上進來，就把妳的支票撕掉。」

「他是什麼意思，把我的支票撕掉？」

「意思是他不會付妳這星期的薪水。」

蘿絲僵住。沒有錢加油，不能開卡車，她就沒辦法去把德朗的金幣換成美金。他們的存糧還足以支撐三天，如果謹慎一點，可以撐四天。但不可能有錢付水電費，而水電費帳單五天後到期。她必須去上班。

「我還是沒有汽油，而我得花半個小時清理衣服。」

「操，我不敢離開——我不敢讓他更火大。」

她想起來了——伯洛門飯店。伯洛門飯店兩星期前開除了淨亮清潔公司，因爲他們發現艾默生在帳目上動手腳。失去那個客戶讓艾默生的生意掉了幾乎四分之一，而他一直盡可能省吃儉用，來稍微彌補損失。她剛剛讓自己成了完美的代罪羔羊。

「好吧，等等，我想到了，」拉妥雅說：「我們會提早去吃午餐，妳能不能到漢堡王那裡？」六哩路程，她可以走過去。「可以。」

「馬上出發，我們會去那裡吃午餐，再接妳過來，艾默生甚至不會知道妳什麼時候進公司的。」強烈的釋然感襲上她的全身。「謝謝妳。」

「這就是朋友該做的。」拉妥雅掛上電話。

「抱歉帶給妳這麼多麻煩。」愛咪說。

蘿絲擠出一抹微笑。「我很高興能幫忙，也為妳的房子感到遺憾。」

愛咪的臉色微微發白，瞥向消失的牆和被轟掉的屋頂，同樣擠出一抹微笑，顯然正在想辦法別哭出來。「那也沒辦法，至少我們都完好無缺，就連外婆也一樣。」

蘿絲尋找愛爾希・摩爾，發現她穿著全新裙裝坐在庭院裡一張野餐桌旁，稀疏的頭髮綁成辮子，正肆無忌憚地和德朗調情。

「事情是怎麼開始的？」蘿絲問。

「她正在舉行茶會，而某個東西吃掉了一隻泰迪熊，我猜是那些怪物之一，然後她就不肯走出房間。」愛咪遲疑了一下。「牠們是什麼東西？」

蘿絲搖頭。「我也從來沒看過，或許她知道。」

愛咪嘆氣。「如果她知道，歡迎妳問出答案。她什麼也不肯告訴我，只是一直罵我笨。」

蘿絲走向桌子，愛爾希惡狠狠看她一眼，蘿絲當作沒看見。「妳好，愛爾希奶奶。」她開朗地說。

愛爾希噘起嘴，瞥向德朗。「我們聊得正開心，」她說：「走開。」

「喔，既然如此，先讓我問幾個問題，我馬上離開。」妳越快回答，我越快離開。

愛爾希聽懂了暗示。「那就快問。」

蘿絲蹲在她身邊。「妳知道這些東西是什麼嗎？」

「邪惡。」

「什麼樣的邪惡？」

愛爾希搖頭。

「妳以前見過嗎？知道牠們是從哪裡來的嗎？」

「牠們想抓我的泰迪熊，」愛爾希承認：「所以我詛咒牠們。」

線索在蘿絲的腦中組合起來。「妳造出一頭荒豬？」

愛爾希點頭。「但牠殺不死牠們。」

剛好經過桌子旁的愛咪倒抽口氣。「妳造出一頭荒豬？老天爺！」

「牠死了，」蘿絲告訴她。「牠當時在追肯尼・喬，而我殺了牠。」

「妳眞的瘋了！」愛咪瞪著外祖母。「把一頭荒豬放到附近？誰知道牠會害死什麼！」

愛爾希癟起嘴。

「我說眞的！」愛咪雙手扠腰。「接下來呢？妳打算毀滅東門區嗎？」

蘿絲嘆氣。線索到此爲止了，她現在無法逼愛爾希說出任何話。她站起身，瞥向站到一旁的德朗，他正聽著愛咪不斷對外祖母嘮叨。

「謝謝你，」蘿絲說：「你沒義務幫助我們，卻這麼做了。我很感激。」

德朗的表情軟化了一點。「不客氣。」

蘿絲走開。如果愛爾希不知道那些東西是什麼，或許奶奶會知道。不幸的是，所有的證據都在這裡。左邊的木屋裡，木材堆旁放了一台倒置的手推車。蘿絲走進木屋，努力將手推車翻正，拖到房子旁邊。最近的怪物焦屍距離只有幾呎，她放下推車，走過去搬。

她連舉都舉不起來，遑論帶走了。蘿絲抓住牠噁心的腿——那些腿看起來簡直像猩猩的手——繃緊背部用力拖，殘骸滑過地板，她將它拖到推車旁。

黎安繞過轉角走出來，蘿絲頓住動作，黎安走過來，不發一語抓住那頭怪物，魔法在她體內鼓動，她抓起屍體，放進推車，然後走開。

那份天賦——五秒鐘的怪力——曾讓黎安成爲學校眾人敬畏的對象。她只能每二十分鐘左右施展一次，但通常一次就夠了。蘿絲從沒想過能親眼目睹她爲自己施展這能力。我想凡事總有第一次。

她們永遠不會是知心密友，蘿絲邊想，邊沿路推著推車爬上她家，但至少當黎安決定從背後捅她一刀時，可能會先遲疑一、兩秒。

房子看起來平安無事。蘿絲想辦法將推車放到爺爺的木屋後方。他猛搥牆壁，嘶聲作響，但她只是唸他兩聲。晚一點她會推這具屍體去讓祖母確認，但現在要換上備用制服，出發走過去上班。她跑上階梯到門廊上，用力敲門。

喬奇開門。「快去準備，」她告訴他，跑向浴室。「我會帶你們去奶奶家，然後我得去上班。」

喬奇坐在門廊階梯上，過夜背包放在旁邊。他總是帶著過夜背包以防萬一，背包裡是一本關於住在森林邊緣的男孩的書、一本《犬夜叉》漫畫、備用的襪子、內衣褲、一件T恤和褲子，還有牙刷。杰克在屋裡亂丟東西找球鞋。喬奇閉上眼睛，想像杰克的鞋子，他感覺到左邊一陣微微的拉力，轉過頭，不太遠，再往左邊一點……大概十五呎的距離。他張開眼睛，發現自己正看著廚房窗戶。沒錯，鞋子在廚房桌子下，杰克一定是昨天晚上時脫下來就忘了。

他可以進去告訴杰克鞋子在哪裡。蘿絲要他們得快準備好時，臉上帶著「那個」表情。喬奇很熟悉「那個」表情，很快就準備好了。等她走出浴室，發現杰克還沒找到鞋子，一定會不高興。他可以讓杰克不用挨罵，但那雙是新鞋，花了很多錢買來的第二雙新鞋，杰克必須學會好好珍惜。

杰克很奇怪，喬奇想。有時候他找到一片玻璃瓶碎片，會帶在身上到處走好幾天，彷彿那是什麼了不起的寶物，但像鞋子或衣服，他根本不在乎。家裡很窮，蘿絲努力隱瞞這一點，但喬奇知道他們沒有錢，杰克必須學會不要浪費。

喬奇轉頭看向太陽，瞇起眼睛，感受臉上的溫暖。他不介意去奶奶家，也不介意蹺課。喔，不，他一點也不介意。喬奇偷偷對自己微笑。學校無聊又漫長，喬奇不喜歡。他用功考好成績，是因爲這樣能讓蘿絲高興。有時候她會說如果他的成績夠好，就可以在殘境找到好工作。喬奇不想在殘境工作，殘境沒有魔法。

留在家裡也代表他可以監視德朗，他的工作是注意狀況，爸爸離開前是這麼說的，那時他只有六歲，但他記得。爸爸將手放在他的肩膀上說：「你要照顧家裡，喬奇，幫我照顧你姊姊和弟弟。」他不是小嬰兒，知道爸爸話裡其實沒那個意思，但他還是會那麼做，總有人得負起責任。

他摸不透德朗。蘿絲說貴族都不能信任；蘿絲通常是對的，每次她說某人不能信任時，他們通常就是王八蛋。喬奇歪頭，看向四周，他知道自己沒有大聲說出那個字眼，不過確認沒人聽見他的話絕對沒有壞處。

所以德朗是壞人。但德朗救過杰克，而且看起來並不壞。壞人有很多種：像肯尼．喬那種老是對某件事生氣的壞人，大多時間肯尼都在氣自己被爸爸拋棄。喬奇瞭解生那種氣的感覺，不過喬奇自己的爸爸也離家了，也沒有到處找人打架。

還有像奧利那種不知道自己在做壞事的壞人。奧利曾經因爲一隻小狗咬他就殺死牠，直接用石頭砸小狗的頭。那隻小狗根本不懂事，只是在玩。奧利後來哭了，因爲他覺得很難過。喬奇又嘆口氣，他當時花了兩天才用魔法把小狗的頭弄回去，而等他讓小狗復活時，牠看起來還是不太對勁。他費了太多力氣讓小狗復元，結果讓自己生病，然後害蘿絲哭了。

然後還有像布萊德．迪倫那種壞人。布萊德冷血又凶狠，那個人不對勁。

但德朗並不壞。杰克覺得他的劍很帥，喬奇對那把劍也有同感，但看過德朗造出那頭攻擊杰克的怪獸幻影後，覺得那更厲害。喬奇伸出手，閉上眼睛，假裝呼喚那頭怪獸。不過如果他辦得到，他會用更帥氣的手法，也許讓一些黑暗的煙霧在身邊繚繞，讓自己的眼睛發亮；也許會唸誦一些神祕的咒語，或者不唸——什麼都不說可能比較酷。如果他有一支劍，會是比較細的長劍，就像爺爺那支。

一滴冰冷黏膩的魔法碰觸他的頸後，像是某種腐敗的膿汁濺到他身上般沿著背部往下滑。喬奇乾嘔，眼睛倏地睜開。

一頭怪獸站在房屋前方的小徑上，身體是那種舊瘀血的顏色，四隻灰色斜眼瞪著他看。

喬奇僵住。杰克教過他，絕對不要逃離任何可能追上來的動物。他一跑，野獸就會追上來。他不知道牠能不能穿過結界抓住自己，但並不想知道答案。

怪獸探出一腳——那是一隻醜陋的腳。大多數的動物都有腳趾，但這隻卻有頂端長了邪惡紅爪的長指。那隻腳碰觸結界測試著，一道噁心的魔法滑向喬奇，他感覺到牠的飢渴——黏稠、冰冷、飢餓，牠想要裹住他，吸光他的魔力。他吞了吞口水，心跳快得心臟幾乎跳出胸膛。別跑、別跑。

在怪獸後面，德朗從小徑轉彎處的樹叢間走出來。喬奇瞥向他，德朗沉默點頭，以輕盈的步伐從後面接近怪獸，安靜宛如溜過樹海的狐狸。喬奇盯著怪獸。別看德朗，別洩露他的行蹤。

怪獸張開嘴，對喬奇露出牙齒——又大又尖，紅得像血一樣。牠的魔法飢渴地等待著，只要他一動，就要撲到他身上，將他吞食入腹。

德朗從背上的劍鞘抽出一支大劍。

喬奇直直盯著怪獸眼睛，額頭冒出冷汗。

德朗手一揮，劍刃劃過空中，金屬形成耀眼的弧度，將怪獸身體一刀兩斷。

哇。

「你還好嗎？」德朗問。

喬奇這才想起要呼吸，他吞了吞口水，噁心感在胃裡翻攪。他拚命忍住不吐出來，逼自己站起來，拾起一塊結界石，讓德朗進來。等貴族一踏過結界，喬奇將石頭放回原位，癱坐回門廊台階。

德朗走過來，坐在他身邊。「往前傾，」他命令道：「低下頭靠在膝蓋之間，就是那樣，噁心感很快就會消退。」

喬奇往前傾，低下頭，作嘔的感覺慢慢消退。

「那麼做很聰明，」德朗說：「用眼神逼退牠。」

「我不想讓牠知道你在後面。」

德朗點頭。「謝謝，我很感激。」

怪獸的魔法震動，喬奇坐直身子，身邊的德朗將手放在劍上。

怪獸的殘骸冒出污濁的灰色液體，血肉和骨頭融化，轉成灰白的黏稠物，魔法像棉花糖繞著棒子旋轉般，在四周旋動，表面湧出烏黑的煙霧，那團爛泥縮小，煙霧顏色變深，凝成一個高大人形，有兜帽的長斗篷遮住了臉孔，斗篷滑落到腳邊，邊緣轉成煙霧。

喬奇的呼吸卡在喉嚨。那個人的魔法壓迫著他，像一塊巨岩般讓他動彈不得，恐懼竄過手臂，留下雞皮疙瘩。

「他這個形態無法傷害你。」德朗沉靜的聲音在他身邊響起。「他的魔法或許能滲透進來，但很微弱，別流露心裡的恐懼，讓他稱心如意。」

那個煙霧男轉向他們。「啊，我很好奇是誰在這個偏僻地方射出軍隊等級的光波，不得不親自來看看。我本來有點希望是我親愛的弟弟，結果卻看到你。」他的聲音輕柔溫和，卻莫名地令喬奇一路冷到骨髓。

「那件斗篷想遮掩什麼？」德朗說。

「你又是誰？」兜帽的陰影吞沒了男人的面容，但喬奇知道那人的眼睛正盯著自己，像千斤的重量般壓迫他。魔法以半透明的長蛇狀煙霧從男人身上竄出，舔舐結界，滲透進來。

喬奇睜大眼睛注視魔法匍匐潛近，那魔法充滿飢渴……如此強烈。

德朗放出電光，一片白色電光從身上射出，燒灼那些觸手，黑暗的魔法退縮回去。

「爪子離這孩子遠一點。」貴族咆哮。

喬奇稍微鬆了口氣。

「嗯嗯嗯，」低沉的聲音在鬼魅男人的喉嚨中震動。「一如以往沒禮貌，德朗。」魔法在他四周翻騰，每一條半透明的觸手上都纏滿了一層深紫色。爛泥往前滾，男人也同時前進。

喬奇僵直坐著，德朗坐在原地，動也不動，就坐在那裡，表情略帶厭煩。

爛泥碰觸到結界停下。

「眞有趣。」男人嘀咕，舉高手，手肘靠近身體，手往上抬，長袍的袖子往後滑，露出細瘦的長手指，上面布滿紫色和黃色的斑斑鏽色，就像那些獵犬的皮，不過顏色比較淡。「讓我們瞧瞧。」他輕聲說，「瞧」那個字拉長成蛇一般的呢喃。

黑暗魔法從他身上爆發射出，緊攀住結界啃咬，努力撕開它。那些觸手又打又扯，但結界不動如山。男人低頭一看，魔法觸手擊向最近的結界石，抓住石頭扭轉，試圖往上拉。

男人拱起背，繃緊身體，黑暗的魔法鬆動石塊，他腳邊的爛泥縮小得更快。

喬奇心臟在胸口跳得飛快，他覺得快爆炸了。

結界石又往上抬高兩吋，一片半透明淡紅魔法往下交錯延伸，鑽進地面，彷彿石頭長了根。

男人僵硬的身體因爲用力而不住顫抖，石頭又升高一吋，吱嘎作響，從兩側地面拉出更多紅色根絲。那個人抓向半空，結界石在空中顫動，又墜回原地。

德朗大笑，笑聲嚴厲冷酷，而喬奇不確定哪一個比較嚇人——那個黑暗的男人，或是德朗露出牙齒的模樣。

「他們很了解怎麼讓結界紮穩。」德朗說。

男人袖子一振，先遮進了左手，然後是右手。「無所謂，」他說：「我還是會把他們全宰了。」

「有我在就休想，蓋茲洪。」

男人轉向喬奇，喬奇再次感覺男人的視線彷彿穿進自己的身體，用冰冷的手掐緊了心臟。

「小子……」蓋茲洪說：「我可以和你做筆交易，拿走這些石頭，讓我進去。我可以放你和你家人走，用德朗的命換你們的命。畢竟他對你們毫無意義，你們很可能才剛認識他一、兩天而已。」

喬奇呑嚥。他的思緒四分五裂，亂成一團，而不管他怎麼努力，都無法抓住絲毫頭緒。

「這似乎是個很困難的選擇。」那個人說，那些話以和藹的語氣包裹，僞裝卻很薄弱，喬奇可以感覺到深處無情的飢渴。「但仔細想想，其實不然。你有母親，她愛你、養你、給你衣服穿、幫你梳頭髮；而你也愛她，我說對了嗎？世界上沒有任何東西比母子間的聯繫更偉大，你母親會爲了保護你的安全做任何事情。現在我給你選擇爲她做點事——你可以救她一命，這交易很划算，孩子，用一條陌生人的命換母親的性命；非常可敬的好交易。」他揮揮右臂。「過來我這邊。」

喬奇終於想辦法抓住了一個念頭。「不。」

「你眞的要讓你母親死？」那個男人震驚地往後退。

「我沒有媽媽，」喬奇說：「而你在說謊，你會殺了所有人。」

「連小朋友都看得出來……」德朗說。

蓋茲洪嘆氣。「真可惜，我本來很期待看到你打倒那孩子，德朗。看你做出自己厭惡的行爲非常有娛樂性。無所謂，我很快會看到你和我的狼打鬥，那場面應該很精彩。」蓋茲洪轉向喬奇。「你確定不想移開這些石頭，孩子？我保證，我會給你個痛快，雖然可能有點痛。」

「別煩他。」德朗說。

「我辦不到，」蓋茲洪說，語氣微帶困惑。「你瞧，他的魔力非常充沛，喚醒了我體內最特殊的知覺，一種渴望，我想那是飢渴。據說人類的血肉滋味特殊，我最近非常想嚐嚐看，眞奇怪，我從來不是個貪吃的傢伙，不過等到我殺了你，德朗，我會親自生吞活剝你的屍體。」

喬奇顫抖。德朗只是盯著他看。

蘿絲的聲音從廚房窗口傳來。「我找到了！說眞的，杰克，看好自己的鞋子很困難嗎？」

「一個女孩，」蓋茲洪說：「當然了，她和這孩子一樣美味嗎？」

德朗不發一語。

「我懂了，裡面還有另一個孩子，對嗎？你很清楚自己無法保護他們吧？我會趁你不注意，一個一個對付他們，然後吃掉，特別是那個女孩，如此甜美的聲音。我敢打賭她吃起來非常鮮美多汁。」蓋茲洪顫抖。「單獨到這裡來是個錯誤，德朗，你的力量不足以阻止我，而這裡的人弱到無法幫助你。他們就像老鼠一樣在兩個世界間的小垃圾山上庸庸碌碌地跑跳，但到頭來他們都會死。我知道我弟弟爲什麼派你來——他希望避免醜聞，我也知道你爲什麼同意過來——你還是希望能從劊子手斧頭下拯救那匹狼，這一切都只是徒勞無功。一如以往，你太遲了……」

「你在胡言亂語。」德朗告訴他。

「是嗎？一定是的。」蓋茲洪再次認命地嘆氣。「我想我該走了，最後告訴你一件事——你或許以爲自己可以擋在這個女孩和我在邊境的獵犬中間，但等到她去殘境的時候呢？那裡有我的狼出沒，他會撕開她的喉嚨，用她的血染紅自己，你記得他有多麼熱愛殺戮……」

蓋茲洪下方的爛泥完全乾涸，他開始從腳底往上消失。「這眞是太美妙了，」他說：「我還以爲會很無聊。」他的手指探進兜帽，然後拉高，彷彿在送飛吻。「等下一次，孩子們。」

他消失無蹤。最後一絲魔法在空氣中逸散，沒有留下任何怪獸或爛泥的痕跡。

喬奇呑嚥，本來麻木的全身逐漸感覺到手指和腳上的針刺感。「那是誰？」

「一個太久沒看醫生的神經病，」德朗說，注視自己的劍。「對他來說，世界上只有一種東西。」

「他很邪惡。」喬奇輕聲說。

「對，他的確是。」

「他眞的會吃掉我嗎？」

德朗的表情彷彿弄痛了自己。「他會嘗試，但不會成功，我會阻止他。」

喬奇抱住自己。「他爲什麼想要吃掉別人？」

「他有病，」德朗說：「他想要力量，等到他擁有了，卻被力量扭曲了。」

「他會殺死蘿絲嗎？」

「我向你保證，我會照顧蘿絲，」德朗說：「只要我在附近，她和你們都不會有事，蘿絲不信任我，而她和我兩人必須解決這個問題，但你和你弟弟不能怕我。如果你們碰到危險就來找我，我會幫忙。不用自己對付，我會保護你們，懂嗎？」

喬奇點頭。他聽懂了，也由衷感覺德朗是認眞的。但是，他還是不能信任德朗。

「我希望你別把這件事告訴你姊姊，沒必要害她擔心。」

喬奇點頭好讓他放心。德朗起身往馬路走去，走回他剛剛過來的方向。在瞬息間，他已經消失在道路轉角處。片刻後，蘿絲衝出門口，杰克跟在後面。

喬奇跳了起來。「我必須告訴妳一件事。」

「現在不行！」

「可是，蘿絲！」

「現在不行，喬奇，可以等我回家再說，來吧。」

蘿絲和杰克走向馬路離開，喬奇別無選擇，只能跟上去。

第九章

蘿絲在漢堡王裡等候。現在是十一點二十分，午餐人潮還沒開始聚集。她剛好趕上——走進門兩分鐘後，淨亮清潔公司的廂型車載著拉妥雅、泰瑞莎和其他幾個女人，駛進了停車場；她們入座用餐，她入座思考。

蘿絲動了動，試圖在硬梆梆的椅子上坐得舒服一點。她沒有胃口，嚇人的青紫怪物畫面不斷地在她腦中扭動，她將孩子們交給奶奶，艾麗歐諾奶奶不好惹，但那份焦慮依舊啃噬著蘿絲。她很後悔來工作，但艾默生逼得她別無選擇，她負擔不起讓支票被撕掉。

拉妥雅端著盤子，風一般地走過來。她很高，看起來更高，身材削瘦，骨架窄且全身都是稜角，四肢修長，頭髮豐厚柔亮，原本染成白金色的大波浪流洩而下，金色已經褪色了，而拉妥雅的波浪又挑染一點綠色。人們叫她拖把頭，不過從來不敢當面說。敢惹拉妥雅的人就是找死。

「妳想吃點東西嗎？」

「不。」蘿絲匆忙間忘了準備午餐，而她沒有錢。

「丫頭，妳得吃東西！」

蘿絲搖頭。「我不餓，真的。」

拉妥雅轉向櫃台，嬌小的茱妮波．柯羅斯基穿著經理制服站在收銀機後。「她不吃東西，茱妮。」

茱妮波發飆了。「妳到我的地方就得吃東西，蘿絲。」

「謝謝，我不餓。」

拉妥雅皺起臉。「至少過來和我們一起坐。」

「如果我和妳們一起坐，妳就會試著餵我吃東西。」蘿絲微笑。

「喔，妳得吃東西！」拉妥雅嘟囔：「聽著，別擔心艾默生，他是個混球，但妳是他最優秀的清潔工之一。」

「我不擔心，」蘿絲說謊：「謝謝妳過來接我。」

拉妥雅搖頭，坐到左邊的大桌子旁，和其他淨亮清潔公司員工坐在一起。

蘿絲望向窗外。她沒有自憐的習慣，卻必須承認最近生活不斷打擊著她。首先是那個貴族，然後是那些怪獸，而現在等工作結束回公司時，她還得向艾默生爭取自己賺的錢。

在所有煩惱中，貴族和怪獸是最棘手的。那些怪獸的確很像獵犬，來自某種可怕夢魘的枯瘦猙獰獵犬，而且渴望魔法，牠們的力量以魔法爲食。這樣的攻擊有特殊用意嗎？如果牠們受魔法吸引並隨機攻擊，那麼他們四個人——兩個男孩、奶奶和她自己——將首當其衝，他們是邊境家族中魔力最強大的。她相信像德朗這樣的貴族不會放在眼裡，但以邊境的標準，他們格外醒目。她該怎麼保護兩個男孩？

蘿絲感覺到劇烈的恐慌，她用力壓下。一步一步來，等下班後，她會帶獵犬的屍體去找奶奶，然後再從那裡開始想辦法。

接著是德朗。她不知道該給他什麼樣的考驗，他有什麼辦不到的事嗎？那些童話女主角在這種情況下會做什麼？她絞盡腦汁努力回想，大多數的故事包括從麥子裡找出稻米和用稻草織出金縷布，她不確定他能不能用稻草織出金子，但就算他成功做到，她也不會意外。不，必須想其他辦法，某個她確定有用的辦法，某個暗藏玄機的難題。

德朗的臉在記憶中浮現，多麼傲慢的混蛋。她瞥向身上的制服，所以這是顏色不自然的醜陋布袋，那又怎樣？

他說她很美。

以前也有個男人說過她很美、了不起、仁慈又聰明，甚至說愛她，願意提供安全的避風港給兩個男孩，而她相信了，一直到她發現他打算把自己送上拍賣場的那一刻。

德朗是敵人，非常古怪的那種，會從怪物手中拯救小孩，用爆發的電光轟掉屋頂，而且重視她的安全。她得不斷提醒自己他是敵人，因爲他的存在帶來的衝擊令她頭昏腦脹。一定是因爲他的體格，又或許是他的劍，或是他難以置信的電光力量，又或者以上皆是……

或者是他英俊得不可思議的這個事實，而她得以鋼鐵般的意志力避免自己冒出下流念頭。就她所知，他無法讀心，而要是讓他知道，今天早上他揮劍時，她的腦中轉過什麼，就會更難甩掉他。她必須成熟地面對這件事，沒錯，他很辣而她無力抗拒，她今天早上已經解決了這一點，事情就到此爲止。

他的電光是另一回事。大多數的人施放電光的方式是伸手作爲武器，放出魔力，不自覺地以微妙的壓力將電光塑造成近似手臂的形式——長條狀——從來沒想過可以用其他形式展現，但他放出一片完美的弧形光幕。蘿絲仍然盡可能每天練習電光，那已經成了習慣，而她發現自己會不假思索地這麼做，就像有些人踏拍子或玩手指——不過她從沒試過波狀的電光。

她在德朗施展電光的前一秒就明白了他的做法——將魔力鎖在體內，不斷堆高壓力，接著徹底放開身體前方的封鎖，讓魔力迸裂，電光直接衝出體外，一路掃蕩所有障礙。好美。

蘿絲在前往交界線的路上試了兩次，但因爲之後還要走路和工作，她的電光強度小得多，和他轟然的聲勢相比，不過只是輕聲細語，但她知道自己辦得到，而等她灌注足夠的力量進去，她的電光波會充滿破壞力。

喔，她等不及要讓他見識見識了，可以殺一殺那個貴族的威風，要找個好機會。

他在邊境找不到住宿，那太有趣了。他什麼時候學會做鬆餅的？或許那是貴族教育的一部分：八點——練劍，九點——練弓，十點——做鬆餅……

拉妥雅在位子上說了什麼。

「嗯？」

「我說，他叫什麼名字？」

蘿絲皺眉。「誰的名字？」

「讓妳發春的那個傢伙。」

「我沒有發春！」

拉妥雅瞥向泰瑞莎，年長的女人點頭。「絕對是在發春。」

蘿絲翻白眼，把臉轉向窗口。她並不是在發春，是在擬定策略。在某個地方，德朗絕對有弱點。每個人都有弱點。

他很自大，那是一點；而且他不瞭解邊境。她給他的考驗必須和環境的知識有關，看似容易，容易到他不會花太多心思準備，直到為時已晚……

一道人影從對面的門走進來，肩膀寬闊，眼眸碧綠，頭上戴著頂卡羅萊納黑豹足球隊的鴨舌帽。

蘿絲震驚無比地瞪著他看，舊牛仔褲和綠色運動服讓他稍微低調了點，但根本就不夠。她察覺到隔壁桌震驚的沉默。

「你在這裡做什麼？」她壓低聲音問。

「或許是因為想念妳美妙的身體。」他說。

「什麼？」

德朗貼近她。「我不會侵犯妳的保證在這棟漂亮建築裡不適用，對嗎？就我所記得的，那保證只適用於妳的房子裡。我怎麼可能錯過這種機會？」

「如果你碰我，我會用這張椅子打你。」她咬牙說。

「我不知道妳喜歡粗魯的追求方式，」他一臉正經地說：「那向來不是我的偏好，但只要最後能得到妳，我會盡力配合。」

蘿絲張口，但什麼也說不出來。

「妳希望我保持安靜嗎？」他問。

「對！」

「如果妳吻我，我保證會安靜很長一段時間。」

想到他低下頭吻她，讓她的大腦轟然失火，她握緊了桌面下的雙手，堅決隱藏那個反應。「你一點常識也沒有嗎？」

「妳很容易生氣，」他往後靠。「妳弟弟說得對，妳沒有在約會。」

她在腦中舉起椅子砸他的頭。「你在這裡做什麼？」

「我想和妳的雇主談談，」德朗說：「愛咪說他打算不付妳薪水。」

「不准，你怎麼找到我的？」

「我跟蹤妳。妳走得很快，但我習慣健走。」

「你不能到這裡來，這裡是殘境！」

「我很清楚那一點，」他說：「跨過交界線好像把我的內臟都扯了出來。」

「你可能會送命。」

他聳肩。「我很懷疑，那很痛，但疼痛消失了。」

她曾經看過一名異境的商隊主人試圖進入殘境。他對價格非常不滿，決定跳過邊境的中間人，親自來採購殘境的商品。他只在不到九呎的交界線走了兩步就開始抽搐。邊境人讓他被折磨了一兩分鐘，才過去救他，在那之後，他沒再抱怨過價錢。德朗越過邊境時一定承受了極大的痛苦，她不知道該怎麼看待這件事。

「你這身衣服從哪裡來的？」

「黎安給我的。事實上她堅持要我收下，說我的打扮可能會引起——她是怎麼說的——『傳染性昏迷』。」

老天爺。

德朗背後的門打開，布萊德．迪倫大搖大擺走進漢堡王。「噢，快看，蘿絲．崔頓和她的娘娘腔男朋友，我們又見面了。」布萊德的聲音在漢堡王裡迴盪，蘿絲發現自己成了十道視線的焦點，站在櫃台的茱妮波氣得臉色發白。

蘿絲瞪著他。先是德朗，現在又來了布萊德。她就是不能喘口氣。

布萊德懶散地踏過走道，雙手插在牛仔褲口袋裡。「等等，你不是上次那個傢伙吧？妳眞吃得開，蘿絲。」

德朗看看他，又轉頭看她。「他是誰？」

「誰都不是，」蘿絲咬牙切齒地說，看著布萊德。「你現在是跟蹤我？」

「我在馬路對面看到妳的朋友，忍不住跟進來。」

他們以前曾經在路上偶遇，但他從來不曾像這樣跟蹤她。首先，她知道到哪裡去找他——他仍然住在他邊境的貨櫃車裡，而在邊境她的力量是最強的；再者她從不受挑撥。但他見過了威廉，認定威廉是個軟柿子，就跑過來騷擾，只可惜德朗不是威廉。

「快滾，布萊德！」拉妥雅在另一桌大吼。

「閉上妳的臭嘴，拖把頭，省得我過去打得妳滿地找牙。」

德朗的綠眼盯著蘿絲，布萊德看不見他的表情，但蘿絲可以，那張無情的臉蒙上了一層寒冰，近乎殘酷。「這就是布萊德？」

蘿絲氣到沒空回答。

「妳想繼續和他說話嗎？」德朗問。

「不想。」

貴族站起身。「請隨我來一下，」他向布萊德點頭。「我們去聊聊。」

布萊德的手抽離口袋。「隨時奉陪。」

兩人出了漢堡王走向左邊，德朗不慌不忙地踏著大步，布萊德從容地走在他右側。蘿絲驚愕地瞪著他們的背影，現在是怎麼回事？

茱妮波在櫃台揮動細瘦的手臂。「蘿絲，得來速的車道窗口！快來！」

蘿絲跳起來，跑到櫃台後面，跟著茱妮波到店後面，拉妥雅緊跟在後。蘿絲鑽過油鍋和牆面中間，踏上一塊剛剛擦過的地板。

「小心，地面是濕的，是濕的！」茱妮波大喊。

蘿絲的腳在地板上一滑，撞上幾個紙箱，踉蹌撲到窗口。兩個男人站在屋後，在得來速的車道另一端，茱妮波打開對講機開關，蘿絲聽見德朗透過電波扭曲的嗓音。

「你想談談，現在是好時機。」德朗說。

「操……」

那拳快到蘿絲幾乎沒看見，布萊德踉蹌退後，捧著肚子搖了搖頭，接著撲向德朗。「狗娘……」

德朗的拳頭實實在在打中他的左腰，布萊德皺著臉，跌撞到一旁。

「噢！」拉妥雅尖聲叫。

布萊德手一揮。「我會……」

德朗的拳頭擊中布萊德的太陽穴。布萊德彎下腰，嘴角流下一長條黏答答的口水，抱緊了肚子，然後在柏油路面上嘔出一大灘泡沫狀的液體。

「嗯，還在我該死的停車場。」茱妮波臉一歪。

「最後那拳有點痛，」德朗說：「慢慢來，你有的是時間。」

布萊德發出一些沙啞的聲音，踉蹌幾步，仍舊彎著腰，大概十秒後終於站直身子，用手背抹嘴。

「準備好了？」德朗問。

布萊德舉高拳。「他媽的雜……」

那一拳揍得他飛了起來，他抱緊肚子，在地上縮成一團。

德朗低頭看他。「結束了？」

布萊德點頭，面容扭曲。

「好吧，下次你想和蘿絲說話，就和我說一聲，我們再來一次，聽懂了嗎？」

布萊德再次點頭。

德朗起身，走回入口。

蘿絲滑過濕答答的地板，狂奔回用餐區，等到德朗來到門邊時，她已經擋住了門口。「我們出去呼吸點新鮮空氣。」

「如妳所願。」

布萊德剛好挑上這個時間，踉蹌從漢堡王後面走出來，拿著手機貼在耳邊。一看見他們，他瞪大了眼，縮回建築物後方。

一陣惡意的滿足感湧上心頭，但蘿絲沒時間享受。她抓住德朗的手臂，將他拖過狹窄的人行道，在他看見布萊德，決定完成剛剛開始的事情之前，將他拉遠一點。「你在做什麼？」

「陪妳走路。」

「你不能就這樣闖進來，毀掉我的人生！」她深呼吸，逼自己冷靜。他是好意幫忙，也為她做了很多。「我認識布萊德很多年了。他幫了很多人忙——讓人不會忘記的大忙。我們之間是陳年往事，他也已經為此被懲罰過了，你剛剛又挑起新的戰端，他現在會想盡辦法找我麻煩。」

「歡迎他試試。」德朗以保證讓布萊德以後不好過的堅定決心說。

「你根本聽不懂，就和愛咪的屋頂一樣。」

「愛咪的屋頂怎麼了？」

他不笨，剛好相反——德朗可能是她見過最聰明的人之一，他只是不瞭解邊境小鎮的生活疾苦，對一個不是在這裡出生的人來說，那可能一點道理也沒有。

她停下腳步，對上他的目光。「德朗，我很感謝你的好意，但我不需要你幫我打仗。如果人生有這麼簡單，你只要揍布萊德一頓就能解決我所有問題就好了；但事實上，那只會帶給我更多麻煩。謝謝你，但請你離開。」

德朗的眼眸打量她。「好吧，小姐。」

他轉身走開。

蘿絲目送他離開後走回餐廳。布萊德出糗這件事會帶給她更多麻煩，她很清楚，但很值得。她想起他趴在柏油路上，腳步輕快地跳了起來。

拉妥雅推開漢堡王的門。「妳的新男友是個變態殺手！」

「不，他不是，而且他不是我的——」

「我是說他是個特種部隊之類的，或是某個突擊隊員，妳知道那種在叢林裡靠吃蟲子過活、用一把手槍和一小塊石頭打倒一整隊恐怖分子的傢伙。」

蘿絲搖頭。

「而且他還是個帥哥，」泰瑞莎補充：「就像另一個一樣。」

拉妥雅的眼神亮起來。「什麼另一個？」

艾默生的聲音在小辦公室的四堵牆裡迴盪，震得蘿絲的頭嗡嗡作響。「妳以爲可以蹺掉早上的班，我還不知道嗎？」

蘿絲努力控制脾氣面對艾默生。他是個一般身高的瘦小男人，禿頭、小鹿眼，出身自當地的古老家族，祖父賣保險，父親發揚光大，他哥哥經營得也不差，但艾默生的表現平平。他驕傲、自大、易怒，使他成爲很糟糕的銷售員。人們買保險時，希望得到保證，但艾默生能保證的只有他不可一世的傲慢。

他在她們離開漢堡王大概兩小時後打電話來怒吼，要拉妥雅在工作結束後帶她回辦公室，顯然打算造成她永久性的聽力損害。

「妳有什麼理由可以爲自己辯解？」

「愛咪·海爾的家裡出了點麻煩……」

「我管她去死，」他瞪著她許久，鼻孔歙張。「我不會給妳這星期的薪水。」

「艾默生！」

「怎樣？妳要說那不合法，我不能那麼做嗎？噢，猜猜看怎麼著？我就是那麼做了。」

蘿絲咬牙，艾默生向來是個混蛋，但這次太過分了。「兩年來我沒請過一天假！」

艾默生大笑。「妳知道嗎？我改變主意了，我要開除妳。」

「開除？爲什麼？」

「因爲曠職。妳想申訴？歡迎。他媽的誰會聽妳的？妳是個非法黑工，我他媽的想怎麼對付妳就怎麼對付妳。」

她的臉漲得火紅，他開口想繼續叫嚷，看見她的眼神，立刻緊閉上嘴。

「只要你晚上睡得著就好，艾默生，」她沉著地說：「但千萬不要被我發現你到邊境來。」

她轉身離開辦公室，一路穿過走廊到屋外。拉妥雅被艾默生的歇斯底里嚇到躲得不見蹤影。這就是邊境作風——每個家族自求多福。無論她們是不是朋友，拉妥雅都不打算讓自己的工作也跟著丟了。

蘿絲在人行道邊停下，瞪著艾默生紅色本田休旅車上的浮誇車牌，上面寫著「BOSSMAN」，老闆，眞可笑。

她一點感覺也沒有。只是還沒反應過來，她決定，只是遲早的事，到時自己可能已經躲到某個地方大哭了。

蘿絲揹起背包，邁步往前走。

第十章

兩小時後，蘿絲癱坐在門廊的階梯上，手機放在旁邊，兩腳發痛。她利用從淨亮清潔公司辦公室走到家裡這四哩路程的時間找新的工作，用盡所有管道，打電話討每個人情。沒人在聘人，近期也不會有什麼工作機會。

蘿絲感覺到第一陣恐慌，她沒有辦法養那兩個孩子。

她一直在工作。自從爸爸離開，甚至早在那之前，她就一直賺錢養家。他們並不富有，但孩子們從來不曾挨餓。她現在能怎麼辦？她沒有存款，媽媽那一點珠寶早就沒了——被那輛卡車耗光了，先是傳動器失靈，然後是消音器，再來是傳動帶……它老是出問題，需要花錢的問題。

閣樓的垃圾也沒帶來什麼好處，她以前試著賣過，跳蚤市場和庭院拍賣都試過，但幾乎什麼都賣不掉，總共只賺了七元十二分。

鎮上小炸雞攤前每天早上都會有一輛卡車停在那裡載工人，工資會付現。她開車上班的途中曾經過那裡，看見男人們——大多是拉丁裔——用西班牙文聊天。在她找到艾默生那份工作前，甚至試過和他們一起等，但卡車司機向她解釋，他們不要女人，只要能清理樹叢和蓋房子的男人。

艾默生一開始雇用她，只是因爲她父親和他年輕的時候是死黨，但現在爸爸不在了……

她還有那枚金幣。但現在她被開除的消息應該已經傳開了，馬克斯．泰勒可能知道她走投無路，會在把金幣換成現金時大削她一筆。去平行宇宙漫畫店找彼得可能比較划算，他的收費比較高，不過從不討價還價，也絕不玩花招，那枚金幣換來的錢應該可以撐上兩個星期。現在她只要借點錢加油，就能開車過去，然後祈禱自己從那兩人之一順利拿到錢。

那然後呢？

或許她可以帶著孩子，用她從德朗身上賺到的錢直接離開。邊境很窄卻很長，像緞帶一樣包覆住兩個世界的交界，還有其他比東門區大的城鎮，那裡一定有工作。不過她在這裡至少有房子住，換作其他地方，她還得付房租……

從遠方接近的腳步聲讓她從思緒中清醒過來，一名魁梧的長腿男人走上小徑，陽光在他偏紅的頭髮上躍動。她到哪裡都認得出那頭紅髮——羅伯．西蒙安。羅伯的父親多年前雇用布萊德綁架她，要她嫁給羅伯，爲西蒙安家生下一票擁有強大力量的孩子。

羅伯走近房子，在結界石前停下來。他有一點魔力，能放出綠色電光，以邊境人來說不算太差。他比她大三歲，非常有錢，也是頂級的混蛋。

「嗨，蘿絲。」他說。

她只是看著他。

「聽說妳丟了工作。」

唷，傳得眞快。「來幸災樂禍的？」

他微笑。「對，有一點。妳聽說了嗎？西蒙安雪佛蘭公司剛換了批新的清潔工，我們辦公室將變得淨亮無比。」

線索在蘿絲腦中拼湊起來，她眨眨眼。「你爸爸付錢叫艾默生開除我。」

「差不多是那樣。」

她皺眉。「已經過了四年。你們爲什麼還在乎我做什麼?」

「傳聞妳交了新男朋友，拳頭很硬。任何行爲都有後果，蘿絲，妳瞧，布萊德爲我們工作，大多是些零工。我們喜歡照顧自己人。」

「你們人眞好。」她早就知道痛揍布萊德一頓絕對會帶來某些後遺症，但不知道會這麼快。他們挑她最脆弱的痛腳下手。她的體內充滿魔法，然而最可惡的是羅伯夠聰明，不會主動惹事。

「叫人揍布萊德不是聰明的做法。」

「我沒找人揍他，布萊德完全是自找的。那他到底爲你們做什麼?布萊德除了拳頭以外，沒什麼用……」靈光乍現，蘿絲甚至沒試著隱藏嘴角的笑意。「你們雇他作打手，對嗎?負責回收欠錢的車子。我看到他被扁得不成人形之後打手機，是打給你嗎?告訴我，他的聲音有沒有比較含糊?因爲我上次看到他時，你們的寶貝打手正縮在人行道上自己的嘔吐物中哭著找媽媽，他一定是在能說話的第一秒就跳起來打那通電話。」她大笑。「噢，你爸一定覺得很丟臉吧?」

羅伯臉上的甜笑消失。「不關妳的事。我們來聊聊妳，妳打算怎麼養活那兩個雜種弟弟?」

「不關你的事。」

「妳知道，」羅伯皺眉，假裝沉思。「我一直很喜歡妳。」

德朗從樹叢後現身，踏著非常堅定的步伐走向羅伯。他很可能一路都跟蹤著她，她不否認他有這個能耐。他必然以爲這是讓她欠人情的大好機會——高高在上的冰冷貴族出手相救。她瞥了他的臉一眼，警覺竄過全身。她一直以爲殺人般的眼神只是個形容，但當她看著德朗，卻清楚地看見了。

她交抱雙臂，越過羅伯的頭頂看著德朗。「那是個爛主意。」

德朗繼續往前，那不是走路，是邁進，致命且憤怒無比地跨大步伐。

「喔，不對，」羅伯說：「那是個好主意，我和妳做筆交易：妳幫我吸老二，我就幫妳把本來的工作弄回來。」

噢，你這個可悲、噁心的雜種。

德朗下頷的肌肉抽動，如果他碰到羅伯，一定會殺了他。

「如果你這麼做，我再也不會和你說話。」她向他保證。

德朗頓了一秒。

「喔，我喜歡妳發火的樣子，」羅伯說：「照我看來，我爸四年前就答應要把妳給我，我卻一直沒得到，就像從來沒打開的聖誕禮物。我覺得我等太久了。」

她只有幾秒可以擺脫羅伯。蘿絲假裝嘆氣。「你說得對，羅伯，我的確需要工作，而且似乎沒有人在雇人，我猜我被逼到走投無路了。」

「很高興妳瞭解我的看法。」

德朗繼續跨步前進。

蘿絲微笑。「既然走投無路，代表我沒什麼好損失的，而我現在有一股強烈的衝動，羅伯，非常想揍人的強烈衝動。」

他花了一秒才會意過來。「妳太過分了，賤貨。」

「我想可以先從你開始，」她說：「你知道，當我用電光痛扁布萊德的時候，他尿得自己滿身都是，我想我很樂意看見你尿褲子，羅伯，然後我會到你家去，看你爸和你一樣尿褲子。」

「妳不敢。」

「我還有什麼好損失的，白痴。」她大笑，開始從台階上起身。

羅伯的嘴巴張大，轉身看見德朗逼近，擋住他的退路。羅伯的臉色變得像紙一樣慘白。

蘿絲只能祭出手邊最後的武器。「德朗，請不要傷害他。」

德朗朝羅伯逼近一吋，低吼道：「滾。」

羅伯衝下小徑，他向來跑得不快，這次卻以破紀錄的速度消失在道路盡頭。

「妳不該阻止我。」德朗瞪著他的背影，看起來似乎想改變主意，不管羅伯跑得有多快，德朗都能趕上他。

「我大可以修理羅伯。首先，我可以開槍射他，」她伸手探進托特包，拿出槍給他看。「再來，我可以用電光扁他。我沒有傷害他，我辦得到，但我沒那麼做。」

他瞇起眼睛。「為什麼？妳對他有感情？」

「不！至少不是你在問的那種感情。」

「那是為什麼？」

「這有點複雜。只要你保證不追殺羅伯，我就解釋給你聽。」

他考慮半晌。「好吧。」他的語氣清楚表明他是在幫她的忙。

蘿絲努力不被德朗發現地鬆一口氣，坐在結界邊的草地上，他盤腿坐下，望著她。他仍然穿著牛仔褲和運動服，牛仔褲遮蓋了大半靴子，他應該要從腳到脖子看起來都像個殘境男人；應該要，卻不像。他的姿態就像從來沒擠過公車的人，肩膀太寬，姿勢太充滿壓迫性，要是他走進殘境一間人來人往的購物中心，人們很可能會手忙腳亂地讓路給他。

他的頭髮增加了效果，但眼睛和臉是最糟的部分。就算是他冷靜的時候——例如現在——他的眼神還是能令人停止呼吸，那是異境貴族的眼神，期待其他人服從自己，毫不遲疑地執行命令。德朗根本不像殘境男人，反而像個爲了萬聖節穿上奇裝異服的貴族。

而她必須爲他解釋邊境的複雜規則，到底該從何說起？

「在殘境，當男人攻擊女人時，會有人報警，」她說：「他們會檢視證據，如果證據充分，那個男人會被拘留、起訴罪名、送上法庭，而如果被定罪，就會關進監獄，異境是怎麼做的？」

「艾朮昂里亞有類似的程序，」德朗說：「警長查驗證據，將嫌疑犯拘留起來。如果他們沒逮到，就會找賞金獵人，萬一再失敗，就找執法官，像我這種人。」

她絕對比較喜歡賞金獵人，聽起來不太吉利，但不像他這麼糟。「你的工作是逮捕罪犯？」

「只有一部分，必須是相當嚴重的罪犯才會吸引我的注意。請繼續。」

「你知道邊境的做法嗎？」

「我猜妳會告訴我。」他說。

「什麼都不做。」她檢視他的表情，確認他聽懂了，但她還不如看一張面具。「在邊境沒有警察，沒有執法官、警長或任何保護，這裡沒有公正的第三方。相反地，所有東門區居民只會待在原地靜觀其變，因爲這裡人口太少了，每個人都彼此認識，所做的一切都有後果。」

她深呼吸。「如果一個女人受到攻擊，那是她的家庭和攻擊者家庭間的問題，他們可能會達成某種賠償或處罰的協議，又或者接下來幾十年都等著拿槍轟爆對方，讓腦漿濺滿這一帶的草地。沒有人喜歡結仇，家族仇恨很麻煩，再說很多家庭彼此都有關係，當爭端爆發，可能整個邊境都會陷入戰火，讓無辜的人受害，並影響貿易，我們很多人都在和異境商隊的交易中賺了不少，然後把買來的東西賣到殘境。如果商隊知道這裡有爭端，就會跳過這個鎮，找其他地方做生意。」

他點頭。

「我們努力不製造爭端，努力講道理，那表示懲罰必須合乎罪行。且說一個試圖綁架我的男人，我有權利殺了他，我也曾經那麼做。」

德朗眼神銳利地看了她一眼。「妳殺過人？」

「兩次，但只是自衛。我父親和祖父為了保護我也殺過人，沒有人能因此發火。當然，被我們殺死那些人的親戚恨我們，只要有機會就想盡辦法毀掉我的生活，但輿論站在我這邊。我受到攻擊，任何和我處於相同處境的人都會自衛，很合理，對吧？」

「理論上來說，我想是的。」

「現在，我們來談談布萊德。我當時只是個孩子，以為自己愛他。我在人生最艱困的時候去找他，希望他成為我的避風港、風暴中的磐石，而他試圖用球棒打昏我賣給羅伯的爸爸。我恨他，非常恨他，恨到他在附近時，我的手就會不自覺地握拳。當你今天打得他頭破血流，我感覺美妙極了。」

他雙唇嚴酷的線條稍微放鬆。「美妙？」他說。

她點頭。「我這輩子都會把他在自己嘔吐物中打滾的記憶當作寶物，但代價是我的工作。」

「我聽到了，」他說：「我不是有意害妳失去工作。」

蘿絲揮手。「沒必要這麼謙虛。你的計畫天衣無縫——害我被開除，斷絕我唯一的收入來源，同時還扮演我的英雄和拯救恩人的角色。」

德朗蹙起眉頭。「的確天衣無縫，但願我曾經想到這個。老天，我純粹是見義勇為，布萊德想談談，我只是心甘情願借他耳朵。」

慷慨助人的德朗。她咧嘴笑。「你還慷慨地借他拳頭。」

「噢，妳不能叫我賞他一巴掌，我眞的辦不到。」德朗報以微笑，那抹眞心的笑容改變了他的臉龐。在一瞬間他不再是貴族，而是一個人，會呼吸的活人，英俊得不可思議又幽默，一個她希望認識的人。效果非常驚人。

蘿絲盯著雙腳，努力隱藏眼神，不讓他看見這反應。問題是：哪一個才是眞正的德朗？

「再回到布萊德，」她說：「當他用球棒打我的時候，我用電光反擊，電力很低，沒殺死他，但他傷得很重，我到現在作夢都還能聽見他的慘叫。在邊境來說，那項罪行已經受到了懲罰，現在你掀起了新麻煩。」

「但那是美妙的麻煩。」他提醒她。

她忍不住大笑，抬頭看他。「的確，布萊德被打得不成人形，而西蒙安家讓我丟掉工作作爲報復。我不能因此怪你，沒有人會猜到我的工作會毀掉，但一直到今天結束，我還是想不到辦法養活家人。」

「我很抱歉。」他說。

「謝謝。」

「這就像一道複雜的數學等式，」德朗說：「最後的結果永遠都必須是零。」

「不一定，人們會用各種方式鑽漏洞，但我們的確喜歡保持平衡，大家會提供自行解決的機會，但如果你到處大開殺戒，傷害旁人，無論你的力量有多強大，很快整個東門區會團結起來追捕你。讓我們回到羅伯身上，他是隻蟲，對我提出那種要求很下流，很羞辱人，我反過來羞辱他。我們扯平了，最好羅伯覺得這件事沒人知道，但現場有三個人，他會記得這件事還有你，他只要有機會，就會試圖打擊我；但公然被打倒在地變成邊境的笑柄又是另一回事了。如果你不放過他，把他打成一團爛泥，他就必須報復。西蒙安家很強大富有，我的家庭很小，我可能不該告訴你這件事，但我所有的家人只有兩個弟弟和祖母。」

「我推測到了，」他說：「我知道妳愛弟弟們，除非別無選擇，不會依賴他們保護。」

「我想你現在懂了，」她說：「我不能和西蒙安家鬥。我的電光很強，但如果你揍扁羅伯，我可能永遠沒機會使用。西蒙安家會直接從某棵樹後對我開槍，沒人會怪他們。」

「這是錯的。」他說。

她聳肩。「但這是這裡的做法。我很感激你努力瞭解，我知道你一定覺得很怪，畢竟貴族是異境至高無上的管理者。」

「那並不完全正確，法律才是至高無上的權威。我們只是受過比較好的訓練和教育，比其他人懂得執行，但我們和其他公民一樣受法律約束。」

「法律對強迫女人結婚又怎麼說？」她問。

「法律只適用於異境公民，而妳不是。」

可惡。永遠只能在外面看熱鬧。蘿絲起身，拍拍牛仔褲。「好吧，幸好你會輸著空手回家。」

「我不會輸，」他說：「但從現在起，我會努力記住邊境的社交規則。」

她眨眼睛，感到十分訝異。德朗比流過東門區那條粗臂溪更反覆莫測，他先是救了杰克，她可以理解其中的原因——畢竟若他打算娶她，袖手旁觀看著她弟弟被撕成碎片絕無好處。但接下來他救了愛咪和她的孩子，又跟著蘿絲到殘境，現在甚至願意承認自己缺乏常識——她本來以爲那會徹底破壞他冷冰冰的姿態。「你爲什麼要救愛咪？」她問他。

「爲什麼不？她碰上了麻煩，而我有能力幫助她，任何有理智的人都會那麼做。妳又爲什麼要救她？妳當時準備要當餌來拯救黎安的孩子，而黎安自己承認小時候折磨過妳。」

「那不一樣。」

他傾身向前，一臉感興趣的樣子。「怎麼不一樣？」

蘿絲努力思考著如何解釋，她並沒有仔細思考過自己爲什麼那麼做，只是直覺地採取行動。「他只是個孩子。」她終於說。

「那麼如果被困在那個房間裡的是黎安呢？妳會去救她嗎？」

「會。」情勢是怎麼逆轉的？發問的人應該是她。

「爲什麼？」

她癟起嘴。「因爲黎安對我做的事都沒有像被那些野獸活活四分五裂那麼恐怖。」

「妳那麼做很勇敢。」德朗說。

他的想法無關緊要，她告訴自己。他的意見根本不重要。

「讓我留在妳身邊。」他說。

「再一百萬年都別想。」身爲貴族的德朗很危險，身爲人類的德朗危險程度更是十倍以上。「你實在應該別再嘗試爬上我的床，德朗，那不會成功。」

「如果我試過爬上妳的床，我會做一些曖昧的舉動。」

在她短暫的約會生涯中，蘿絲曾接收過一些「靠近一點」的眼神，但德朗讓它們全成了地上的爛泥。他注視她的眼神彷彿一切都不存在，那不是盯視，而是著迷的凝視，彷彿他正將她拉往峽谷上的繩索，只要她來他身邊，他根本不在乎他們是否會往下墜落。那打破了她的防備，蘿絲臉紅了，突然變得困窘，過度敏感，彷彿是個發現男孩在看自己，第一次發現自己是女人的少女。

「蘿絲，」他說，彷彿在品嚐她的名字在口中的滋味。「讓我進去。」

她只是搖頭，這是她唯一能做的。

「我應該脫掉衣服，努力用充滿男子氣概的身體引誘妳嗎？」

就那樣，魔咒消失，她大笑出聲。「那沒有用，但如果你眞的想要展示自己，我有什麼資格阻止你，閣下？」

德朗嘆氣。「閣下比較適合用來稱呼大使，或者瑣羅亞斯德教【註】或天主教的主教，他們自認是神的使者。我不是主教也不是大使。在講究社交規矩上，妳完全無藥可救。但不必擔心——我會安排課程，很多、很多禮儀課，幸好我不但有錢聘請最優秀的教師，也有耐性等到妳學會。」

她被激怒了，而他立刻換回貴族的冷酷表情。

「我去拿你的東西。」她告訴他，轉身。

「妳非常努力工作，不願意低頭接受施捨。」他說：「我認爲那很值得敬重，但有自尊和不智之間仍有細微的分別。如妳所說，妳是一名要照顧兩個男孩的單身女性，目前待業中，沒有新的工作機會，妳面臨來自不明魔法的危險，也沒有辦法對付它。我需要一個住宿的地方，很樂意讓妳當房東，也會保護妳和妳弟弟們免受這個危險，或在我停留期間的任何其他威脅。我已經發誓不會傷害妳和妳的家人，妳可以得到錢，家裡還多了一名能幹的成年男性，而我得到一間房間和每天三餐。拒絕我不但愚蠢也不負責任，而妳兩者皆非。」

她停下腳步。他說得對。「你又有什麼好處？」

「就像我說過的，我非常討厭睡在帳篷裡，但更重要的是，我千里迢迢來到邊境，要是空手而歸，告訴別人某些黑暗魔物殺了我未來的新娘這種荒謬故事，會讓自己成爲笑柄。我不能現在失去妳。如果妳堅持這種不智做法，我會直接在這裡紮營，在我現在所站的地方，並盡可能保護妳，不過，我的保護會沒那麼全面。」

當然，純粹利益導向的理由。她猜也沒有其他原因。

孩子們得吃飯，她的存糧只剩下三包拉麵、六隻雞腿、一點米、幾顆馬鈴薯、半盒麵包粉和冰箱裡一磅半的牛絞肉。而且他會保護他們。兩人都知道她會接受他的提議，蘿絲垂死掙扎，拚命想辦法不讓自己覺得別無選擇，卻一無所獲。她突然間感到筋疲力盡。「我對你還有其他疑慮：你是伯爵，

編註：瑣羅亞斯德教（Zoroastrianism），又稱祆教或拜火教，源於中東，曾傳至中國，以善惡二元論教義開名，是古代波斯帝國國教。

很有錢，又不醜。」

「事實上，我相當英俊。」他說。

英俊是用來形容普通的凡人。她翻白眼。「而且還很謙虛。你為什麼到這裡來要我嫁給你？」

「如果妳讓我進去，我就告訴妳。」

「你願意付多少？」她問。

「我們的標準費率：一天一枚金幣。」

非常慷慨，慷慨得過分——有些家庭只要一枚就願意忍受他一個星期。

「一天半枚金幣。」她說。

「不行，所謂的討價還價是妳必須要求更高的價錢。」

顯然他很瞭解怎麼挖苦人，只是在不合適的情況下選擇忽略而已。「我知道你們異境人覺得邊境人都是騙子，但我們不是。我不會拿超過標準的報酬，因為我不想覺得自己欠你人情。你付半枚金幣，可以使用臥室和一天三餐，如果需要的話，我也會幫你洗衣服，此外就沒了。我會讓你住在我家裡，希望你對我和我弟弟表現出尊重。要是你破壞這個條件，馬上離開；要是我破壞條件，會退還所有費用，我說得夠清楚了嗎？」

「非常清楚，我該發血誓嗎？」

「不，只要保證就夠了。」

他起身，舉起劍。「我向妳保證。」

蘿絲拿開結界石，讓他踏進結界。

「或者我給妳一張空白支票。」他說。

「那是什麼意思?」

「妳跟我走,我會以體面的方式援助妳,支付孩子們的教育,代價是我們要共用一間臥室。」

「體面的方式?」她咀嚼那幾個字,那其中充滿了顯而易見的矛盾。

「一個月兩、三百金幣,足夠過簡單但舒適的生活,我當然會負責妳的房租、孩子們的學費,以及額外支出。」

「當然。」她搖頭。

「那是好或不好?」

她只是看著他。

「從妳僵硬的表情看來,是不好,」他說:「而且,妳認爲我是白痴才會對妳做出這種提議。」

「就算你沒有在說謊,確實打算履行提出的每個條件,你都是在提議我成爲你的娼婦。我不反對女人選擇那樣的生活,但我不是,也絕對不會成爲那種女人。如果你提的是一份工作,那種我不用張開雙腿就能圖溫飽的工作,那我會考慮。但我對你的信任程度不比我相信自己可以把你扔出去的距離遠——而既然你又高又壯,那表示不會太遠,反正我也不認爲靠你養是個好主意。我不要你的錢,德朗,我不是乞丐,也不是喜歡不勞而獲的人。」

他在打量她,而她納悶著他剛剛的提議是眞心的,或者只是某種測試。無論如何,他得到了答案,而她說的每個字都是認眞的。

「我的錢可以讓妳離開這個地方。」

「這地方是我的家，換作你會怎麼做？」

「不。」他立刻說。

「那麼你爲什麼以爲我會想離開？」

他的嘴角揚起一抹嘲弄的笑意。「我不認爲妳會。」

「那你爲什麼要開口？」

「我想知道妳會怎麼說，我在試著更瞭解妳。」

她攤開雙臂。「你看到的就是你會得到的。」

他的眼眸閃爍綠光。「那是個承諾嗎？」

天殺的他。「我是說我沒有什麼大祕密，不像你，你爲什麼來邊境找新娘？」

「我再一個月就三十歲了。貴族的習俗要求我在三十歲前結婚，否則不能繼承領地。」

「那有點荒謬。」

他點頭。「我們在這一點上看法完全一致。」

「那你又爲什麼不能在異境找到結婚對象？」

「恐怕我在同儕間有點聲名狼藉。」他踏上台階，爲她打開門。

「爲什麼？」

「大家都知道我在私人活動上有相當豐富的想像力。」

她瞪著他。「什麼私人活動？」

這次他眞的微笑起來，神情變得邪氣。「脫掉衣服，我會很樂意示範。」

第十一章

蘿絲花了整整半個小時才擺脫德朗。她爲他調整結界，他才終於離開去拿剩下的行李。她等了五分鐘，抓起推車，推著獵犬的屍體去找奶奶。如果能弄清楚這是什麼或從哪來，也許能想辦法對付。推車的輪子卡到了某顆石頭。屍體發出的刺鼻臭味就連克利特爺爺聞到也會嘔吐。蘿絲以爲她早該習慣了，但是並沒有，在三分之一哩之後，她還是能聞到那頭死掉傢伙的味道。

蘿絲對著推車咒罵，咬牙，努力推過攀滿粉紅小玫瑰的籬笆，進入祖母的庭院。她深呼吸，將推車推到房子後面，免得被人看見，然後罩了張帆布蓋住，以防萬一。

艾麗歐諾奶奶在廚房喝茶。「聽說妳丟了工作。」她一看見蘿絲踏進廚房就開口。

噢，行行好……

「還聽說有個人和妳住在一起。照瑪蓮的說法——她是聽吉哈婷·亞司普說的，而吉哈婷則是親耳聽到愛爾希·摩爾說的——他挺帥的。」

「他只是房客，」蘿絲走到洗手槽，用肥皀洗手。她現在最不需要的是一頓教訓她自己讓貴族進屋有多危險的嘮叨。「只是賺點錢貼補家用讓我們撐過這段時間。」

她希望也祈禱等那位帥哥拿了行李，會乖乖留在屋裡，不要來找她。若他出現在奶奶家門口只會帶來麻煩。

「根據小混蛋們的說法，這名房客有一支大劍。」

蘿絲對天花板翻白眼。「他們還說了什麼？」

「不太多，他們在這件事上口風非常緊，一點也不像他們。他英俊嗎？」

「英俊。」

「他不是威廉吧？」

「不是。」蘿絲嘆氣，坐上椅子，伸手拿空杯子。

頭頂上天花板因爲快步踩踏而震動，孩子們又在閣樓上玩了。「妳從亞黛兒那裡問到什麼？」

「喔，各式各樣的事，一大堆八卦，寶拉這一胎是雙胞胎，孩子不是她先生的，等他發現這件事，下場一定很慘。還有一些別的事。」奶奶別開眼神。

「還有什麼？」

奶奶重重嘆氣。「附近一直有狗失蹤。賽斯．海因去了殘境，帶著妻小一起走，拋下一大堆東西沒帶走，他姊姊聯絡上他，但他不肯談這件事。她什麼也沒從他口中探聽出來，只知道他一直被某個東西攻擊，某種詭異的怪物。喔，他還說是一個貴族救了他們。畢竟那正是我們需要的——來自異境的貴族。」

沒錯，她們絕對不需要更多貴族。蘿絲用毛巾擦手。當然，那一定是德朗，還會是誰？「我想我擺在靠後門的推車上有一頭那種怪物。」

艾麗歐諾奶奶起身。「我們去瞧瞧。」

兩人走出後門廊，蘿絲拉開帆布，艾麗歐諾用指尖拂過怪物表皮，往前傾身，鼻子幾乎碰觸到怪物了，她嗅聞燒焦的表皮，然後站直身體。

「這是什麼？」蘿絲問。

艾麗歐諾的額頭皺起。「我不知道，」她輕聲說：「我們來泡杯茶，找出答案。」

艾麗歐諾奶奶拿了根白色粉筆，以熟練的俐落動作在桌面上畫了羅盤玫瑰。喬奇站在桌旁，瞠目結舌，杰克迅速爬上椅子，雙手合十，彷彿在祈禱。

蘿絲在崔孟坦位【註】，也就是北位，放上一根粗蠟燭點燃，微弱的火焰在燭芯上舞動，她接著在代表東方的里樊特位放上冰塊，在南方的歐斯托位放上一塊花崗岩，然後看著杰克。

「現在？」他問。

「現在。」

杰克鬆開手，將一條肥綠毛蟲丟到桌上，蘿絲將牠推到西方的波尼特位，啐了一口口水，毛毛蟲扭動著，不過留在原地，被微量魔法固定住。

這是常見的古老邊境魔法，沒有噱頭也不需要技巧，只是一種簡單有用的樸實魔法。德朗會嗤之以鼻，一如她若跟他一起走，他那些高不可攀的朋友也會對她嗤之以鼻，無所謂。她沒什麼好向他證明的，也沒有打算放棄自由，無論他怎麼看她。

艾麗歐諾奶奶打開小夾鍊袋，將一小片野獸的血肉倒進方位圖中央，臭氣刺激蘿絲的鼻腔內部，她皺起臉，轉頭呼吸沒被污染的空氣。

編註：歐洲方位古稱，原意為地中海的北風（Tramontane）、東風（Levante）、南風（Ostro）、西風（Ponente）。

「爲什麼味道這麼臭？」杰克捏緊鼻子。

「不知道。」艾麗歐諾奶奶示意他們走到桌子旁。「手握起來。」

他們互握彼此的手，環繞桌子而立。

「將注意力集中在那塊肉上。」艾麗歐諾奶奶深呼吸，開始詠唱。

「來復來、去歸去，順我令。來復來、去歸去，順我令……」

魔法從他們身上流出，鎖住那片腐臭的肉，冰塊底下流出一小灘水，形成完美的圓；花崗岩塊震動，碎石英片閃爍；蠟燭的火焰升高成兩吋；毛毛蟲蠕動。

中央的血肉拒絕任何動靜。

十分鐘後，他們又試了一次。

毫無反應。

「它好像不屬於這個世界。」蘿絲嘀咕。

「我們還有其他辦法。」艾麗歐諾奶奶癟嘴。

的確還有，他們也試了。四小時後，蘿絲累得幾乎抬不起頭，艾麗歐諾奶奶拿起一根擀麵棍，看著那塊肉——他們的第三片實驗品，前面兩塊已經被各種魔法消耗光了——用擀麵棍打它。

蘿絲皺眉。「爲什麼那樣做？」

「讓我感覺好一點。」

手機響起，蘿絲整個人跳起了六吋高。

「誰打電話給妳？」

「我不知道！」她打開手機。「喂？」

「嗨，蘿絲。」另一端傳來男性嗓音。

「嗨，等等。」她用手蓋住手機，用嘴形對奶奶說：「威廉。」

「去吧。」艾麗歐諾奶奶朝後門點點頭。

「我馬上回來。」蘿絲保證。

她走出後門，穿過草地來到掛在橡樹粗枝上的老舊木鞦韆，夜色沉落，黑暗清涼，洋紫荊從樹上藤蔓垂吊而下，飄散著微澀清香，夜針花透出淡淡的金合歡香。屋子在被黑暗浸潤的草坪上灑落昏黃的光芒。

「你怎麼知道我的電話？」她坐上鞦韆。

「妳一個朋友給我的，那個綠頭髮的。」

拉妥雅。「你怎麼會認識她？」

「我經過妳的公司，本來想帶妳去吃晚餐。她們說妳被開除了。」

她聽見他語氣中的真誠關懷。「對，我被開除了。」

「我很遺憾。孩子們的反應如何？」

「他們還不知道。」

「那麼妳需要工作嗎？我可以去探聽一下……」

當然，但他們不會雇她，有她閃閃發亮的邊境證件就不可能。不過他這樣提議非常體貼。「你那樣說真好心，但目前沒有問題。」

威廉的語氣多了一絲緊繃。「我聽說和一個男人有關。」

拉妥雅那個大嘴巴。現在整個邊境都知道她是因爲某個男人被解雇了——倒不是說她有絲毫在乎他們對她的想法或說法。「我不是因爲他被開除的。你知道，我的老闆艾默生和我父親以前是好朋友——我眞不知道爲什麼要對你說這件事……」

「或許因爲妳需要找人傾訴。我人在這裡，又有時間。」

她嘆氣，習慣性地晃起鞦韆，前後搖擺，鍊條低聲抗議著。

「什麼在響？」他問。

他是怎麼從電話中聽到這聲音的？「我坐在老舊的鞦韆上。」

「啊。這個艾默生怎麼了？」

「正如我說的，他和我父親以前是朋友，後來我父親離開了，去……冒險，艾默生留下來，結婚，在家族企業工作，努力過平靜的生活。不過，我猜他一直想和我父親一起去，但始終沒有勇氣拋開一切。去年，艾默生的生活一片混亂，保險業務員的工作表現不是很好，他爸爸改叫他經營淨亮清潔公司。他的妻子離開了，他還有財務問題，對公司的錢動手腳，這一切壓得他抬不起頭。我想每次他看到我，都會想到我爸爸在某個地方過著好日子。無論如何他都會開除我，只是遲早的問題。」

「這位艾默生聽起來眞是個活寶。」

「他只是個不幸福的憤怒男人，反正我不必再忍受他了，我很高興，現在一切都過去了。」

「妳知道，妳可以告訴我另一個男人的事，」威廉輕聲說：「我不害怕競爭。」

她遲疑了。「威廉，我以爲這件事已經說好了。」*拜託，別讓我再傷害你的感情。*

他低聲笑，笑聲很古怪，低沉而苦澀。「別擔心，我記得我們的狀況。既然妳告訴了我一件私事，我也會告訴妳一件我的私事。我從來不曾像妳一樣擁有家庭，蘿絲，所以我才這麼喜歡妳。妳善良聰明又漂亮，還很照顧弟弟。從來沒有人那樣照顧過我。我一直想找個像妳這樣的人穩定下來，建立一個眞正的家庭。我不知道自己做不做得好，但願意嘗試。我會保護妳和兩個孩子，絕對不會有人傷害你們。抱歉，但我不能不試著爭取就直接放棄妳。」

沉重的感受壓在她的胸口，他語氣中有種假裝不出來的誠懇，他對她毫不保留地表明了心意。

「威廉，」她盡可能溫和地說：「我很遺憾你如此孤單，但我不認爲我——我不認爲我們，我和兩個男孩，是適合你的家人。我知道你把我當成兩個男孩的姊姊蘿絲，但我是個獨立的人。我就和其他人一樣想要幸福，如果一個男人要加入我的家庭，一定是因爲我愛他。我不認爲自己有可能愛上你，我們之間沒有火花，你和我一樣清楚。」

她傾聽那長長的沉默。

「妳是個奇怪的女人，蘿絲，」他終於說：「大多女人會享受這些關注。」

「我得到的關注已經夠多了。」她嘀咕。

「因爲那個害妳被開除的男人？」

蘿絲嘆氣。「他是個認爲我比沙子還不如的傲慢混蛋。如果能擺脫他，我會那麼做。」

「我可以幫妳趕走他。」

「不，我想我最好自己解決，我——」

她抬起視線，看見德朗揹著劍，站在兩呎外。

「蘿絲？」威廉問：「喂？」

德朗的眼神像兩顆白星一樣灼亮，他伸出手。「把手機給我，蘿絲。」

「誰在說話？」威廉問，聲音中的溫度盡失。

「讓我和他說。」德朗的手探向手機。

「我得掛了，」她告訴威廉。「以後再聊。」她闔上電話。

「該死，」德朗怒吼：「我叫妳把電話給我！」

她從鞦韆上跳下來。「你站在那裡多久了？」

「夠久了，那是威廉嗎？」

她不理他，走向屋子。

「回答我。」他命令道。

「我不必，」她說，試圖保持冷靜。「你無權對我呼來喚去。」蘿絲大步走向後門。

「妳這個頑固的笨蛋，妳不知道自己面對的是誰。」

「我知道得很清楚，」她停下腳步看著他。「我們把這件事徹底講清楚——你並不擁有我，我不是你的奴隸或僕人，也該死地不在乎你的血統，你家族有多古老，你有多少錢和多大權力。我讓你住在我家，是因為你付我錢，而我被逼到走投無路。千萬別以為我會讓你對我下令，控制我的人生。」

她轉身，走進房屋，德朗亦步亦趨地跟著。

祖母坐在廚房的桌子旁，臉色非常蒼白，目光盯著德朗，彷彿他是凶殘的殺人狂，蘿絲不怪她，他的眼睛彷彿結滿了霜，臉上寫著風雨欲來。

「孩子們在哪裡？」蘿絲問，注意到德朗的斗篷掛在一張椅子上。所以他先來了這裡，然後追著她到屋後。

「睡了。」奶奶說，語氣謹慎地保持中立。

「那沒必要吵醒他們，德朗和我會回家裡去，我明天早上再回來接孩子。」

德朗撈起斗篷，掛在左臂上，鞠躬行禮，溫柔地執起奶奶的手，嘴唇拂過她的指節，以法文說：「我由衷感謝您的殷勤和親切，晚安，艾麗歐諾夫人。」

「不客氣，再見。」奶奶的回答因爲緊張而十分簡短。

蘿絲滿心惱怒。她對法文的瞭解非常有限，但她聽到了「謝謝」和「親切」。德朗走到大門，爲她打開門。

「蘿絲，妳可以住在這裡。」奶奶連忙說。

「沒關係。」蘿絲擠出微笑，離開了房子。

她等到他們走過草坪，開始沿著通往她家的小徑走下山時，才轉向他。「你跟她說了什麼？」

「我說：『謝謝您熱情和親切的招待，晚安，艾麗歐諾夫人。』」

「你到我祖母家來做什麼？」

他的語氣很酸。「找妳。妳離開了很久，我以爲妳可能陷入危險，所以追蹤妳過來，那並不難，推車留下非常清楚的軌跡。」

她瞪著他。「你嚇壞了我祖母。」

「我非常有禮貌。」

「是啊，所以她才坐在廚房，臉上的表情和被車頭燈照到的鹿一樣驚恐。別過來這裡，永遠不要，我祖母和這件事毫無關係。」

他走近她。「現在，聽我說——這裡發生了一些妳無法處理的事，而無論妳喜不喜歡，我都決定要保護妳不受它們傷害。如果那表示我得進入妳祖母的房子或跟著妳到殘境去，那妳只好忍受，因爲就算把你們所有人的魔力加起來，也無法阻止我。」

魔法在她體內翻湧，因她的怒氣沸騰。夜色微微發亮，她這才發現電光溢入了她的眼中，讓她的眼睛發亮。「我可不敢這麼肯定。」她咬牙說。

他的眉毛懷疑地蹙起，然後他的眼睛也放出白光，兩個人瞪著彼此。

「不要再拖延了，蘿絲。妳丟了工作，現在有大把時間可以用。妳答應過明天要給我考驗，說出來吧。」

「不必擔心你的考驗。」

「我很期待。」

「好極了。」

「好極了。」

他們在回家的路上完全沒有交談。

第十二章

杰克跟著蘿絲和喬奇大搖大擺地走進屋子。蘿絲走進廚房，喬奇回房間，杰克在客廳遊蕩了一會兒，考慮要做什麼。如果他回外面，就必須留在結界裡面；他可以到廚房去偷點東西吃……

杰克經過德朗的房門，定在原地。貴族坐在床上，面前的粗帆布上擺著小刀，很多、很多銳利的刀子，陽光透過窗戶灑落房間，光線在刀刃光滑的表面上舞動。

德朗拿起一把刀，用一塊柔軟的布包住，空氣中瀰漫一股辛辣的氣味——丁香。

杰克喜歡德朗聞起來的味道，像南瓜派的香味，混和著皮革還有汗水，不是女孩的味道。

德朗舉起手，示意他進門。杰克溜進去，沒發出任何聲響，站在床邊。他什麼都沒說，只是看著布料沿著刀刃上下滑動，發出非常細微的聲響：沙、沙、沙……

「你喜歡上學嗎？」德朗問。

「不喜歡。」

「爲什麼不喜歡？」

「他們要我們一直坐著不動。」

「那對你來說很難嗎？」

杰克聳肩。「蘿絲說，如果我想當個好的掠食者，就必須學著有耐心。她說有耐心的掠食者才不會挨餓。」

「你想當個好的掠食者嗎？」

杰克點頭。

德朗拿起另一塊破布，沾上一些油後扔給他。杰克敏捷地在半空攔截那塊布，免得德朗改變主意。他看看刀子，又看看德朗。德朗點頭。

杰克的手在一把亮晃晃的大匕首上盤旋。不，太大了，大代表慢。他是隻小貓，以他的體型來說很強悍。外面有很多更大更強壯的怪物——不過很少有人比他快。

「上揚尖直刀，」當杰克的手停在一把刀背上彎的窄刀時，德朗說：「刀背的弧度讓刀刃更長，這把很輕，很快，適合劈砍。」

杰克的手移向右邊的刀，那把刀背往下凹彎，頂端是銳利的刀尖。

「土耳其彎刀，刀背下彎，有些人的刀背不開刃，那面保持鈍的；我喜歡鋒利的刀背。這是把快刀，適合近身戰和快速刺擊。」

杰克盯著看，猶豫不決，像爪子一樣劈砍或像牙齒一樣刺擊？最後他拿起土耳其彎刀，輕輕地用布擦拭刀身。他牙齒的破壞力比爪子更強。杰克用布擦拭刀刃。沙。他微笑。

「你知道貧血是什麼意思嗎？」德朗問。

杰克搖頭。

「那是身體缺血或缺鐵時會出現的疾病，貧血的人容易疲倦，通常很蒼白虛弱。你有沒有聽過蘿絲說起喬奇時提到這個詞？」

「喬奇沒有貧血，」杰克說：「要不是爺爺，他會很好，爺爺和那些動物讓他生病。」

「爺爺？」德朗挑起眉。

「我們把他關在後面的小屋裡，」杰克好心地解釋：「免得他吃狗大腦。」

德朗看他的眼神很古怪。「很有意思的邊境習俗，把家裡的老人關起來。」

「因爲爺爺的關係喬奇很不會打架，我在學校會保護他，但等他十二歲時會去上中學，而我不會。我還不知道到時該怎麼辦。」

德朗看他的眼神更加古怪了。「學校的功課難嗎？」

杰克搖頭。「很無聊，我們要背單字表，必須記住單字拼法，假裝重唸一次。我不用背，我早就知道怎麼看書了，是蘿絲教我的。」

「數學呢？」德朗問。

杰克聳肩。「我會加法，已經知道三角形總共有幾個角，那叫三——角形，我又不笨。」他握緊那把稍微過長的刀，但逼自己放下，看著上揚尖直刀。德朗點頭。

杰克用手指握住刀，他很喜歡那種觸感，輕盈舒適。「午餐很可怕，」他主動說：「他們提供炸魚柳，吃起來像厚紙板，喬奇說那是用神祕的肉做的，沒有人要吃。」

「你吃過厚紙板嗎？」

杰克點頭。「我咬過。」

「爲什麼？」

「我想知道好不好吃。」

杰克不情願地放下刀。

「你能變身成什麼動物？」德朗問。

杰克精明地眯緊眼睛。「我不該告訴你。」

「為什麼？」

「因為蘿絲叫我不要把這件事告訴任何人。」

德朗傾身，用眼神將他釘在原地。杰克繃緊身體。杰克決定，如果德朗是變形人，會是頭狼，一頭非常聰明的大白狼，還有大大的牙齒。

「你總是聽蘿絲的話嗎？」

噢，這是陷阱題。如果他說是，德朗會覺得他是個媽寶，如果他說不是，他就必須告訴德朗自己是隻貓。杰克考慮著。「不，但我總是知道自己該聽她的話。」

「我懂了。」德朗說。

杰克決定好好解釋，撇清自己絕對不是媽寶。「我媽媽很早就死了，爸爸離家去尋寶，我不記得他。我想他是個好爸爸，但可能沒那麼聰明，因為奶奶提起他的時候，偶爾會罵他『那個蠢男人』。因為他是她兒子，所以她可以那樣罵，我不生氣。」

「啊哈。」德朗。

「所以，在爸爸回來前，我都是蘿絲的小孩，所以必須照她說的做。」

「有道理。」德朗說。

「你喜歡蘿絲嗎？」杰克說。

「對，我喜歡她。」

「爲什麼？」

「因爲她聰明、善良又漂亮，她能挺身對抗我，這很不容易。」

杰克點頭，有道理，德朗很難對抗，他又高又壯，還有一支劍。「蘿絲很愛生氣。」

「她的確是那樣。」

「她人也很好。」杰克說：「她照顧我和喬奇。如果你眞的好好拜託她，就算她下班回來很累，還是會烤個派給你。」

「而且她很好玩，」德朗偷偷告訴他：「但我希望你別告訴她。如果她知道我覺得她很好玩，就不會認眞對待我了，女人都是那樣。」

杰克點頭。他可以保守男人間的祕密，而且這不是蘿絲必須知道的事。「如果你贏了考驗，就會帶蘿絲走。」

「那是我們的協議。」德朗說。

「我們可以一起去嗎？」

「可以。」

「吃早餐了！」蘿絲喊道。

杰克往門口走，然後轉身，眼神閃爍琥珀色的火光。「我不會幫你贏。」他說。

德朗咧嘴笑。「我也不准你幫我。」

蘿絲蹲在他身邊。杰克希望自己長大一點，他不喜歡別人蹲下來和他說話，但他知道蘿絲這麼做是爲了看著他的眼睛。

「專心，杰克。」

他點頭。

「你不可以追吸血鳥，不可以停下來抓小兔子，用最快的速度跑，等你跑累了，想盡辦法躲起來，聽懂了嗎？」

他再次點頭。

「重複一次。」

「快跑躲起來，不能追吸血鳥。」

蘿絲咬嘴唇。「這很重要，我知道德朗救過你，對你也很好，但如果我必須跟他走的話，他不會對我很好。」

「他說我們可以一起去。」

蘿絲頓住。「去哪裡？」

「跟你們一起。」

蘿絲抱住他。「杰克，他當然會那麼說，他會說盡好話讓你們倆站在他那邊，你不能信任他。」

杰克不斷扭動，直到她放開。

蘿絲嘆氣，抓住他的手環。「準備好了嗎？」

他點頭。

「跑去躲起來。」

「跑去躲起來。」他重複一次。

蘿絲將手環挪離他的手腕，房間搖擺，地板晃動，撞上他的臉。

蘿絲踏上門廊，德朗在前院等待她，英俊的臉平心靜氣。

「你要我給你考驗。」

德朗點頭。「我期待得興奮顫抖。」

興奮顫抖，眞是夠了。蘿絲打開紗窗，讓杰克踏上門廊，他踩著大到不合比例的腳掌走出來，琥珀色大眼對著太陽眨動，將他包覆起來的濃密毛皮間綴著近乎森林綠的深鏽棕色玫瑰斑紋。杰克皺皺鼻子，搖動白鬚，大耳朵上的巧克力色長毛顫動。

他看起來很可愛，像隻毛茸茸的結實長腿貓，比大型家貓再大上一點，但她知道那些柔軟大掌藏著銳利爪子。就算在早上八點，杰克看起來也非常致命。在他們沒肉吃的窮困時期，他會出去狩獵，通常會帶著火雞或野兔回來，有時候獵物已經被咬過一、兩口。對杰克來說，樹海就像自己的手背一樣熟悉，當他不希望被找到時，就連老練的獵人都找不到他的藏身處，而她得藉助魔法才能找到。

「這是你第一個考驗，」蘿絲微笑，蹲下來拍杰克的頭，他蹭她的膝蓋。她輕聲說：「去吧！」

毛皮下鋼鐵般的肌肉繃緊，杰克跳出門廊，彷彿長了翅膀般越過空中後落在草地上，飛奔而去，花斑一片模糊，一瞬間已經消失在樹林間。

德朗目送他。「他是什麼？」

「邊境山貓。」蘿絲站直身子。「你要在明天早上以前抓到他。如果他在日出前自己回到這裡，你就失去資格。」

德朗點頭，拿起放在腳邊的袋子，走進樹海。

跑去躲起來。

跑。

跑。

一條有野兔氣味的小徑，好香。得繼續跑。

杰克跳過樹幹繼續往前，在樹海的地面上飛奔，他的肌肉逐漸熱了起來，森林的氣息籠罩他的臉。他繼續跑，越跑越快，從長滿青苔的樹幹跳到另一根樹幹上，吸血鳥在高聳的林冠某處盤旋，放肆尖叫。

跑去躲起來，不能追吸血鳥。

杰克來回衝刺，弄亂他的氣息蹤跡，以防萬一。他跳躍奔跑，逐漸深入樹海，直到累了。他爬上一棵大松樹的樹幹，躲進茂密的針葉間，躺在一根枝椏上喘氣。

小鳥吱喳，又小又肥的鳥兒，好吃。

一隻松鼠從樹洞裡探出頭來。

杰克躺著不動許久，久到他昏昏欲睡。他打了個呵欠，閉上眼睛，開心地打起暖和的瞌睡。

一陣扭曲的長嘯在森林中迴盪，驚醒了他，那不像他聽過的任何聲音，像是長聲哭嚎，刺激他的耳朵，他起身半蹲。

是陷阱。

他躺回去。

是陷阱，因爲德朗很聰明……

那聲音怎麼來的？萬一不是德朗呢？杰克又爬起身躺回去。跑去躲起來，他跑了，也躲好了。

他等著聲音再次出現，等了又等，但森林裡充滿動物的細微聲響，不再有哭嚎聲。

看一下不會怎樣。他會非常、非常小心。非常小心。

杰克悄悄沿著樹枝往上爬，越來越高，爪子戳進芬芳的樹皮，最後來到高出樹海的松樹頂端。太陽高掛在空中閃耀——他睡了好幾個小時。

遠處有顆小星星在樹海中發亮。

杰克驚訝地蹲下來。

星星對著他閃，閃閃發光的一個小點。喔，他想去看，先是聲音，然後是星星，太神祕了。

光點顫動，前後搖晃閃現。

他必須靠近一點看，只要弄清楚那是什麼就好。他會很小心，沒有人會發現。

杰克滑下來，開始在枝椏間穿梭。

他安靜緩慢地移動，腳步輕盈有如一道陰影，沒有留下痕跡；他慢慢前進，在枝椏間上下移動，穿過叢生的野生白莓，穿過一大片茂密的羽葉蕨，沿著爬滿青苔的倒塌大樹往上，不斷、不斷往上爬，一路來到一片空地邊緣，融入枝椏間的陰影中。

空地上有棵細長的樹被拉彎、樹梢靠近地面，用一根繩子綁住，繩子連著一片木頭，木片嵌在插在地上的木棍上。套索陷阱，杰克看過，木片是啓動門，啓動門上會有用繩子綁著誘餌。杰克在陰影中遊走，繞著陷阱，的確，啓動門上連著一條拉緊的繩子，繩子末端掛著一顆星星。杰克躺下來，面對強光瞇起眼睛，那不是星星，是小刀，他在德朗房裡擦拭乾淨的那把邪惡、銳利又漂亮的小刀。

噢噢噢噢噢。

杰克忘了呼吸。

刀在繩子上轉動，在陽光中閃閃發光，銳利、閃亮。

他一定要拿到那把小刀。

杰克躺著不動，傾聽，等待，屬於德朗的氣息飄散在空地中，不過貴族早就離開了。

他一碰到那把刀子，繩子就會扯動啓動門，小樹會彈回直立，拉起隱藏的套索，套索會抓住他，讓他飛到半空中。

杰克呑嚥，動作一定要非常小心。

「你不是該出去找我弟弟嗎？不是坐在這裡吃午餐吧？」蘿絲將馬鈴薯遞給德朗。

「照理說妳希望我失敗，記得嗎？」德朗又從大盤取了兩塊邊境漢堡排，似乎眞的很喜歡吃。漢堡排一點也不特別，她用大蒜、鹽、胡椒和一小撮辛香鹽調味牛絞肉，加上等量的飯，將混和好的食物捏成橢圓形肉餅，裹上麵包粉後油炸。飯可以讓肉的分量彷彿變成兩倍，而且沒人吃得出來。

德朗的食量像馬一樣大。如果他眞的能抓住杰克——她非常懷疑這一點——蘿絲發誓會立刻去馬克斯・泰勒的店把手上兩枚金幣換成現金。她需要更多糧食才能餵飽他。

讓他待在廚房就像試圖餵一頭凶惡的老虎吃午餐。德朗太高大了，肩膀太寬，眼神太銳利，表情高深莫測，她眞想搜索他的腦袋，看看裡面到底裝什麼。

他發現她在看，直直回望向她。他的視線在她的臉上流連。

話說回來，或許她最好還是不要知道他在想什麼。

德朗切開一小塊漢堡排放進嘴裡，一臉純粹快樂地咀嚼。「我的妻子永遠不必煮飯。」他說。

「爲什麼？」喬奇問，用自己的刀叉模仿德朗手術般精準的動作。

「因爲我請了廚師。但我要妳答應我，蘿絲……」他又塞了另一塊漢堡排進嘴裡，然後頓住。

「你實在該將食物切成能讓你一邊回答問題，卻不必吞下去的大小。」她說。接招，禮貌先生。

「我沒有忙著咀嚼，我在品嚐美味。妳可能很訝異，但我發現好吃的東西時，會花時間享受。」

他對上她的視線，免得她沒注意到他的挖苦。

「還用你說。」她不是滋味地說。

他又吃一口。「答應我，等我們結婚，妳會偶爾做這道菜當成特別的點心。」

「你眞是沒救了。」她告訴他，不由自主地將另一盤漢堡排推向他。

喬奇用叉子戳著漢堡排，靠向德朗。「她的炸雞更好吃。」他說。

「喬奇！」她憤怒地瞪著他。「你是站在哪一邊的？你不該告訴他我做的炸雞很好吃。」

喬奇困惑地眨眼。「那我該說什麼？」

「你應該告訴他我的廚藝很糟糕，他就會離開，不再來煩我們。」

德朗發出奇怪的聲音，聽起來有點像咳嗽嗆到。

喬奇瞥向德朗。「他絕對不會相信我，他喜歡妳的漢堡排。」

「你必須說服他，用魅力，用你邊境人的狡猾。」

喬奇若有所思地皺起眉頭，看著德朗。「別吃她的炸雞，吃起來很棒，但她加了老鼠藥。」

德朗臉上高深莫測的表情崩解，他傾身向前，大笑出聲。

小刀。小刀、小刀、小刀。

杰克像毛茸茸的毛毛蟲一樣爬過草地，繞了空地三次，從各種角度研究誘餌，直到他終於確定套索的大小。套索靜靜躺在草叢裡，準備等他一碰小刀就抓住他。

但套索很長又窄，他可以跳過去。他知道自己辦得到。

杰克蹲在草叢裡，從白鬚尖端到短尾末端都繃緊起來，蓄勢待發。跳、咬住小刀，跳過陷阱。

當然，這陷阱會抓住任何其他野獸，但杰克不是蠢野獸，他很聰明。

杰克一躍而起，越過套索，風吹到身上，四周一切都有如水晶般清晰且緩慢，小刀刀柄越來越近。他咬住，處理過的木質刀柄在嘴裡的感覺有如蜂蜜；然後飛躍而過，乾淨俐落，小樹彈直起來，套索在他背後呼嘯。成功！

一片綠網從下方飛起，他試著在半空中轉身，卻被網子困住，緊緊纏繞。他在柔軟的網子中掙扎，用爪子撕扯，小刀從他口中滑落，從網眼掉到地面。杰克發出絕望的喵嗚聲，在收束的網子中跳了好幾次，卻仍像一隻被沙袋套住的小貓般吊在半空中，然後網子靜止不動。

第十三章

葉子細微的窸窣聲響讓杰克張開眼睛，伸出爪子，嘶聲作吼。

德朗從樹叢中現身，安靜地移動，眼神變得不同：專注而深沉，獵人的眼神。杰克繃緊身體。

貴族接近網子，停下腳步，抬起頭。

「你受傷了嗎？」

杰克嘶吼啐沫，發出想要打架的叫聲。

「我想那是沒有的意思。」德朗彎腰撿起小刀，用袖子擦拭刀柄，坐在一根長滿青苔的圓木上。

「小刀和劍的差別很大。」

他從腰上抽出一把較小的劍，午後陽光照耀其上，反射出的亮光彷彿將刀刃轉化成美麗的長爪。

「劍長而笨重，是用來在戰鬥中殺死一定距離外的敵人。」他嚇人的綠眸瞥向杰克。「不適合你。」

他收劍入鞘，拿起小刀。「小刀很敏捷、俐落、安靜，沒什麼比得上刀戰，當用刀高手抽刀時，不只是想打敗對手，是打算殺死他。」

德朗跳下樹幹，迅速揮擊空氣，動作快到只留下殘影。

「混混帶小刀。」

刀子以閃耀的鋼鐵之舞劃傷、割開刺擊隱形的對手。杰克入迷地看著。好快。

「盜賊、間諜、刺客都用小刀。」

德朗將刀子拋入空中，接住刀尖，刀子一翻，刀柄落入他的手掌。「用刀高手帶著一把這種像這樣的小刀可以在塞滿軍人的房間裡暢行無阻，我親眼見識過。」

杰克好想要那把小刀，就連尾巴都在渴望。

德朗審視刀刃。「像這樣的戰鬥小刀是偷不走的，但你可以贏得它。」

杰克豎起耳朵。

「如果你向我證明你能表現出敏捷、俐落和安靜，」德朗坐回樹幹，「從這裡往北兩哩，有追逐你的那些怪獸留下的一連串足跡，牠們在地面上奔跑的速度很快，也能攀爬，不過在樹上的動作很慢，森林貓在樹上可以輕易擺脫牠們。如果這樣的貓能安靜有耐心地追蹤，找出牠們的巢穴……」

杰克嘶吼啐沫。他會打倒牠們，他會……

「不能打架，」德朗說：「流暢、輕巧、沒有聲音，像一把在黑暗中刺進人體的小刀，跟蹤那些怪獸，找出牠們的巢穴，別被發現。如果你成功辦到，告訴我牠們在哪裡，就能得到這把小刀。」

他微笑。「但那是明天的冒險。現在我們要決定該拿你怎麼辦。我光明正大地抓到了你，你要像隻有耐性的聰明掠食者那樣安靜地跟我來，或是我得把你像隻野獸一樣裝在網子裡帶回去？」

蘿絲坐在閣樓裡，積滿灰塵的厚重《異境百科全書》在膝上攤開，這本書長兩呎，厚一呎，重得要命，她穿著牛仔褲的大腿已經汗濕，而且很快就發麻了。

她已經翻過了《異獸錄》，但沒找到任何和那些獵犬有關的記載，百科全書是她下一個希望。

她翻開巨大的書頁，稍微調整姿勢，她的臀部也開始發麻了。艾朮昂里亞，正式的稱謂。她順著階級往下掃視……伯爵。伯爵【領地名】、伯爵【貴族階級名】，她打呵欠，往後翻一頁。

伯爵——字源爲北地的Jarl，相當於高盧帝國的Count，在貴族中位階高於子爵，低於侯爵。

他的頭銜是什麼？卡米廷伯爵？卡邁廷？坎邁廷。對，就是這個。她翻到索引頁，找到坎邁廷伯爵。

坎邁廷伯爵：統領坎邁廷地區的貴族，傳統上歸屬於南境公爵管轄，通常作爲虛銜使用。

「虛銜。」她不太確定那確切是什麼意思，但大概猜得到。德朗的禮儀說得頭頭是道，結果他甚至不是眞正的伯爵。蘿絲竊笑。

「蘿絲！」喬奇拔高的聲音打散她的思緒。

「來了！」她將書推下膝蓋，爬下梯子，拍掉牛仔褲上的灰塵。「喬奇，你跑到外面去了？」她大步走向門廊。「我不是叫你留在屋裡嗎？」

德朗站在庭院中，杰克蜷縮在他的懷裡，閉著眼在睡夢中輕聲嘶吼，用爪子推揉德朗的手臂。德朗的臉連皺都沒皺一下。「我想他累壞了，妳要我把他抱去哪裡？」

世界彷彿揚起前腿的馬般，猛踹她的牙齒。她花了半晌才恢復過來，等到開口時，聽起來已經幾乎正常。「我來抱他。」

德朗溫柔地將杰克放到她懷裡。「我相信他聽到會很難過，不過他是隻漂亮的小貓。」

「你應該看看他小時候的樣子，」還沒從震驚中恢復的蘿絲說：「完全是團有耳朵的絨毛球，每分每秒都像是《國家地理雜誌》的經典照片。」

她抱著杰克進屋，輕輕將他放在床上。

一小時後，她將晚餐端上桌，杰克沒起來吃。飯後喬奇窩在椅子上重看《犬夜叉》，接著又讀了一次，而蘿絲煮了一杯茶，逃到門廊。她沒能獨處太久。

德朗坐在她身邊的台階上。「很失望嗎？」

他的語氣不帶嘲諷，她聳肩。「對。你怎麼辦到的？」

「我設了四個陷阱，最明顯的那個，我用那把讓他在我房間猛流口水的小刀當作誘餌。」

她期待什麼？畢竟杰克才八歲，這個負擔對他來說太沉重，她一開始就不該這麼做。在她想像的畫面裡，德朗在叢林追蹤杰克時，陷阱和誘餌從未出現。「男孩和小刀，」她嘀咕：「無法抗拒的吸引力。」

「我們永遠無法長大到足以擺脫它。」

他的確沒有，他隨身帶著那麼多刀劍，爸爸的房間裡也擺滿了刀。

在午後的柔和光線中，德朗的五官增添了新的色彩，他的目光眺望遠方，似乎正和思緒糾纏著，嘴角嚴峻的線條放鬆，眼神中少了侵略性。他這樣坐著幾乎像是可親的。碰觸他的渴望再次出現。那很自然，她告訴自己，他太英俊，而她的生活太平淡，但就算她感覺到想親吻他的不理性渴望，也不代表必須順從那股慾望。

上次他拋開貴族的架子時願意講道理。如果她多說一點家裡的情況，說不定他就會瞭解，不再來煩他們。

「你似乎很喜歡杰克。」她小心翼翼地說，測試水溫。

「他盡力了，」他說：「告訴我，爲什麼那些獵犬在草地上圍捕他時，他沒有變身？本能應該會驅使他面對危機時變成山貓。」

蘿絲看向杯子。「在異境的情況可能不同，不過邊境的變形者變身幾乎就像癲癇發作，會昏厥痙攣，很嚇人，而且可能會持續將近一分鐘。如果他當時變身，怪獸可能會在他有機會完成變身前就將他撕碎。我們花了很久才教會他不要一害怕就變成貓，你有注意到他戴的手環嗎？」

「有。」

「我訓練他只要戴著手環就不能變身。那不是什麼魔法，只是制約條件。」

「那一定花了很多工夫。」他的語氣流露出敬重。

「確實。」

德朗遲疑，思考著某件事——某件顯然讓他天人交戰的事。

「在異境，能變形的小孩會被隔離，送到特別學校，直到成人。」他終於說。

她瞥向他。「你們放逐孩子？」

德朗皺起臉。「不完全是那樣，那裡有專業的訓練師，會負責他們的教育……」他沉默下來。

「對，」他帶著某種程度的認命說：「我們放逐會變形的小孩，大多數人認為那樣對他們比較好。」

「我瞭解人們為什麼會那麼想。」

他的濃眉挑起。「我以為妳不會認同。」

「有些變形者出生時是人類，杰克出生時則是小貓，他還在母親肚子裡時我們就知道情況不對，因為我母親感覺到爪子，而奶奶施展魔法時，所有的測試結果都指向森林。我們不能帶母親到醫院，因為我父母擔心杰克會在沒有魔法的環境中死亡，我父親得花一大筆錢買通殘境的助產士，才能幫他取得合法的證明文件。杰克出生時不會吸奶，我母親擠出自己的奶裝在奶瓶讓我們餵他。他花了三天才變形成人類，而等他終於變身後，整整有一個月都看不見。嬰兒時的他看起來很怪，我以為他是畸形兒。」

她喝完剩下的茶。「就算是現在，和杰克相處也……也很困難。他有時候無法理解別人說的話，他聽見了，也知道那是什麼意思，但那些意義就是無法進入他的腦中，他無法每次都瞭解人們為什麼會有那樣的反應。而且打起架來像瘋子，比較大的孩子都怕他。每次我的電話響起，只要是學校打來的我就會不高興，因為我總以為一定是他打傷了某個人。所以，對，我可以理解為什麼有些人會覺得這個負擔太沉重，普通的人類小孩都已經夠麻煩了。別誤會，我絕對不會放棄杰克，死都不會，別人想帶走他，必須先撥開我屍體的手指。但我常常懷疑自己，要是我做錯了呢？」

「他是我見過最容易相處的變形者，」德朗說：「他上一般的學校，會玩鬧，聰明又聽得懂道理，對他人抱有同理心。他談到要保護喬奇，我猜妳不知道那有多了不起。」

她瞥向他。「他只是個小男孩，德朗，你的說法好像他不是人類。」

德朗的表情似乎很困擾。「我有個朋友，」他說：「我們曾經一起當兵。」他不只是貴族，還是軍人。他無疑是個軍官，難怪會覺得對人頤指氣使是唯一的溝通方式。「你在軍隊裡多久？」

「十年。」德朗說。

「那是很長的時間。」她說。

「我以爲那比當世族適合我。」他說。

「爲什麼？」她想知道。

「我除了自己，不用爲任何人負責，」他說：「那樣比較簡單。」

所以他不是軍官。「你開心嗎？」

「我很滿足，」德朗說：「我很擅長殺戮，優秀的表現也讓我獲得讚揚和獎賞，當時我覺得那是屬於我的地方。」

「我以爲你忙著打球、講究禮儀和拈花惹草。」她挖苦他。

她得到的表情是極度的認眞。「妳對貴族的生活有很奇怪的看法。我們大多時間都在工作，成堆的工作和一大堆責任。在那段日子裡，我不想要這些，現在還是不想要，但我別無選擇。」

他的語氣苦澀空洞，蘿絲別開視線，不確定自己該怎麼辦。「說說你朋友的事。」

「他是個變形者，」德朗說：「和杰克一樣是掠食者。在我們的社會裡，變形者能夠選擇的路不多，特別是生在非富裕家庭的變形者。我朋友家裡很窮，一出生就被母親遺棄，送給艾朮昂里亞的一流軍事學校塞特多學院。生在富有家庭的變形者會接受特殊教育，讓他們未來能重新進入社會。」

「而你的朋友沒有？」她猜。

德朗搖頭。「他是王國的護衛，而王國從來不打算讓他為其他人而活。他們讓他成為殺手，從小被教育得沒有感情，只有嚴格的控制和失敗時的嚴格懲罰。他告訴我，他在一個空無一物的房間裡長大，十二呎乘十呎的面積，他和另一個男孩共用房間，除了衣服、牙刷、梳子和一條毛巾以外，不准擁有任何私人物品。」

「那太可怕了，」她說：「不能把孩子那樣關著，任何小孩都不行。杰克必須能在森林中奔跑、玩耍，否則他就會……」

「瘋掉，」德朗接著說完：「或是學會抱著許多仇恨活下去。」

「你朋友怎麼能在經歷那些後成為軍人？他一定——」她思考正確的字眼，卻想不到。「——不太好。」

「軍隊很適合他，」德朗說：「我們在紅軍，執行人們不想知道的必要之事。」

「特務？」她問。天曉得，拉妥雅竟然說對了——他是那種吃蟲子、在野外求生、用一顆松果和口香糖打倒恐怖分子的類型。

「很接近。我們到沒有人到得了的地方，非常擅長殺光在那裡發現的所有東西。我們不受條約或協定限制；在那種單位，可靠的東西很少，你只能靠自己，如果夠幸運，或許可以仰賴身邊的人。我照看我的朋友，而他也照看我。他救過我幾次，我也有恩報恩，我們兩個都沒有去算誰欠了誰什麼，如果必要的話。我願意為他而死。」

「為什麼？」

「因爲他也會爲我這麼做。」德朗說。

「你們的敵人是誰？」

德朗聳肩。「高盧王國、西班牙帝國、ＦＯＧＬ。」

「什麼是ＦＯＧＬ？」

德朗伸手抹過臉，彷彿試圖抹去回憶。「那是個宗教團體叫『路西法大帝軍』。他們的最高目標是統治全世界，而他們採用非常恐怖的方式進行。因爲過去和現在的戰爭，艾朮昂里亞到處都是難民，其中有些人犯下凶殘的罪行，得用特殊方法消滅。我們某一次任務過程出了差錯，而我的朋友犯下了表現像人類的錯誤。」

「發生什麼事？」

「有一小幫罪犯占領了一座水壩，抓住那些員工要求贖金。他們在水壩支柱綁上一個裝置，威脅要引燃爆炸，淹沒下方小鎮。那座水壩很老舊，裡頭幾乎像是迷宮，所有知道內部構造的人都被捉住當成人質了。我的朋友因爲是變形者，可以靠嗅覺指引方向，所以被派了進去，而我們的長官相信，如果他必須做出困難的道德抉擇時，會以理智決定。他們告訴他，如果情況演變成必須在人質生命和水壩安全之間選擇，他得將水壩的完好視爲第一優先。如果水壩傾毀，可能葬送的性命將遠高於受困在裡面的六條人命。」

「他追蹤到人質那裡，但罪犯們起了爭執，其中一個人點燃了炸藥。我的朋友必須選擇——他可以去追蹤炸藥或解救人質。他感受到所謂突然出現的人性，救了人質。水壩爆炸，淹沒了小鎮，洪水沒有造成任何傷亡，但財務損失難以估計。他被送軍法審判。」

「爲什麼？因爲救人？」

「因爲抗命。他被判處死刑。」

「但沒有人受傷！」

「那不重要，」德朗的表情嚴酷。「妳要了解，他們打算殺了他不是因爲他抗命，而是因爲他成了不穩定的變形者。他們將他訓練成致命殺手，只要他乖乖聽話，就會一直樂意利用他，但現在他們再也無法預測他的行動。」

「他們打算把他當成動物一樣殺掉？什麼樣的國家會做這種事？」

「他是王國護衛，而王國害怕他接下來的舉動。他們不希望負起放任他危害大眾的責任。」

「你有試著幫助他嗎？」

「有，我離開了軍隊，取回頭銜，因爲貴族的身分影響力比較大。我提出請願、遊說、爭論，如果這個情況換成一名普通士兵，就不會被判處死刑。」

他爲了拯救朋友放棄了職業，而且毫不誇耀地說出來，彷彿那是天經地義的事，甚至不必經過考慮。他爲了另一個人放棄十年的人生。很少人會這麼做，她不確定自己做得到，那非常可敬。

蘿絲咬住嘴唇。「你救了他嗎？」

「不，我失敗了。」

他話裡有著明顯的苦澀，眼神彷彿蒙上灰塵般變得遙遠哀傷。她想伸出手碰觸他，設法撫慰他。

「在最後一刻，南境公爵的哥哥蓋茲洪收養了我的朋友，答應完全爲他的行爲負責。因爲蓋茲洪沒有子嗣，又是一名高階貴族，他援用了血親特權。基本上，我朋友是他唯一的繼承人，也因此，王國不能殺害他。蓋茲洪付了天價贖得他的自由。」

「這麼做非常仁慈。」蘿絲說。

德朗狠狠看她一眼。

「我說錯了什麼？」

「蓋茲洪是個惡賊，他是公爵家族門楣的骯髒污點。他不是出於好心而收養我的朋友；他收養我朋友，是因爲那是唯一能拯救他免於被處死的方法。聽著，我朋友是致命劍客，而他痛恨——」

污濁魔法的濕冷觸感刷過她。蘿絲僵住，她並不眞的相信他們殺光了所有怪獸，但她一直那樣希望。很顯然，她錯了。

「繼續說，」德朗說：「我不認爲怪獸聽得懂我們在說什麼，但可能對我們的語氣很敏感。」

「牠在哪裡？」她輕快地問。

「在左邊，靠近一棟小木屋的地方。我們站起來走一走。」

他起身，朝她伸出手。她還來不及發現自己做了什麼，便反射性地牽著他，兩人並肩走動，漫步走向路邊。她的手放在德朗長繭的手指間，彷彿是對穩定交往中的青少年情侶。他正在蓄積魔力，全身繃緊，充滿幾乎控制不住的暴力，準備發出強烈的電光。那種感覺就像走在一頭決定自己喜歡妳的老虎身邊——他輕輕握著她的手，不過不打算讓她走開。

他捏捏她的手指。在那一刻，蘿絲感覺到兩人之間的聯繫，一份親密得可怕的約束。她瞥向他，想說服自己這只是幻想，卻在他臉上看見同樣的念頭——他握著她的手，而且很喜歡這種感覺。

她別開頭。

「再靠近一點。」德朗在她的手臂上施加微妙的壓力，但沒有放開她的手。

那頭怪獸蹲在小木屋旁的香桃木樹叢中，看見牠這樣無懼、光天化日地出現感覺很詭異。

德朗的聲音平穩。「當我說閃的時候，妳……」

「不。」

「不是什麼意思？」

「我不要你殺牠，你會使出那招大爆炸，把我的木屋炸成碎片。」克利特爺爺也會跟著遭殃。她根本不願意去想那對喬奇會有什麼影響。

他瞥向她，一臉憤慨。「我不會用大爆炸。」

「去和愛咪的屋頂說。」

「大爆炸是我們所有人現在還能呼吸的原因。」

那頭怪物看著他們，沒有前進。

「我不是說沒有必要，但那是她的房子，她不是在鈔票裡游泳的貴族，沒辦法揮揮手就有一片新屋頂。你甚至沒有先警告她，人們需要一點時間準備面對那種打擊。」

德朗停下腳步，她也是。他們站得太近，她背對著怪物，魔法滴落到她的肌膚上，黏滑地沿著她的背脊蠕動。

德朗咬牙，令他的下頷更加方正。「那頭獵犬距離木屋不到兩呎遠，我不可能攻擊牠卻不傷及木屋，那完全不可能，而且我的劍留在屋裡。」

「所以你才應該讓我來處理。」

「請告訴我，妳打算怎麼處理？」

「像這樣。」她猛轉過身，朝野獸揮去一道刺眼的白色魔光，電光爆裂，像巨大的刮鬍刀一樣將怪獸的頭齊頸切斷，無頭的軀體僵在半蹲的姿勢許久，然後倒下。充滿魄力的魔法消失。

德朗瞠目結舌地瞪著她。

蘿絲微笑。

德朗鬆開她的手指，大步走向無頭屍體。「嗯。」他說。

「嗯，還你。」她告訴他，走過去確認樹叢有沒有其他怪獸的跡象。她沒察覺到別的怪獸，但不表示沒有。

他們搜尋樹叢，不過附近沒有其他怪獸了。

「牠們是從哪裡一直冒出來的？」蘿絲百思不解。「又爲什麼？」

「爲什麼很簡單，牠們渴望魔法。」

「我猜我最好去拿鏟子，該把那個該死的東西埋起來。」

「妳的電光是誰教的？」他問話的口氣彷彿預期她會說謊。

「沒有人教，我練習了很多年，每天好幾個小時，到現在還是，只要有時間就練習。」

德朗一臉不信。

「別露出那麼驚訝的表情，」她告訴他：「我是那個會使用白色電光的邊境女孩，記得嗎？你就是因此才千里迢迢到這個恐怖又糟糕的地方，和下層平民混在一起。」

「我知道妳能使出白色電光，但不知道這麼精準。」

「你才叫精準，擋開了我的攻擊。」

「對，但我不是特別針對那道攻擊，只是在身體前方張開一大片魔法，就像盾牌一樣，不管是一道攻擊或十道都可以擋開。」

「喔。謝謝你的提示！現在我知道你是怎麼做的了。」

兩人看著彼此。

「妳到底有多準？」他問。

她對他露出狡詐的邊境人微笑。「你身上有金幣嗎？」

他伸手進口袋，拿出一枚硬幣。

「我們來作個交易，你把硬幣扔到空中，如果我用電光擊中，硬幣就是我的。」

德朗看著金幣，那比一枚殘境的二角五分硬幣稍微大一點，他將它拋飛過頭頂，金幣在空中旋轉，反射陽光，像明亮的火花一樣熠耀——然後被她的一小條電光鞭擊落到草地上。

德朗咒罵。

她咧嘴笑，從草地上拿起仍在發燙的金幣，吹了口氣，拿給他看，小小地取笑他一番。「兩星期的糧食，和你做生意很愉快。」

「我只認識一個能辦到這件事的人，」他說：「是我們單位裡的電光狙擊兵，妳怎麼能沒受過適當訓練就做到這一點？」

「你修習電光嗎？」她問。

「對。」

「為什麼？」

「因為那是目前最好的武器，而我想要精通，加上我家的每個人都很擅長使用電光。我是名貴族，必須維持家族榮譽。」

「我的動機比你更強，」她說：「當我十三歲的時候，我母親的雙親死於房屋失火。丹尼羅外公菸抽得像根煙囪一樣，整棟房子到處都是菸蒂，而有一天晚上他抽太多了，沒有人生還，連我外祖父母養的貓都沒活下來。他們的死亡讓我母親崩潰，她幾乎就像在那時死去了，只有身體繼續活著。她開始不斷到處找人上床，而且來者不拒——已婚的、瞎眼的、殘廢的、腦袋不正常的，她都不在乎，她說那樣讓她感覺自己還活著。」

「我很遺憾，」他說：「那一定讓妳非常痛苦。」

「那並不好過。人們當著我的面罵我母親是婊子，記得那個借你衣服的黎安嗎？她以前會在學校裡追著我到處跑，不斷罵我『蕩婦的女兒』，有一次還用大寫寫在我的儲物櫃上。你是貴族的小孩，英俊、富有、很可能廣受歡迎，可憐的有錢男孩。我是蕩婦的女兒，窮困、醜陋、受人唾棄。我有很多動機好好使用電光，我希望用電光打爛這個世界的喉嚨，對所有人證明我有一些價值。」

「結果妳成功了嗎？」

「不太成功。」她承認：「但現在玩電光成了一種習慣，我自己學會了很多有趣的把戲。」

「啊哈。」德朗指向那棵樹。「雙重刈刀。」

兩束筆直的魔法從他身上放出，低飛掠過草地，在那棵樹撞擊出燦爛的火光。他只用了一點點力量，單純是為了讓她見識那個動作。德朗對魔法的控制比她以為得更準確。

「如果不能馬上辦到，也別著急，」他說：「這要一點練——」

他啪地閉上嘴，看見她朝那棵樹放出兩束相同的魔光。

「喔，我的天……」她無辜地低喃。

「閃電球。」一團魔光在他肩膀上亮起，撞向樹木，化爲一片光雨。

她從來沒見過這種做法，但她已經練了螺旋狀的電光很多年——主要是因爲她覺得那看起來很漂亮——而圓球只是交疊的旋圈，問題在於必須旋轉放出，就像他那樣。她集中精神，滿意地看著一團白球在她肩膀上成形，形狀有一點不對稱，也不像他轉動得那麼靈巧，但她成功地發出，飛向樹皮。

德朗搖頭。「不可思議。」

「沒辦法考倒我讓你很痛苦，對吧？」蘿絲咧嘴笑。她從來沒機會炫耀，有他在這裡當她的觀眾所帶來的滿足無法形容，她成功地讓一個異境的貴族印象深刻——還是伯爵和前任軍人——沒有比那更好的了。

德朗在草地上站穩並集中精神，眼眸發光，若有似無的風吹過他的頭髮，一道俐落的白光從他的背上竄出，飛高到頭頂兩呎處，魔光的頂端下彎形成一個半弧形，一路延伸到草地上，開始繞著他打轉，在地上畫出完美圓圈。

哇嗚。

「酋長之陣。」他說，讓魔光消失。

蘿絲試著模仿。她輕鬆地製造出筆直的向上直線，但當她想要弄彎時，電光卻以僵硬的銳度撞上地板，不是德朗那種圓滑的弧形。

德朗微笑。

「拜託，再讓我看一次。」

他再次弄出那道拱形魔光。「我花了一年持續練習，才學會怎麼做。」

蘿絲看著那道圓弧繞著他轉。轉、轉、轉，像條鞭子般轉動。「給我幾分鐘。」

「妳慢慢來。」他坐在草地上。

「你打算就坐在那裡看我？」

「對，看漂亮的鄉下女孩是我們這些可憐有錢男孩最擅長的事。」

「鄉下女孩？」

他聳肩。「是妳先開始扣帽子的。」

她嗤之以鼻，開始練習。這招比表面上看起來更難，剛開始幾分鐘，草地上的他一直讓她分心。強壯的身體、瘦長的腿和英俊得荒謬的五官看起來如畫一般，他的綠眸閃著笑意，當他們的視線偶然對上時，他還對她眨眼，害她差點被自己的電光燒到。不過很快地，她專注在練習中，而德朗和其餘的世界消逝。

半晌後，德朗在草地上動了動。「要我告訴妳怎麼做嗎？」

「不要！」

他咧嘴笑。

她又努力了半小時，才突然想到要在線中加上螺旋，一開始它還是垂直落下，但她越使勁，它彎得越低，最後她的一線白光優雅地彎曲，像隻溫馴的寵物繞著她打轉。

她興奮地轉身，看見他大步跨過草坪。他停下來，從旋轉的電光圓弧下鑽進來。他如此靠近，兩個人幾乎碰觸到對方。她讓電光消失。

「眞了不起。」他低聲說。

「沒那麼了不起。」她說。

「我花了一年才學會。」

「我練習的次數比你頻繁很多。」

「看得出來。」

她抬頭望向他的臉，腦中所有的思緒飛散。她在他眼中看見欣賞和尊敬，是那種人們認可對手的眼神。他們凝視彼此，他的眼眸緩緩幽暗成墨綠，他看著她的眼神讓她想要踏前半步，縮短兩人間那一點點距離，分開雙唇讓他親吻她。她幾乎可以感覺到他的嘴唇碰觸她，感覺就像玩火。蘿絲潤濕下唇，輕輕咬囓，擺脫想像中的吻，同時看見德朗的眼神鎖住她的嘴唇。

喔，不。不、不、不行，這是個爛主意。

他上前一步，手伸向她，蘿絲閃過。

「謝謝你。得到像你這樣的人的肯定對我意義重大。我想我們最好幫那東西挖個墳，那味道快把我臭死了。」

她走向房屋後面拿鏟子。

「蘿絲。」他喊道，聲音低沉，透著一絲命令。她假裝沒聽見，躲到小木屋後面。

她剛剛的行爲正好是她在午餐時譴責喬奇的。德朗已經達成了第一項考驗，而要是他對她的能力還有任何懷疑，剛剛都被她打散了。現在他知道她不只會使用電光，技巧還異常出色，而他注視她的眼神也明白告訴她：德朗想要她。她必須在第二項考驗考倒他，否則幾天之內她就會收拾行李，跟他回異境去。

第十四章

人們看見馬克斯・泰勒時腦中冒出的的第一個形容詞是「厚實」。他約莫兩百五十磅重，擁有職業摔角手的超重身材，子彈型的頭顱剃光頭髮，槍灰色小眼透過店舖櫥窗往外盯著蘿絲卡車，槍灰色小眼精確闡釋了不友善的定義。

蘿絲將車子開進泰勒「金屬探測器」店前的停車格，窗戶上的黃色文字在晨光中閃耀，承諾以最優惠的價錢收購稀有錢幣和碎金。

喬奇在後座坐立不安。昨天的炸雞事件提醒她將所有雞蛋放在同一個籃子裡不是最謹慎的做法。沒錯，她希望喬奇成績優異，上殘境的學校，或許在這裡找到一份薪水不錯的工作，但喬奇終究得要和魔法共生共存。他是邊境人，而她一直忽略邊境那一部分的教育，該是彌補這個疏失的時候了。

「松林泥炭地鎮上有兩個人可以買賣稀有金屬，」她說：「黃金、白銀、珠寶，任何類似的東西。一個是彼得・潘戴克，另一個則是馬克斯・泰勒。彼得的交易方式非常直接，他會收你整整百分之四十五的費用，也就是說每一百元中，彼得會拿走四十五元，而你留下五十五元。」

喬奇聰明的眼眸變得算計。「所以他拿走將近一半？」

「對，他不會試圖騙你，但也不會討價還價。彼得的漫畫店生意很好，也有錢。他不用靠騙人賺錢，能放掉一些生意，所以到彼得那裡只能當成最後手段，務必先到這裡來。」她透過擋風玻璃瞥向馬克斯。「馬克斯・泰勒會想盡辦法騙你，說你的東西是假的，試圖給你少得可笑的價錢。他很魁梧，會大聲說話，努力威嚇你。桌下有把槍，他喜歡在討價還價的時候拿出來揮舞。再來，我聽說那把槍根本沒上子彈，但我們知道關於槍的鐵律，對嗎？」

「每把槍都上了子彈。」喬奇複述。

「沒錯。我們要將每一把槍都當成裡頭有子彈，上膛也解除了保險。除非打算開槍射人，否則我們絕對不拿槍指任何人，就算覺得槍裡沒有子彈也一樣，知道嗎？」

「知道。」喬奇附和。「槍要握在身側，槍口往下，免得意外射到自己的腳或走火。」

「很好。」她點頭。「所以鐵則告訴我們，必須把馬克斯的槍當成上了子彈。」

「他會對我們開槍嗎？」喬奇在座位上動了動。

「不太可能，」她對他保證：「他的店只是幌子，沒有人買金屬探測器，他唯一能繼續做生意的原因是靠我們這些人賺錢。如果他對某個人開槍，會有什麼後果？」

「人們會改去找彼得。」喬奇說。

「沒錯，如果我們夠聰明，就能讓馬克斯降低費用，只要低於三分之一就好。好了，我們要在車上多留一會兒，假裝考慮該怎麼做，然後進去討價還價。無論馬克斯說話的聲音有多大，或著表現得多蠢，都記得保持冷靜。」

「好。」喬治答應。

蘿絲手插進口袋，拿出一張縐巴巴的紙。

杰克和我一起去晨間運動，我們午餐前會回來。

她醒來在桌上發現這張紙條。她睡得很淺，但德朗的行動和狼一樣輕巧，而只要杰克不想有人聽見自己的聲音，就不會被發現。他們兩個像小偷一樣在夜裡溜出了屋子。

蘿絲對著紙條皺眉。杰克還小時常跑進森林，自己想辦法失蹤好幾天，所以蘿絲保存了一些他的毛髮、爪子和指甲，方便自己找到他。她很快地施了道水晶球魔法，但範圍太小，杰克不在房屋方圓兩哩內的範圍，那表示德朗帶著他去了樹海深處。

她第一個衝動是去追他們，但克制住自己。首先，她不知道他們去哪裡，再來，她的廚房空了——他們完全已經沒有東西可以吃，連最後一點穀片都沒了。被喬奇吃了，但他還是很餓，她也是。因爲魔法不斷吸汲他的體力，喬奇沒有點心沒辦法撐太久。她可以花上好幾個小時找杰克，或是去換一點錢買食物，所以她向祖母借了四塊錢——這讓她萬分痛苦——在卡車裡加上一加侖汽油，開車來找馬克斯．泰勒。

她很氣自己沒有及時起床阻止德朗。照理說，她沒什麼好擔心的，德朗發誓不會傷害男孩們，杰克就和德朗的朋友一樣是變形者，而她在德朗貴族面具後瞥見的感情很誠懇。他救過杰克一次，沒有理由害他陷入任何危險。何況，現在邊境最安全的地方就是德朗身邊。

她用理智讓自己免於恐慌，但憂慮啃噬著她。杰克不見了，他們或許到樹海深處。爲什麼？他們什麼也沒告訴她，而除非用上某些強力魔法，她束手無策。

店裡的馬克斯開始整理桌子。「瞧？他開始焦慮了，我們進去吧。」

蘿絲打開門，喬奇和她一起踏進店內。

馬克斯坐在玻璃櫃台後方。「妳拿了什麼來？」

蘿絲讓他看那枚金幣，他伸手要拿，但她搖頭。「你可以從那裡看。」

馬克斯瞇起眼睛。「一百元。」他說。

她收拳握起手上金幣，對喬奇點頭。「我們去彼得那裡。」

「那個該死的海盜不會給妳更多錢。」馬克斯怒吼。

蘿絲朝他投以令人膽寒的眼神。「這枚金幣是整整半盎司重的黃金，現在半盎司的美國鷹揚硬幣的行情價是四百五十七元又四十七分，而半盎司的加拿大楓葉金幣更高達四百六十四元又九十四分。」

「妳怎麼知道？」

「我去圖書館上網查過了，彼得的抽成是百分之四十五，所以我這些金幣每一枚都至少可以換到兩百五十元。」

馬克斯的小眼發亮。「這些？」

「這些，我手上不只一枚。」

「妳有多少？」

她聳肩。「目前是三枚，還會有更多。」

「全部九百一十四元。」馬克斯開價。

「那樣你抽了三分之一。我覺得不滿意，我最低可以接受一千二。」

「九百五。」

「一千一百七十五。」

「妳拿不到更好的價錢……」

她聳肩。「反正我可以去城裡找間珠寶店，只要一小時的車程。」

馬克斯伸手探進櫃台下方，還來不及拿出克拉克手槍放在玻璃上，蘿絲的槍已經指著他的額頭。

「那是點二二手槍，」馬克斯輕蔑地說：「連濕衣服都打不穿。」

「我可以在你扣下扳機前射你三槍。喬奇，你想我的子彈打不打得穿馬克斯的臉？」

喬奇立刻接話：「如果打穿了，我們可以帶他到邊境，我會讓他復活。」

馬克斯眨眼，蘿絲對他微笑。

「一千零二十八元二十五分！」馬克斯說。

四分之一的抽成。「成交。」

她一直拿著槍直到他們離開停車場，她都一直拿著槍。

「你表現得很好。」她告訴喬奇。

喬奇在後照鏡裡微笑。

蘿絲的手感到微微刺痛，強烈腎上腺素造成的延遲反應。現實終於滲透進感受中——她有了一個月分的錢。

「你想吃什麼？」

「什麼都可以？」

「什麼都可以。」

「薯條，」喬奇說：「還有雞塊，或許再加上蝦子。」

蝦子得等到回家以後，但她可以先買雞塊和薯條，蘿絲左轉彎進麥當勞的得來速車道。

蘿絲的視線離開了路面一秒，偷看一眼乘客座上白色的沃爾瑪超市塑膠袋，她買了牛肉、雞肉，還幫喬奇買了蝦子，成功搶到幾塊特價的鄉村風味豬肋排，買了馬鈴薯、乳酪和她喜歡的蕃茄、幫杰克買了蘋果，還有雞蛋、奶油、牛奶、穀片……卡車裡裝滿了袋子。她緊張到不敢將東西放在卡車後面，天曉得會出什麼事？說不定會掉下車或飛出去。

她買了一整個月分的食物，付清所有帳單，感覺無比美妙。她可以回家花上一小時整理，將肉分裝成晚餐的分量，包上保鮮膜，全部放進冷凍庫。蘿絲咧嘴笑，不用擔心食物了，一整個月都不用。

「蘿絲？」喬奇問。

「嗯？」

「妳爲什麼不喜歡德朗？」

這是個沉重的問題。她想要告訴他不加修飾的實話，但他和杰克都崇拜德朗。從兩個男孩的角度看，德朗代表了酷的所有定義。他們兩個是被女人養育長大的男孩，德朗出現了，拿著劍、會魔法，強壯又有男子氣概，可以和她平起平坐，這是他們兩個辦不到的，難怪他們希望能和他一樣。

她第一千次希望爸爸沒有離家出走。

「你喜歡德朗嗎？」她小心翼翼地問。

「嗯。」

「為什麼？」她問。

「他很聰明，」喬奇說：「他懂得很多，魔法和妳一樣厲害，他說他家有自己的圖書館，不需要借書證，可以隨時想要就走進去拿書。」

蘿絲的心在胸口緊。「我懂了。」她吞嚥了一下。德朗對孩子們下的工夫比她以為的更多，他也在對她下工夫，她無法將他逐出腦海。

她必須謹慎措辭，她對喬奇說的話最後都會傳到杰克耳中，她不想摧毀他們對唯一認識的酷傢伙的脆弱信任，也絕對不希望情況變成「大壞蛋蘿絲逼走超酷的德朗」。但她也不願讓他們幻滅。

「以前也有異境的人來找我們，」她說，像走鋼索般謹慎選擇用字，說錯一個字可能會讓她從旁邊摔下去。「你當時還小，可能不記得。」

「像德朗？」

她不相信還有另一個像德朗的人，世界不可能允許這種人存在超過一個。「和他不太一樣。有兩個是貴族手下，還有一個是低階貴族。」

「後來呢？」

「第一個手下試圖用禮物收買爸爸和爺爺，而當他發現自己在浪費時間後，便放火燒我們的房子，以為如果我們一無所有，我就會跟他走；所以現在我們的結界才離房子這麼遠，我臥室的牆也不一樣。第二個手下帶了一大堆人來，試圖封鎖這棟房子，爸爸對他的腦袋開槍，然後他們就走了。」

「那個貴族呢？」

蘿絲嘆氣。「喔，他是一種特別的敗類。他非常親切禮貌，也非常英俊，還試著追求我。他鞠躬行禮、朗誦情詩，稱讚我很美，我差點信了他。後來異境商隊到鎮上來。其中一名商人亞妮絲——你記得她，對吧？」

「她戴著面紗。」喬奇說。

「對，亞妮絲認出他來。他是奴隸販子和通緝犯。如果我跟他走，他會把我像母牛一樣拍賣掉，我將不會有選擇——不管是誰買下我，我都只能跟對方離開。」她才不會那麼認命。她會反抗到底，而他們勢必得殺了她，但沒必要嚇喬奇。

「德朗不是那樣的人。」

「我們並不真的瞭解德朗是什麼樣的人，我們所知道的只有德朗告訴我們的事情，還有他表現出來的樣子。我知道他看起來似乎是個酷傢伙。」她沉默下來，發現自己非常想要相信他是個「酷傢伙」。他似乎……萬一最後他是個混蛋就太可惡了。她可以非常清楚地感覺到，在他滿滿的傲慢底下有著溫暖，還有正直。德朗有道德原則。她猜他有一些不能逾越的底線，卻不能確定那些底線位於何處。

「我們不知道等我答應跟他走之後，他會變成什麼樣子，」她說：「萬一他帶走我，卻留下你們呢？他告訴杰克會帶我們所有人一起走，但我們沒有辦法逼他遵守諾言。萬一他帶我們三個一起走，卻讓你們當僕人，或是把你們丟在某個孤兒院呢？」

或殺了他們，把他們的屍體留在路旁。一旦他完成這些考驗，不傷害他們的承諾就失效了。當然，他不會那麼做，德朗不會，但話說回來，她沒辦法保證。

「何況，如果我跟德朗走，就必須成爲他的妻子，而德朗並不愛我。」

「爲什麼不？」喬奇問。

「因爲我不是淑女，我缺乏優美的儀態，沒受過教育，也不端莊甜美。我有話直說，有時候脾氣不好。他或許以爲可以強迫我變得討人喜歡，但不管我穿什麼衣服或換什麼髮型，我還是我。」粗魯、沒教養又難相處。

蘿絲嘆氣。「要知道，德朗習慣別人服從命令。回到異境之後，只要他下令，所有人都會拚命想辦法完成；但我不像那樣，所以我們會常常吵架，把彼此逼瘋，而如果我們動手，德朗會贏。我的魔法就像閃電，控制精準，因爲我的掌控力很好；德朗的魔法就像颶風，強大得非常、非常恐怖。他把愛咪家的屋頂轟掉了。」

「眞的？」

「眞的，他直接爆發電光，殺死了一大群那些獵犬怪，直接轟掉屋頂。」

她打住，現在她最不需要的就是助長喬奇的英雄崇拜。「重點是，我們不能信任德朗，他非常強大，而我們不想要任他擺布。」

如果她出生在優渥的異境家庭，情況或許會不同，蘿絲一邊想著，一邊開著卡車前往奶奶家。她可能會有家庭教師和顏色自然的衣服，她會機智聰穎又無憂無慮、自由自在，而德朗可能會覺得她是有史以來最酷的存在。他可能會努力追求她。那會是很有趣的情況——傲慢、冰冷、有如怪物般強大的德朗彎腰鞠躬，邀請她跳舞，或先用法文和奶奶禮貌地寒暄，然後請求允許帶蘿絲到公園散步。喔，那一定很精彩。

她隱去微笑，抿緊嘴唇，讓那個幻想消失。作白日夢對她從來沒有好處，她永遠不會是淑女。她生來就是邊境的雜種，適合——他是怎麼說的——用空白支票打發，僅此而已。

昨天當他靠近她時，她望進他的眼睛，發現他想要她——不只是會用白色電光的怪胎，還有身為女人的她。那不是像他之前給她的眼神那種刻意行為，而是完全自然誠摯，表示他感受到吸引力的證明，充滿了毀滅性。她整個晚上都在想那件事，還有夜裡一半時間，現在又來了，她想著它，無法將之逐出腦海。想到上德朗的床讓她全身充滿一種快樂的恐懼，那不完全是令人不快的感受，而她因此很氣自己。

他在她家裡完全格格不入，蘿絲根本沒想到他的存在，會讓她在打掃或做菜時，每次撞見他心跳就漏一小拍，那種心跳很危險。看他、和他說話都很危險。她以前上過當，不能讓自己再受騙一次，必須保持頭腦清醒。

當她讓自己作夢，幻想中從來不包括成為貴族渴望的對象，不，她想像的是個普通人，一個工作穩定的好人，他們彼此相愛，互相照顧。像威廉那樣的人，只不過她看著威廉時，她的心不會那樣輕快跳動。

她想像自己住在殘境，和普通的對象組成普通的家庭，做著普通的工作……老天，她會無聊得撕開自己喉嚨。「我根本搞不清楚自己想要什麼。」她喃喃自信。

五分鐘後，她開車抵達奶奶家，停好車，注視著房子。奶奶一定很想大聊德朗，今天早上蘿絲編了喬奇得吃東西的藉口躲掉了談話，如果她走運，或許有辦法再次全身而退。

「來吧，喬奇。」他爬出卡車，一起走上台階，走進聞起來像香草和肉桂的廚房。

「聞起來像餅乾。」喬奇說。

艾麗歐諾奶奶微笑，遞給他一盤小餅乾。「拿去，你何不到前門去？讓我和蘿絲聊聊。」

蘿絲咬住嘴唇，知道接下來會是什麼，打算像今天早上一樣進行緊急撤退。「我帶了向妳借的四塊錢回來，」她說完將錢放在桌上。「我眞的不能留太久，卡車上有食物，很可能會壞掉……」

「坐下！」奶奶指向一張椅子。

蘿絲坐下。

「杰克人呢？」

「和德朗在一起。」

「妳這麼信任德朗，可以留孩子在他身邊？」

蘿絲皺起臉。「他們今天早上溜出去的。我起床的時候，他們已經離開水晶球占卜的範圍了。杰克拜倒在德朗腳下，而且可能想在樹海炫耀自己。我並不高興，等他們回家，我會好好唸他，但我不認爲德朗會傷害他或讓他受傷。他救過杰克一次，我不相信他是會傷害小孩的人。」

「妳爲什麼會那麼想？」

蘿絲聳肩。「那是他給我的感覺。」

「感覺？」奶奶的藍眸專注地盯著她。「我要聽那個貴族的事，一件都不准漏。」

交代完畢花了她將近半個小時，蘿絲說得越多，奶奶的嘴角越下垂。

「妳喜歡他嗎？」當蘿絲沉默下來時，她問。

「妳怎麼會問這種問題？我——」

「蘿絲！妳喜歡他嗎？」

「有一點，」蘿絲說：「只有一點點。」

奶奶嘆氣。

「大半時間，我都想要勒死他。」蘿絲補上一句，讓她別那麼害怕。

因爲某個詭異的理由，她安慰奶奶的企圖只是讓情況更糟。艾麗歐諾的臉色發白。「老天保佑。」她用法文說。

上帝幫助我們……「我說了什麼？我沒有喜歡他到跟他走。他很傲慢、專橫又……」

奶奶舉起手，蘿絲沉默下來。艾麗歐諾張開口，又閉上，搖搖頭。「不管我怎麼說都只會讓情況更糟。」她嘀咕。

「什麼意思？」

奶奶嘆氣。「妳有個缺點，蘿絲，妳不認輸，就像我的克利特，就像妳爸爸，那是崔頓家的特質，只會帶給我們災難。妳一碰到挑戰就一定會迎擊。」

蘿絲眨眼。她不會追逐挑戰，至少不是主動，至少她從來沒想過自己曾這麼做。

「至於這個德朗，他是空前的挑戰，」艾麗歐諾奶奶繼續說：「高傲強大，而且看起來……妳知道他看起來是什麼樣子。我知道妳會用盡一切手段，努力想贏。德朗也一樣——他看見妳在窗外講電話，就彷彿要去摧毀一座城堡般走出後門。他認定妳是他的。」

「我會打破他的認定，」蘿絲嗤之以鼻。「他以爲自己已經贏了。哼，我還有一、兩個驚喜。」

「那正是我擔心的，」奶奶嘀咕：「妳很瞭解，他是個危險的男人，非常危險，我詛咒了他。」

「妳什麼？」

「我詛咒了他。」奶奶重複一次。「威廉打電話來的那晚，他走進門來找妳，我不知道他是誰，所以我詛咒他。」

喔，老天。「妳施了什麼咒？」

「橡皮腿。」

邊境人擁有許多天賦，詛咒的能力並不是最罕見的，卻是最強大的能力之一。一個人年紀越大，詛咒的力量就越強，年長的邊境人可以完全控制詛咒，而一般人必須到中年以後才能慢慢熟練，某些邊境人甚至要到七十歲左右。

大多詛咒都沒有解法，必須由受詛咒者自行解開或是等詛咒結束。如果被詛咒的對象真的成功打破了詛咒，魔法會反彈回你身上。在你努力處理反彈的同時，惱火的被詛咒者會帶著可靠的獵槍抵達，打算拿你來練習打靶。而如果詛咒真的成功，通常受害者的家人會向更老的咒術師求助，讓你付出同樣的代價，到時你的麻煩就大了。邊境人想要在詛咒某人後全身而退，必須先經營多年，取得相當的尊重，否則報復將馬上出現，而且非常殘酷。

蘿絲才六歲就學會了詛咒，和其他人一樣是意外學會的。全家人當時在外面烤肉，一個叫蒂娜·瓦提的女孩偷走她的洋娃娃，丟到烤肉架上。蘿絲希望蒂娜的頭髮掉光，話才一出口，她的魔法便湧出，結果他們只好回家。下次她看見蒂娜的時候，她金色的長髮不見了，整顆頭只剩下短短的髮渣。

所有的人都被允許任意詛咒一次，第一次，而你才會知道自己擁有力量，但在那之後，必須學會控制，否則就得付出昂貴代價。她很幸運，奶奶也是位咒術師，東門區最出色的一位，而蘿絲得到超乎必須的咒術教育。唯一負責任的學習方式是親自體驗大部分的詛咒。祖母懂得許多詛咒，而蘿絲非常渴望學習，她在十二歲那年嘗試承受了橡皮腿的詛咒。

橡皮腿是種痛苦得可怕的咒術。受害者會感覺自己的雙腿像乳酪棒一樣被撕開，如果想走一步，就一定會摔倒在地上。咒術不會留下傷害性作用，半小時左右就會消失，但會把人逼瘋。

而奶奶對德朗下了橡皮腿咒，他沒殺光他們眞是奇蹟。

「妳爲什麼詛咒他？」

奶奶聳肩。「他嚇到我了。」

「結果呢？」

「你的貴族哼了一聲，直接甩開，用蠻力突破，同時我用橄欖油瓶子丟他，沒丟中，他閃過，從我手上拿過瓶子，用完美的法文告訴我雖然他很欣賞我保護家人的活力，但如果我再試圖攻擊他，我將非常遺憾。」

那聽起來就像德朗會說的話。「他很擅長威嚇。」蘿絲說。

奶奶點頭，睜大眼睛。「喔，我相信他。何況，詛咒已經反彈，我不得不坐下。妳知道在妳那個惡棍祖父帶著瀟灑微笑開船進港之前，我打算做什麼嗎？」

「不知道。」

「異境高盧王國的亞朵伯爵會從我們村裡找家臣，特別是我的家族已經服侍了他多年。相信我，我看到他的血統時一定認得出來。我不知道德朗對妳說過什麼，但那孩子上頭有好幾代貴族祖先。」

蘿絲揮手。「我不認爲他在貴族社會的階級有那麼高。有時候他忘記表現出貴族風範，看起來幾乎像個普通人。何況，我在百科全書上查過，上面說坎邁廷伯爵是個虛銜，他或許是因爲在紅軍服役才得到。」

奶奶的嘴啪地一聲閉上。

「我又說了什麼？」

「沒什麼，」奶奶說：「什麼也沒有。妳是對的，杰克在他身邊應該很安全，不過，妳不認爲最好去確認一下他們的狀況了嗎？」

蘿絲瞥向牆上的鐘，中午十二點半。她已經遲到了，但奶奶的話題轉得太硬。「妳有事沒告訴我。」

「親愛的，我沒告訴妳的事可以塞滿這整個房間。」

奶奶的眼中閃爍著那種表示抗議無效的特殊光芒。蘿絲搖頭，走過去看喬奇，發現他躺在沙發床上睡著了。

「我來照顧他，」艾麗歐諾奶奶說：「他需要休息。等他醒來，我會帶他回去。」

蘿絲嘆氣，擁抱她，然後離開。

她走下階梯，越過草坪，來到卡車旁。不認輸的人，她從來沒那樣看待過自己。喔，沒錯，她的確練習電光到偏執的地步，但那是因爲她根本沒別的事做。

她得回家，和杰克懇談一番，告訴他不可以和家裡的敵人到野外，然後向德朗解釋……她天殺的想對德朗解釋什麼？說他忘了擺貴族架子時，她發現自己像被燈火吸引的小蠢蛾一樣受他吸引？

蘿絲開車回家，德朗和杰克還沒回來。她把東西拖進屋內並分類擺進冷凍庫、冰箱和儲藏室，發現一袋蘋果和一盒塑膠盒裝的草莓不見了。大概還在卡車上，她走到屋外。

蘿絲走向卡車，碎玻璃在腳下嘎吱作響，路上散落著從破掉擋風玻璃拆下的閃耀碎片，一路亮晶晶地往左邊延伸。她瞥了自己的卡車一眼，確認擋風玻璃還在安好無缺。蘿絲蹲下來檢查碎玻璃，怪了，這些碎片不像車禍造成的，反而像有人故意打碎擋風玻璃後小心翼翼地鋪在地面上吸引她的注意。她發誓回家途中沒看到這些碎玻璃。

那道碎片痕跡，最後來到一棵老松樹。她皺眉，抬起頭，看見樹枝上用根線掛著塊車牌。BOSSMAN，艾默生的車牌。這到底……

她掃視路面，在左邊遠處有一塊紅色金屬，在樹叢旁邊。她小跑步過去，那是片紅車蓋，正好是艾默生那輛休旅車的蕃茄紅，邊緣被高溫燒黑了。

更遠的路面上，另一塊金屬躺在轉彎處。蘿絲大步走過去，越過彎道，看見第三塊紅板位於不到一百碼處——一條車子的碎屑軌跡，從她家開始，往殘境而去。很好，她慢跑回卡車發動，得確認這些零件通往何處。

第十五章

艾麗歐諾從桌旁起身，桌上福馬林防腐劑瓶裡泡著怪獸的一小塊肉，屍體的其他部分已經開始腐爛，她一直等到再也無法忍受那氣味才埋了它。

「和我說話。」她輕聲說。她什麼辦法都試過了，找過亞黛兒．摩爾、李．史地恩和賈瑞米，他們翻遍了書和日記，施展魔法、焚燒藥草，她甚至特地跑一趟找愛爾希談——或該說問愛爾希僅存的神智。一切努力都徒勞無功，整個東門區的臭皮匠都無法提供答案。

無論這頭野獸是什麼、來自何處，都是邪惡的存在——這一點大家沒有異議。

謠言四起。北邊的馬拉察．拉迪許一家人從貨櫃車裡消失了，貨櫃被砸爛，門也沒關。馬拉察向來不太聰明，卡車也不見了，說不定只是發了瘋搞砸了，沒告訴任何人就帶著太太和小孩離開；但艾麗歐諾很懷疑。亞黛兒聽說有狗在夜裡消失的傳言，而狄娜．范恩發現她家養的牲畜遭到屠殺，某個東西殺死一小群迷你山羊，用內臟染紅了牠們原本吃草的山丘。

他們遭到了攻擊。恐懼像塊冷硬的冰塊在她胸口凝聚，像塊冷硬的冰塊攻擊的最終目標在哪裡？這些怪物想要什麼？她沒有答案，他們僅有的武器是蘿絲和她的電光。

艾麗歐諾揉揉臉……一波未平、一波又起，就是不讓這孩子好好休息。

坎邁廷爵爺令她煩惱。這男孩不是冒牌貨，無可挑剔的禮貌、無可挑剔的儀態。她詛咒他時，他察覺到她話語中一絲淡淡的口音，便以優美的貴族法文回答，那不是隨便裝得出來的。還有魔力，如此強大的魔力。當她去拜訪愛爾希時，目睹了房子的損壞狀況，屋頂整個被掀翻，大部分的牆也是。愛咪說他只用一擊便造成這樣的結果。當然，紅軍的成員有這種威力很正常：他們是艾朮昂里亞最後的武器。她小時候聽過他們的故事，他們戰鬥的模樣宛如惡鬼，有些成員甚至不是人類。一個伯爵究竟到那種軍隊裡做什麼？

那男孩看起來像天生的浪子，他會把蘿絲的心踐踏粉碎。

艾麗歐諾嘆息。像這種時候，她就希望克利特還在，不是說那老流氓幫得上什麼忙，他會咧嘴笑，告訴她別管年輕人，讓他們好好玩。克利特老是感情用事，而她總用理智思考，不過她還是好想他。

她坐了許久，沉浸在思緒和回憶中，等到她終於掙脫時，杯裡的茶已經冷了。她碰碰茶壺，也冷了。噢，好吧。

她必須知道更多德朗的事，而既然蘿絲不能在這裡回答問題，她只好去問喬奇。

那提醒了她，她最好去看看那孩子。

艾麗歐諾走進客廳，沙發床空蕩蕩的。

「喬奇？」她喊道。

他沒回答。

「喬奇？」艾麗歐諾大步走過房子，從廚房走進臥室，穿進另一間臥室，越過浴室，來到儲藏室。他在那裡，盯著窗戶外面。

她走到他身邊，拍拍淡金色的頭髮。「你一個人躲在這裡幹什麼？」

她瞥向窗外，整個人僵住。黑暗的野獸在結界邊緣徘徊，二、四、六，更多、更多……牠們擠在一起，一頭爬上另一頭的身體，堆疊成一座窄金字塔狀。艾麗歐諾屏住呼吸。那些結界石古老而力量強大，然而石頭上方越高處，魔法屏障就越弱。

金字塔已經堆壘了六頭野獸高，八、九，最上面那頭獵犬擠壓結界，翻身就進了庭院，牠落在結界之內，在空中轉身，四腳著地後一抖，便往房子輕巧而來，踏著輕步躡手躡腳前進。

喬奇看著她，睜大的雙眼充滿恐懼。「牠們來了。」

就在距離交界線不遠處，一條雜草叢生的小徑從大路旁往右岔出，一小片紅色的車門被丟在轉角，另一片丟在小路分岔口不遠的地方，免得蘿絲沒注意到線索。她將卡車停好，從袋子裡拿出點二二手槍。她距離交界線很近，留下一連串車子碎片的人可以一看到她靠近立刻閃進殘境。她的電光在殘境無法作用，但子彈穿過交界線絕對沒有問題。

蘿絲鎖上卡車，朝小徑前進。幾分鐘後，茂密的樹叢突如其來地斷絕，她發現自己站在一片草皮的入口，低矮的丘陵在前方隆起，一棵巨大的橡樹矗立在丘頂，幾十年前曾有閃電擊中它，劈斷右側的樹枝，據說有個傻瓜無視在大雷雨中不該站在孤立大樹下的原則，而當閃電劈斷樹枝，掉落的樹枝便壓垮了他的馬，從那之後，這棵巨木便被稱爲「死馬橡樹」。

今天那棵樹似乎比平常更加歪斜，一大團橢圓形的東西懸掛在右側大樹枝上，微微晃動。蘿絲皺眉。現在是什麼情形？

那東西在呻吟。

她瞇起眼睛，認出那是什麼——艾默生被白色塑膠袋裹住，用他車上的安全帶倒吊著。

他再次呻吟，聲音更加微弱。蘿絲拉開槍枝的保險，深呼吸，一邊慢慢靠近他，一邊掃視四周，眼睛盡力尋找任何危險的蹤跡，耳朵探索最輕微的聲響。她什麼都沒聽見，只有風聲、蟋蟀和樹海傳來的遙遠輕響。

一步，又一步。蘿絲發抖，就快到了。

艾默生的臉成了熟梅子的顏色，渙散的眼睛盯著她，卻視而不見。

「沒事了，」她柔聲告訴他：「沒事了，我來幫你了。」

他說不定腦充血了。她必須放他下來。

艾默生的嘴唇動了動。「唧……」

「嗯？」

「唧……狼。」

「狼？」

「狼！」他的語氣突然激動起來。「狼！狼！狼！」

狼？狼不會用塑膠袋把他包起來再掛上樹。「好、好，」她輕聲說：「冷靜，我會放你下來。」

她伸手碰觸安全帶。

一頭毛髮蓬亂的黑狼從樹的後方走出來，像頭小牛一樣大，一雙巨大的金眸盯著她，眼神冷酷凶惡，而且聰明。太聰明了，這不是普通的狼，是變形者。

她頸背上的每根寒毛都豎直起來，蘿絲整個人靜止不動，東門區除了她弟弟，沒有其他變形者。

那雙眼睛下的黑色鼻口張大，露出巨大的乳白獠牙。

蘿絲抓緊艾默生，將他拉向自己，放出電光，酋長之陣的白色弧光繞著她四周旋舞，切斷安全帶，艾默生摔下，整整兩百磅的體重摔落到她身上，她盡可能輕柔地將他放到地面。

狼嚎吼，聲音非常恐怖，憤怒和嗜血交織成野蠻的承諾。

「我不會把他交給你。」她說。

黑狼猛撲上來，裂風的獠牙距離她的電光僅有毫髮之差。恐懼竄過她的全身，白弧光分成三股，每道白鞭飛快奔馳，在她和艾默生四周構成一圈綿密的白色屏障。

黑狼頓下腳步，相當困惑。

他們被困住了。她不可能讓這三道弧光一直轉動，而要用電光攻擊牠，就必須先撤下防禦。那雙金眸告訴她，只要給牠半秒鐘，她就會被撕成碎片。

蘿絲放慢弧光，光鞭再次變得清晰。

黑狼朝她噴氣，彷彿在大笑，對她阻止牠靠近獵物的徒勞感到有趣。

她將弧光的速度放慢到每一道弧光經過身前時，她有一秒鐘的時間毫無保護。當下一道弧光滑向右邊時，蘿絲猛舉起槍，扣下扳機，槍枝噴出子彈和巨響。

黑狼衝向左側，從橡樹樹幹上跳開，然後躍離竄入樹海。蘿絲吞嚥口水，腳邊的艾默生開始像小孩一樣嗚咽。

「牠離開了，」她以顫抖的聲音告訴他：「牠真的走了。」

她不可能將艾默生抬下山丘，甚至拖不動他；她的手指在發抖。她從牛仔褲口袋掏出手機，試了三次，才按對號碼。

「卡普蘭保險公司，艾瑞克．卡普蘭，有什麼需要幫忙的嗎？」電話另一端的聲音響起。

「我是蘿絲，我在死馬橡樹，你叔叔在我身邊，我需要你來接他。」

「快，孩子。」婆婆的聲音催促喬奇爬上梯子，他笨拙地沿著梯子爬上閣樓，迅速跑到一旁，朝她伸出手。她帶著一把爸爸的槍爬上來。兩人拉起梯子，砰地關上活板門。婆婆拉上鍊條。

那沒有用，那些怪獸會找到他們，他們都很清楚這一點。

「不會有事的，」婆婆輕聲說：「不會有事的，我們來施一個咒語……」

「牠們會吃魔法，婆婆，」喬奇輕聲說：「牠們很愛吃。」

她頓住。「蘿絲也這麼說。」

樓下傳來瓷器碎裂的聲響，冰冷的警覺竄過喬奇全身，他猛然抽搐一下，婆婆的手臂抱緊他。

又一個盤子碎裂，有東西正穿過廚房。

「千萬別出聲，孩子，」婆婆的聲音在他耳邊說：「保持安靜，像老鼠一樣。」

死寂籠罩，過了漫長的一分鐘。

閣樓的燈光昏暗，除了幾個盒子外空無一物，地板上覆蓋一層灰，唯一的小窗口以百葉窗遮蔽，緊閉的木頭葉片間幾乎透不進絲毫光線。

喬奇可以感覺到怪獸的魔法，在他的感官邊緣徘徊；怪獸耐心地安靜等待著，等他們一使用魔法便伺機撲上。

爪子刮過牆面的詭異聲響差點讓喬奇跳起來，他抱緊婆婆，她咬緊嘴唇，將他抱得更緊。

他不能讓野獸抓到她，不能是婆婆。

但如果他打開心門，就會被怪獸的魔法抓住。恐懼在喬奇全身翻湧。

爪子掠過屋頂，有東西跳下樓梯，就在他們下面。怪獸知道他們的位置，喬奇發抖，牙齒打顫，手指和腳趾變得冰冷。

猛烈的抨擊衝撞左邊的木板，抓扒聲更加響亮，怪獸在挖屋頂，打算闖入。

不能讓牠們抓到婆婆。

喬奇和恐懼對抗，死命壓下。他往後窩進婆婆的懷裡，該是找回失去東西的時候了。

他往外探索，以心眼搜尋前方的廣闊黑暗。怪獸的魔法以令人窒息的浪潮撞上他，像是一股有一千張嘴巴的黏膩洪流。喬奇喘不過氣來，內心某個東西在嗚咽，那些嘴巴以尖銳的小牙齒咬住他，糾纏他的雙腿，圍繞他的身體往上爬，他的意志疼痛地燃燒。他更努力探索，死命在污濁的魔法徹底淹沒自己之前發出求救訊號。在不可思議的遠處傳來婆婆呼叫他名字的聲音，聲音裡滿是哽咽。

他尋找蘿絲，但她太遠了，接觸不到。他得找其他人。

他繼續探索，心智在壓力下搖晃，最後終於看見了，一道明亮的白星在黑暗中閃耀，他用盡最後一絲力氣碰觸它。

野蠻的魔法在他的下方張開，像一張怪物的大嘴，將他整個人吞噬。

杰克坐在廚房中島上，看著德朗手上端著盤子翻找冰箱。他的胃在吼叫，他們整個早上都在樹海裡追蹤怪獸，德朗稱牠們爲獵犬，並告訴杰克用槍沒辦法殺死牠們，子彈會直接穿過牠們的身體；唯一殺死牠們的辦法是用魔法撕裂、切割或烤焦牠們。

他追蹤那些氣味好幾個小時，但大多數的氣味都通往樹海外面而不是裡面。德朗跟著他到處跑。杰克覺得德朗在樹海裡很好玩，他很安靜，也不做蠢事。但現在他們又累又餓，他以爲蘿絲會在家裡準備好午餐，結果她卻不在，德朗和他只好搜刮冰箱。

「看來我們的糧食充足，可以大吃一頓，我們甚至可以自己做邊境漢堡排——」德朗手上的盤子掉落，撞上地板，發出金屬撞擊聲。聲音之大嚇得杰克跳了起來。

「坐著別動！」德朗大吼，表情變得非常可怕。「別跟著我，別離開房子！聽懂了嗎？」

杰克點頭。

「我要去接你哥哥，千萬別離開！」

第十六章

艾麗歐諾將喬奇抱在懷裡，他癱軟地躺著，皮膚汗濕冰冷，脈搏在她的指尖下像隻瀕死的蝴蝶般顫動。她一再努力想尋找他，但他已經滑落到某個深處，遠離她的魔力範圍。

房屋在她下方顫抖怒吼，發出木頭斷裂和沉重撞擊的響亮聲響，但那一切都不重要。她專心以沙啞的低語呼喚，將每一絲力量灌注進話語中。「醒來，甜心，回到我身邊來，回到奶奶身邊來，你不想離開我，對吧？」

她只感覺到一片黑暗。

「回到我身邊，寶貝。」

她全身湧出魔法，臉龐到指尖都發出淡淡的光暈，艾麗歐諾成了黑暗的閣樓和吞噬喬奇的黑暗中的一座燈塔。

「回到我身邊。」

她太專注在找他，過了幾秒才發現一切早已變得沉寂。

活板門震動，有人或有東西正抓住下方的拉索扯動。艾麗歐諾開始無聲吟唱，聚集四周的魔法。她無法像蘿絲那樣施放電光，但擁有古老的魔法，不會毫不反抗地任由牠們將她撕成碎片。

又一次拉扯將門栓扯離木頭，梯子掉了下去。

魔法像死亡的雲霧般在她四周盤旋，充斥全身的攻擊性魔法發光，宛如狂暴的緞帶般在她四周糾纏。咒語的效果會以帶走她的生命作為代價，但她別無選擇，就算能幫喬奇多爭取幾分鐘也好。

魔法在她的指尖徘徊，蠢蠢欲動。

「我是德朗！」男性的嗓音喊道：「我上來了！」

她看見金黃色的頭顱從活板門開口探了出來，他的臉染上斑斑銀跡。

致命的魔法消失，取而代之的是單純的急切需求——救喬奇。

「快。」德朗喊道。

「他正在消失！」她將喬奇平塞進他懷裡。德朗抓住喬奇身體，往下消失，她手忙腳亂跟上。

德朗衝過房子，她跟上他，踏過死亡怪獸的殘骸和碎裂的家具，德朗手一揮，淨空廚房桌面，把盤子和罐子掃到地板上，將喬奇放在桌上，俐落地拉起喬奇的眼皮，露出被一小圈藍色包圍的放大黑瞳仁。

「我需要蠟燭。」他說。

艾麗歐諾轉身，飛快奔過暴力肆虐後的廚房地板，抓起蠟燭和火柴盒，用顫抖的手點燃蠟燭。

德朗將手探進衣服，掏出一只小袋子，從袋子裡抽出一小張紙，在上面灑落少許藥草並捲成菸筒狀，在末端點火，辛辣的甜香瀰漫屋內。她明白他打算做什麼，連忙扶起喬奇，將他的頭抬離桌面。

德朗將燃燒的薰香放到喬奇的鼻子下方。

那孩子沒有動彈，德朗張口納入一口煙霧，拉開喬奇的嘴，吹進去。

沒有反應。

他走了。她領悟。這是場惡夢，一定是惡夢。

德朗的表情變得嚴峻，一把抓起男孩的T恤大力扯開，露出赤裸胸膛。「把他放平。」

她抓住他的手，看見他的魔力正在凝聚，發出白色光焰。「不！你會害死他！」

「這是唯一的辦法。」

他推開她，將手壓在喬奇胸膛上，放出電光，魔法光芒衝入小小的身體。

喬奇的眼睛啪地張開，卻是純白色的，眼球翻回去，他像沒上油的門一樣發出可怕的咿啞呀聲響，德朗將燃燒的藥草塞到他的鼻子下方。喬奇吸入、咳嗽，接著再次吸入，眨眼，然後她看見他的藍眸看著自己。

「婆婆。」他細聲說，咳出一小團煙霧。

艾麗歐諾將他抱向自己，嗅聞他的頭髮，感覺他的心跳，終於明白他還活著。

「我們必須離開，」德朗俐落地說：「在這裡我無法保護你們。妳抱得動孩子嗎？」

他需要雙手拿劍。她將喬奇從桌上抱起來。「抱緊我，親愛的。」

德朗從背上抽出一支劍，大步上前。艾麗歐諾跟在他背後時，才發現他的背被血染紅了——怪獸只會流出銀色的血。

他們越過廚房，走向前門，德朗踢開門，一頭怪獸從右邊撲上，被一道劍光劈倒。

德朗走到門廊上，對她點頭。她跟上。

左方草坪邊緣的樹叢附近，污穢的魔法從好幾具怪獸的屍體上冒出，像被玷污的花朵一樣綻放，從那些殘骸流出的銀色血液匯聚成一大灘。

銀色液體的表面閃爍，扭曲成螺旋狀的湧泉，黯淡詭異，流轉成人形。她看不出他的臉或任何五官，只有黑色輪廓，像是在世界正常的平面上開了一個洞。

那道陰影開口：「我只是想要那孩子，只要嚐一口……」

德朗身體一旋，五官皺緊，一道白光從他身上放出，切裂了怪獸、泥沼和那道陰影。

「來吧，」德朗催促她。「蘿絲家的結界比較堅固，快。」

艾麗歐諾聽見遠處傳來引擎的轟隆聲，半晌後一輛卡車飛快繞出轉角，擋風玻璃後是蘿絲的臉。

蘿絲溫柔地替喬奇拉上毯子，看向奶奶。「妳還好嗎？」

奶奶無語地點頭，蘿絲走過去擁抱她。艾麗歐諾是個快樂的豐滿女人，但此刻她在層層破爛布料下的肩膀卻顯得萬分脆弱。她舉起手，拍拍蘿絲的手臂。「我以為失去喬奇了。」

「妳沒有。」

從蘿絲有記憶以來，奶奶一直是她的力量來源，她是唯一永遠不變的。媽媽早在過世前人就已經形同不在了，祖父過世，依賴爸爸簡直自找麻煩，但奶奶永遠在身邊，永遠知道該怎麼辦，就算幫不上忙，至少也會讓他們學會一笑置之。現在她臉上卻沒有絲毫笑意，她坐在椅子上，滿頭灰髮、脆弱無比，就連吹蓬的頭髮都沮喪地垂落，那讓蘿絲的心疼痛地揪緊。

「想喝杯茶嗎？」蘿絲問。

「不。」奶奶看著那兩個男孩——喬奇在沉睡，杰克安靜地蜷在他身邊，但沒有真的在睡，用半瞇半合的眼睛盯著喬奇。

「我只想坐著，」奶奶低聲說：「我只是需要點時間確定他們沒事，妳去忙，去看看德朗，他的整片背都被抓傷了。」

蘿絲打量她許久，安靜地走出房間。德朗坐在桌子旁的椅子上，已經脫掉了皮衣和汗衫，背對著她。兩道醜陋的傷口劃過他的皮膚，猩紅色傷口很深、鮮血淋漓，冰冷的憂慮刺痛她，儘管他力量強大，怪獸還是很可能在那棟屋子裡將他四分五裂。

「我想妳不知道怎麼縫合這些傷口？」他問。

「你很走運。」她走進浴室，拿出醫藥箱。「如果你要的話，我也可以帶你去醫院。多虧了你，我現在有錢了。」

他搖頭。「我信任妳。」

「死人都這麼說。」她遞給他一杯水和兩顆止痛膠囊。「這是抗發炎藥，可以稍微緩和疼痛，避免紅腫。吞下去，別咬。」

「呃，我本來打算塞進鼻孔裡，假裝自己是一隻海象，不過既然妳堅持，我會吞下去。」

蘿絲眨眼。她花太多時間和杰克與喬奇在一起，沒什麼和成人互動的機會，她知道自己接下來會威脅他如果不吃完晚餐，就要拿走他的漫畫。「杰克老是試著咬他的藥，」她嘀咕：「抱歉。」

「他告訴我他吃過厚紙板。」

「還有蠟燭和肥皂。」蘿絲打開醫藥箱，一邊動作一邊說話。「有一次，他還小的時候，我正在庭院裡晾被單，他在我旁邊的草地上。我才轉過頭十秒鐘，他就不見了，等到我追到他時，他滿臉都是紫色漿果汁，我逼他當場吐出來，而他就在我懷裡睡著。我以爲他是因爲中毒昏倒，我爸爸又把卡車開走了，所以我抱著他跑去找奶奶。」

蘿絲拿出夾鍊袋和一塊白布，將布鋪在桌上，拿出三根彎針和二十條事先剪好、每條長約一呎的線。她將三根針穿上線，將水倒進水壺，把針、線和一根小鑷子放進水裡，所有的東西放到爐上煮。

「結果呢？」他問。

「結果是商陸木，那些果實有毒，但他吃的分量還不足以造成傷害。我還記得那天跑過的每一步，那是我這輩子最驚恐的五分鐘。」

「妳當時多大？」

「十六歲，過來，我必須清洗你的傷口。」她說。

他跟著她進入浴室，她從架上拿下蓮蓬頭，用微溫的水清洗他背上的傷口，然後他們回到廚房，那裡的光線比較明亮，可以檢視他的傷口。「只有上面那一道需要縫合，下面那道我們可以用醫療膠帶和蝶形繃帶固定。」

她打開水壺，讓針冷卻，用肥皂清洗雙手到手肘的部分，打開裝優碘的瓶子。「你對海鮮過敏嗎？」

「沒有，妳可以在我身上使用碘酒，不會有任何副作用。」

「噢，很好。」她將紗布浸滿優碘，開始清理傷口。他的背如磐石般動也不動，那是寬闊的背，布滿了起伏的堅硬肌肉和傷疤。

「你不必那麼努力假裝狠角色。」她說。

「妳比較喜歡我哭出來？」

「不。」她結束清理，開始包紮下方的傷口。「給你最後一次機會找殘境的醫生。」

「沒必要。」

蘿絲將水壺拿過來，用鑷子夾起第一根針，舉在半空一、兩分鐘，確定它冷卻了，然後將傷口的兩邊肌膚拉起來，接著夾緊針，刺穿傷口邊緣，推進去，再用鑷子拉出來，完成第一針，到這個階段兩個男孩都已經哭了，連她也會哭出來。她以前曾經不得不縫合自己身上的傷口，到最後會對疼痛麻痺，不過前面幾針痛得要命。但他只是坐在那裡，眞是可怕的混蛋。

「妳的動作很快。」他說，聲音多了一絲更深的意味。如果她不瞭解狀況，會說他在調情。瘋子才會在她用針刺他傷口時和她調情。

「這不是我第一次表演馬術【註】。異境有馬術表演會嗎？」她問，努力不讓自己去想她正拿著根大針刺進血淋淋的肉裡。

「有，那是德克薩斯共和國的國家運動。」

「德州是獨立共和國？」她打完結，開始縫下一針。

「異境和殘境是彼此的鏡像，擁有同樣的大陸、同樣的海洋和同樣的河流。殘境的北美大陸是橫向區隔的。」

「橫向？那是什麼意思？」

針刺進他的背時，他微微頓了一下，但聲音仍然冷靜，毫不費力。「這些國家是水平並列的：加拿大、美國、墨西哥。在異境，國界是垂直的，整塊大陸是這樣分割：東邊是艾朮昂里亞，中間是路易斯安納公國，隸屬於高盧聯合王國。」

「高盧？」

「那是舊世界的一個王國。高盧民族以前分成好幾個王國：塞爾特國、比利時國、高盧國。」

法國和比利時，蘿絲猜想。「我應該懂了，」她嘀咕：「所以路易斯安納右邊是什麼？」

「德克薩斯共和國，然後是加利福尼亞民主國。」

「墨西哥呢？」

「那裡仍然屬於嘉斯提利亞。西班牙。」

他們快把整塊大陸跑完了，而她還有幾針要縫。

「艾朮昂里亞的名字是怎麼來的？」她早就知道了，只是希望他繼續說話。

「因爲那是艾朮安．羅伯特．德雷克發現的，他以盎格魯王國的名義占領了那裡。他不像殘境的哥倫布，他很清楚自己發現的是一塊新大陸，而不是從反方向通往印度的路徑。」

「以一個貴族來說，你對殘境的瞭解很多。」她告訴他，縫完最後一針。

「我在南境公爵麾下做事，邊境和他的土地接壤。我學習殘境的事，因爲我的職責是阻止人們逃到那裡。我可以使用電話、開槍、知道開車的理論，雖然我寧願不要嘗試。」

「都縫好了。」她說：「你可以躲進房間哭了。」

「除非妳和我一起進去。」他握住她的手，他肌膚的觸感差點讓她顫抖。「妳下手很輕，我幾乎沒感覺到。」

「別試圖對騙人專家說謊。我需要用手才能幫你包紮。」

編註：「這不是我第一次表演馬術（It's not my first time at the rodeo）」除了表面意思，也有「我對此並非新手」之意。

他又握著她的手好半晌才鬆開手指。她抽回手，替他包紮傷口，然後走過去將針收好。德朗看起來似乎一點也不累，和平常一樣引人注目。

「謝謝。」他說。

「不，謝謝你，救了喬奇和我祖母。」

所有壓力和沮喪一下子壓到身上，她的堅強像單薄的玻璃管一樣斷裂，拚命忍住不哭出來。「你怎麼知道他們出事了？」

「那孩子呼喚我，」他說：「他或許知道那樣會讓自己被獵犬的魔法襲擊，我想他擔心妳的祖母，所以決定犧牲自己。」

「喬奇勇敢到對他自己沒好處。」她說。她差點失去他。不准，不准再有奇怪的探險了。她必須和男孩們一起留在家裡，平安度過這團混亂。「那裡有多少頭獵犬？」

德朗聳了聳寬闊的肩膀。「幾頭。」

「多少？」她堅持知道。

「十四頭。不幸的是那棟房子很窄，我沒辦法依賴電光。我猜喬奇和艾麗歐諾夫人可能在閣樓上，用魔法弄垮房子會是很糟的辦法，一般來說，保住拯救對象的生命比較重要。」

他理所當然的口氣彷彿那是全世界最普通的事——爲了拯救和自己毫無瓜葛的人，衝進一棟充滿怪獸的房子。「我希望有辦法能回報你。」她說，擦乾雙手。

「有。」

她抬頭看。「我能爲你做什麼？」

「妳可以吻我，蘿絲。」

她僵住，抹布還在手上，很確定自己聽錯了。

「我救了妳弟弟，當然應該得到一個吻。」

「你爲什麼希望我吻你？」

「我想知道妳嚐起來的滋味，」慵懶的微笑在他唇上綻開，「別告訴我妳沒想過。」

她想過，但她寧死也不會承認。「我不能說我想過。」

「一個吻，」他說：「還是妳怕？」

每次她想像自己觸摸德朗所感受到的甜美恐懼讓她完全無法動彈。「一點也不。」她說謊。

「那就吻我。」

這是她的機會：不必承認任何事情，毫無愧疚感地吻他。不會再有另一次機會了。如果她活到一百歲，一輩子都留在邊境，至少可以說自己在年少輕狂的日子裡，曾經吻過一個來自異境的貴族。她很叛逆，不是嗎？那不是叛逆的女人會做的事嗎？

蘿絲跨過兩人間的距離，雙手掌心壓在他的手和身體之間的桌面上。如果他收回手，就可以摟住她，那應該會讓她更加小心，但沒有。她正在德朗的某把刀鋒游走，踏錯一步，就會在身上留下致命傷口，而她很喜歡。

只是一個吻，別太大驚小怪。

她貼近德朗，兩人的唇距離僅僅一吋。

德朗的眼眸綠得懾人，像是一片被耀眼陽光穿透的草葉。

「我吻你，是因爲你救了我弟弟，」她低喃：「沒有其他理由。」

「瞭解。」他說。

她又靠近四分之一吋，兩人的嘴唇幾乎碰觸到彼此。

「這麼做大錯特錯。」她輕聲說，全身因爲期待而顫抖。

他的頭靠近她，聲音低沉。「只是一個吻，我不是要妳做什麼……下流的事。」

他看起來絕對像想做什麼下流的事。她舔舐嘴唇，親吻他。

他張開嘴，讓她探入，她的舌尖找到他，輕柔地愛撫，發現德朗保持著距離，緊緊控制住自己。

她突然想要讓他失控，不爲其他原因，只是爲了證明她辦得到。她攻擊他的嘴，舌頭衝刺進出，碰觸輕柔快速，挑逗著，始終不給他時間品嚐。德朗從喉嚨發出低吼，純粹動物性的聲音令她想要貼到他身上。

她明確感覺到他的耐心終於斷裂的那一刻。

他的手臂抓住她，將她拉向自己，回吻她，舌頭刺入她的口中，啜飲她。她的思緒暈轉，他嚐起來有如毒品，火熱的溫度在她胸口綻放，往下滾動。她身體發痛，渴望撫摸。

再多一秒，她就會爲他脫光衣服。

蘿絲抽身，他的手臂扣著她，但她退後一步，而他鬆開了手。「這還上得了檯面嗎，坎邁廷爵爺？」

他看著她的眼神彷彿準備要撲上來。「不賴。」

「我認爲必須讓這個吻難以忘懷，」她告訴他：「畢竟這是你的獎勵。」

她在燃燒，身體四周的空氣變得像膠水一樣黏膩，她必須大口吸氣才能讓肺裡有點空氣。德朗忙著處理兩人間突如其來的距離，他的褲襠藏不住一大塊隆起。

「我最好去呼吸點空氣。」她說，轉身離開他。

「等等。」她感覺到他在背後逼近，他傾身撥開她的頭髮，輕柔地親吻她的頸背。

一陣輕顫竄下她的脊椎。

他一手繞過她的肩膀和胸口，橫過她的胸部，將她拉向自己。「蘿絲，」他對著她的耳朵低語，或許很清楚說那簡單的兩個字對她有什麼影響，他另一手攬住她的腰，困住她。「別走。」

他再次親吻她的頸子，她用盡所有意志力才阻止自己別像隻渴望撫摸的小貓一樣用背磨蹭他。

噢，控制一下自己，別為了他融化——那正是他想要的。

「很棒的吻，」她聽見自己說：「但，不，謝了。」

她將他的手撥離她的身體。「你還有兩項考驗。」她提醒他，穿過整棟房子，逃到門廊上。

第十七章

屋外的陽光燦爛，在晌午全力綻放。蘿絲深呼吸，努力冷靜下來，她心裡有一部分想要跑回屋裡，另一部分則憤世嫉俗而不可置信地大笑。跑回去做什麼？大喊：「我來了，占有我、占有我？」

她聳肩甩掉那個念頭。她必須說德朗很厲害，那個男人精通誘惑。不是說他必須多努力——想想他的長相，加上她是多麼容易得手。「妳會非常安全，蘿絲，等等等等。」是啊，安全，她遲早得回去那裡面對他，她根本不知道要怎麼辦到。

他住在她家裡，表示她需要一些嚴厲堅定的規則：不准看他早上舞劍的樣子、不准想他，除非是關於如何用考驗打敗他然後踢到路邊去、不准——

一個男人在草地中央，就在結界線外。他發出淡淡的光芒，黑暗而透明的身軀彷彿由好幾層褲襪構成，臉被兜帽遮蔽，但她看得見他的手，那雙手有著和獵犬表皮一樣的斑斑青紫色。

「妳花了一陣子才注意到我，親愛的。」他說，語氣輕柔有教養，帶著微微捲舌音，就和德朗一樣。「我猜得沒錯，妳很美味。」

又怎麼了？

她踏下門廊，慢慢接近那個人，他似乎是從一灘像獵犬血的灰色黏液中浮出來的，她在靠近的同時，看見兩頭獵犬的屍體飛快地融入其中。

她走得越近，魔法的惡臭就變得更濃烈，再靠近一點，靠近到她的電光不會錯失目標。「你是誰？」她問。

「我是蓋茲洪．伊雷萃斯．杉汀爵爺，」那道人影俯首，流暢地鞠躬。「很高興認識妳。儘管在這種情況下，禮貌並沒有必要，不過妳明白，積習難改。請務必原諒我這一點小嗜好。」

蓋茲洪，收養德朗變形者朋友的男人，一股警覺彷彿冰冷的獠牙咬進她的背脊，那不可能是巧合。她努力表現出若無其事，保持語氣冷靜。「攻擊我們的獵犬是屬於你的嗎？」

「以最嚴格的定義來說，牠們不屬於任何人，但我領導牠們，並打算持續指示牠們的行動。」他聽起來如此合情合理，彷彿他是她的客人，正在門廊上一邊喝茶，一邊討論最近的小道消息。「我是……牠們的一分子，而牠們現在也是我的一部分，這是一種最奇妙的共生關係。」

他舉起手，展示給她看。那或許曾是人類的手，但現在已經變形了，手指太長，尖端開始長出黑爪，他的皮膚顏色接近獵犬表皮，不過稍淡一點。「我們是一體的。」他說，一片黑暗的魔法從他身上湧現，沿著她的結界蔓延，洶湧翻騰，紫色和黃色的網絡像毛細管一樣在其中糾纏。

魔法連續擊打結界，試圖突破。她往後驚跳，不過結界石沒有動搖。

「你爲什麼要殺我們？」

「爲了你們的魔法。你們的死是過程中難免的結果，那眞的很簡單，你們的身體蘊藏魔力，我的獵犬收集魔法帶回我身上，讓我可以製造更多獵犬，等等等等。我必須承認，吸乾魔法的過程會喚醒我體內更低劣的本能，渴望啃咬、撕扯血肉，渴望，品嚐那滋味。那份渴望是一種美妙得近乎疼痛的極樂。但無論我多麼放縱自己，那份飢渴永遠無法眞正滿足。我可以持續好一段時間，仍然毫不饜足。」他輕聲笑，她差點嘔吐。

「你知道你在殺人嗎？殺死整個家庭、殺死孩子們。」

「當然，」他溫柔地責備，往前貼近結界，彷彿打算告訴她一個祕密：「說實在話，我從來就不喜歡人，他們是很麻煩的東西，太在乎責任、期望和生活裡的芝麻小事。」他摩擦手指，彷彿試圖甩掉手指上的某個東西。「我受夠了，親愛的，我已經爬上了人類野心的高山，在山頂上我又發現另一座高峰，可惜沒有盛開的幸福蓮花。」

「我想你可能瘋了。」她說。

「比起快樂，理智的重要性被高估了，親愛的。奪走你們，從你們的身體上撕下一條條甜美的血肉，一口吞下，吸吮那些肉汁，比起思考人類必須貢獻的智慧和能力更能帶給我無比的快樂，而那提醒了我此行的目的——妳同意德朗住在妳的屋簷下。」

「所以？」

「德朗有個問題。妳知道，如果他找不到我，就殺不了我，所以他把妳和妳弟弟當成幾顆甜美的糖果在我面前搖晃，你們是如此……」他嘆氣。「魔力強大、誘人。別誤會，親愛的，我會殺死你們，德朗和我一樣清楚，他只是希望逼我照他的方式殺你們。如果他來找我，就必須面對那頭狼，而他不希望如此，他和那頭狼曾經是朋友。」

怒火在她的體內攀升。「你爲什麼要告訴我這件事？」

「你們的生命對你們毫無用處，」他指向她背後的房子。「妳骯髒貧困地住在這塊小得可憐的土地上，像住在兩塊繁榮都市中間某座巨大垃圾山上的老鼠。結局已經註定時又何必抵抗？沒人會來幫助你們，遲早你們所有人都會屬於我。」

「我不這麼認爲。」

蓋茲洪望向她背後。「告訴她，德朗，告訴她我是對的。」

「看來你的缺點清單上又多了瘋狂。」德朗冰冷的聲音說。

「你們爲什麼非得如此不可理喻？我會擁有你們。」蓋茲洪嘆息。「我昨晚吃掉了一個男人。不幸的是，我的獵犬通常會呑噬牠們的目標，但這個人被當成特別的禮物送到我面前。我馬上吃了他，非常貪婪地吃掉，而感覺他的魔力湧入的快感是我現在僅有的一切，那是我的本質、我的目標和我的毒癮，我會不惜一切，只求再品嚐一次。你們無路可逃，何必延長這份痛苦？我給你們一個機會成爲有用的東西，滋養我，成爲我的一部分，屬於我所有。」

「我懂了。」蘿絲將手扠在腰上。「結果會是這樣：我會殺光你的獵犬，接著找到你、宰了你，然後我弟弟會用你的頭當足球踢——這樣你就會變成有用的東西，現在再見。」

她走向結界線，打算俐落地解決他。他貪婪的魔法湧向她，她的怒氣爆發成耀眼的白光，將那坨泥濘和獵犬的屍體燒個精光。蓋茲洪消失無蹤。

蘿絲緩緩轉身，看見德朗站在門廊上。

「你騙我！」蘿絲拚命控制心中的狂怒。「你假裝要我嫁給你，逼我想出那些蠢考驗，然而這期間你一直在試圖殺掉蓋茲洪。」

「我沒騙妳，我只是讓妳下了錯誤的結論。」他嚴肅地說。

怒火讓一切變得無比清晰。「你的朋友叫什麼名字，德朗？會變身成狼、被蓋茲洪收養的人？」

「威廉。」德朗說。

噢，我的老天爺。

「那個妳遇到的男人可能不是同一個威廉。」

「當然是同一個威廉！我剛剛才把我前老闆從一棵樹上弄下來，是變形者的狼把他綁上去的！他用塑膠袋裹住他，把他倒吊起來，然後留給我一條車子碎片組成的線索，讓我可以發現他。威廉知道艾默生是誰，上次聊天時還特別問我他的事。你們兩個是怎麼回事？你們以爲這是某種遊戲嗎？那怪物說得沒錯，對吧？我們對你而言不過是個餌。」

德朗的眼睛凝結一層白霜。「蘿絲，早在他開始這團混亂之前，神智就已經失控了。妳當然看得出他在挑撥離間！他從來算不上眞正的軍人，也不是眞正的科學家或眞正的貴族，現在他連眞正的人類都不是。他一頭撞進力量裡，完全被吞噬了，現在只能被當成有狂犬病的狗一樣解決。等到他的末日到來，沒有人會爲他歌唱、哭泣或哀悼，而他清楚那一點。妳不能相信他說的任何一句話。」

她不理睬他的辯駁。他對她說謊，她竟然以爲他們之間或許有某種情愫存在。沒錯，她早就知道了，沒錯，整個考驗的用意就是爲了強力阻攔他，但他的其他一切感覺如此正確。她好生氣，根本沒辦法清楚思考，氣他說謊、氣自己相信那個謊言、氣整個世界，因爲她又只是爲了達成某人的目的被利用的工具。那股怒氣積在她胸口，感覺好痛。

「你今天早上帶杰克去哪裡？」

「我帶他到樹海。」

「做什麼？別說謊，德朗，因爲我會去找我弟弟，而他會告訴我實話。」

「我要他追蹤獵犬的蹤跡。」

「你瘋了嗎？他是個孩子！」

德朗的下頜頑固地繃緊。「他也是個變形者，聰明、靈巧又敏捷，他絕對沒有碰上任何嚴重的危險，我一直和他保持半哩內的距離。」

「所以因爲他是個變形者，就表示他可以犧牲？」她厲聲問：「或是因爲他是個雜種？」

「妳沒在聽我說話，杰克沒有危險。」

「對不起，我似乎誤會了，那些獵犬只不過是一些無害的毛茸茸兔寶寶，所以一小時前你才會流得我的廚房到處都是血。」

「那完全是不一樣的狀況，我被困在狹小的房間裡，無法使用電光，杰克當時在樹頂上，受到嚴格的命令，只要一察覺到獵犬，就會跑回我身邊。」

「那他可眞安全，在你拔出劍之前，牠們就會在樹海裡撲上他。」

德朗咆哮：「妳對孩子保護過度了，蘿絲，特別是杰克。」

她怒視他。

「他是個掠食者，已經八歲大，而喬奇十歲了。」德朗繼續說：「兩個人都沒有受過基本的自衛或劍術教育。喬奇不知道該怎麼正確地拿小刀，杰克告訴我他從來沒騎過馬，妳要他們怎麼活下去？他們不可能永遠躲在妳的裙子後面。」

她的聲音哽在喉嚨，有一秒鐘說不出話來。「你闖進我的生活，根本是強迫我接受你，現在還質疑我養育弟弟的方式。你天殺的以爲自己是誰？你來試試看，德朗，你試試看在你該死的十八歲，母親死了、父親離家、做著連最低薪資都不到的工作，每天晚上累到站不住，外面還有半個鎮的人四處追獵妳，想把妳賣給出價最高買主的情況下養大兩個男孩！」

「我不是說妳做得不好，但妳不可能教會他們每件事。」

「在我把你扔出去之前，回答一個問題，」她從緊咬的牙關間擠出話來：「爲什麼找上我們？爲什麼找上我？爲什麼搞出這整齣求婚鬧劇？」

「獵犬受魔法吸引，我追蹤牠們的蹤跡到一棟房子，」他說：「然後一位美麗的女孩走出來，拿起一把十字弓對準我，宣稱她不會和我上床，於是我將計就計。」

「你將計就計。」她的語氣滿溢苦澀。「你知道我有多害怕嗎？我有多害怕你可能會拖我走，留下孩子們，或者你可能會殺死他們？你知道你的將計就計讓我有多緊張嗎？出去。」

他在門廊上坐下，微笑，對她露出牙齒，彷彿出鞘的劍光。「我不這麼認爲。」

「什麼？」

「我們有個協議，我沒有打破，所以違約的責任在於妳，因此妳必須退還租金，但妳辦不到，妳已經把錢花掉了。」

她張開口，又緊緊閉上。「你會拿回你的錢。」她終於擠出一句話。

「在那之前，我會留在這裡，不管妳喜不喜歡，我都會保護你們，而且我會利用任何理由來達成這個目的。此外，妳受誓言束縛。我們都同意要完成三項考驗，而我期待妳提出第二項考驗。」

「我玩夠了。」她說。

「我還沒，世界並不是繞著妳的一時興起打轉。」

「滾！」她命令。

「天殺的白痴才會走。妳是獨一無二的，蘿絲，我想要妳，而我會想盡辦法擁有妳。」

「我不想要你。」

「就算那樣，妳還是必須繼續進行那些考驗。如果妳不那麼做，就會有魔法報應，而我們都不知道報應會以什麼形式出現。妳和我可能都會死，到時妳的弟弟要怎麼辦？」

她再一次被逼進牆角。「我恨你。」她說。

他對她露出愉快的微笑。「比起無動於衷，我寧可要這個，不過我真心覺得，妳不像小孩一樣尖叫亂發脾氣時要迷人得多。」

「如果我不尖叫，就會炸了你。」

他躍下門廊，逼近到她面前。「動手，妳想要做到那種程度，那就動手，但妳不會喜歡接下來的結果，我不是妳以前遇過的那種本地小男孩，我知道怎麼自衛。」

魔法在她全身閃耀，他的魔力在周圍爆發，她咬緊牙。

紗門砰地打開，杰克的聲音響起：「奶奶叫我告訴你們吵架請安靜一點，你們會吵醒喬奇。」

蘿絲閉上眼，逼自己慢慢吁氣。她聽到德朗呼出口氣，感覺到他壓迫性的魔力褪去。

「等喬奇一醒來，你就會知道自己的考驗。」她終於能開口時，冷靜地說。

「我很期待，我的坎邁廷夫人。」他說。

她大步越過他身邊，進入房屋，小心翼翼地關上門。

第十八章

喬奇在隔天早上十點左右醒來，蘿絲在那之前已經檢查過他的狀況三次了，等到終於看見他的藍眸回望自己，她的膝蓋虛軟，不得不靠向門框。

「啊，你醒了，」她說：「感覺怎麼樣？」

「還好。」他說。

她走過去坐在床上，嘴唇印上他的額頭，感覺他乾爽而溫暖，沒有發燒的跡象。「德朗說你呼喚他。」

「他比較近，」喬奇低聲說：「我找不到妳，妳太遠了。」罪惡感揪住她。「對不起。」

「發生什麼事？」他問。

她告訴他。

「我本來想告訴妳狼和蓋茲洪的事，」他說：「但是妳得趕著去工作，後來我就忘了。」

「對不起，」她又說一次：「下次你有重要的事告訴我，無論如何我都會聽。聽我說，我去準備一些茶和漏斗蛋糕【註】，然後你可以把所有事都告訴我。」

「有漏斗蛋糕？」喬奇的眼睛發亮。

「我特別為你做了一些，你是英雄，英雄永遠有漏斗蛋糕吃。」

她回來後，他一邊咬漏斗蛋糕、喝覆盆子茶，一邊告訴她事情的始末。他說得越多，她腦中的畫面就越清晰。

「我懂了。」她終於說。現在她非常瞭解了：德朗跟蹤她到殘境；他頑固堅持要住在她的家裡，她仍然很氣他，非常、非常生氣，但他某些行爲終於有了意義。

她很後悔發了脾氣。過去幾天發生了許多事：德朗的出現、獵犬、失去工作、喬奇遇襲，光是任何一件事都足以讓她緊張，而全部加起來讓她成了一個情緒壓力鍋，必須以某種形式宣洩這一切。她只希望不是以那種方式表現在德朗面前，他無疑覺得她在鬧脾氣。當妳咆哮得太大聲，根本不被當一回事時，很難說服某個人聽妳說話、離開妳家。

「所以現在怎麼辦？」喬奇問。

「現在我需要你幫我進行第二項給德朗的考驗。」她遲疑了。「你覺得你有力氣走動嗎？」

喬奇點頭。

「很抱歉要你做這件事，但我需要你到門廊來。」

「我要先去廁所。」他說。

「需要幫忙扶你過去嗎？」

喬奇盯著她許久，她嘆氣，讓他自己來。等她終於結婚時——如果她能結婚的話——她希望第一

編註：漏斗蛋糕（Funnel cake），雖名爲蛋糕，但更像油炸甜甜圈，漏斗之名源於店家多用漏斗盛裝麵糊淋入油鍋，麵糊炸得酥脆起鍋後灑上糖粉即可食用。

個小孩會是可愛的小女孩，可愛甜美無害的小女孩。

艾麗歐諾走進廚房，堅定內心立場。她只有幾分鐘，等等蘿絲就會從喬奇的房間回來了。德朗看到她來便起身微微行禮，露出淺淺的微笑。「日安，夫人。」他以法文說。

「日安，先生。」她在椅子上坐下，繼續以法文說：「我想談談我的孫女。」

他的表情變冷，保持著微笑，但多了一絲貴族想要用客套結束話題時會採用的冰冷禮貌。

「我希望你不要誤會，」她繼續說：「我並不是打算幫你們兩個牽線約會，剛好相反。」

他的眉毛微微彎起一吋。他眞是個英俊得刺眼的男孩。「妳認爲我配不上令孫女，夫人？」

艾麗歐諾偷偷哀號，她完全沒有經驗。「我完全不懷疑你的家世，只是希望你清楚瞭解狀況——當然，如果你願意聽的話。」

「我洗耳恭聽，夫人。」他對她保證。

艾麗歐諾深呼吸。「我的丈夫在我們婚後丟下我好幾次。我這麼說並不是爲了博取同情，只是陳述事實。他非常愛我，但更愛海洋。由於沒有他的日子讓我很痛苦，所以我盡力用對家庭的責任養育我的兒子。不幸的是，我徹底失敗，約翰就像他父親一樣，常常拋下妻兒。蘿絲從小就瞭解『父親』在生活中只會偶爾出現。」

她沉默下來，找到正確的字眼比她以爲的更難。「抱歉，這對我很困難。蘿絲的母親因爲她雙親的突然死亡受到強烈的打擊，她在死前那幾年裡想盡辦法，用各種方式傷風敗俗——通常是在任何願意和她上床的男人懷裡尋找慰藉。最後就連那帖藥都失效，而她死了。蘿絲當時還是個少女，而男孩們只是嬰兒，因此我的孫子們同時被他們的母親和父親拋棄。」

她看著他，但德朗的表情一派有禮，差不多和水泥塊一樣透明。

「然後蘿絲放出白色電光。你必須瞭解，爵爺，距離上一次能放出白色電光的邊境人出現，已經超過了一百年。她只是個孩子，還不到十八歲，根本還沒準備好應付後果。因爲她母親放蕩的舉止，大家都以爲蘿絲是婚外情的孩子；一夜之間，她成了值錢商品。首先，她的電光讓每個家庭都渴望得到這個強大助力；再者，她的魔力暗示她可能擁有貴族祖先；第三……我的孫女很漂亮，而我相信你沒有忽略這一點。」

「的確，夫人。」

他的語氣完全中立又和善。如果他再喊她一次夫人，她只好拿東西砸他。

「蘿絲的生活很糟糕，」艾麗歐諾直言：「有將近一年的時間，她成了眞正的獵物，邊境人的家庭因爲她的力量想要她，異境交界地區的貴族家庭想要她來繁衍子嗣，而那些不想要她的人討厭她。嫉妒可以是非常可怕的東西。她母親輝煌的事蹟已經讓她成了異類，而電光讓問題更加惡化。她僅有的幾個朋友拋棄她，而她的男朋友——那個爛東西——背叛她。我們經歷過一次包圍和縱火，遭到排擠。奴隸商人是目前最糟的。他前來假裝追求蘿絲，答應要保護和接納她——那是她迫切想要的——就算沒贏得她的心，也差點就得到了她的理智同意。幸運的是，他的身分曝光了，但傷害已經造成。她一再地學到教訓：不能信任人，特別是男人。我眼睜睜看著這些傷害發生，卻沒辦法阻止。終於在混亂的一年過後，一切穩定下來。我兒子那一年留在她身邊，就連他也瞭解少了自己，全家人不可能撐過這場風暴。那是他和孩子相處最久的一次。然而，一等風頭稍緩，他就逃了。他在半夜逃離自己的孩子，再一次將男孩們丟給蘿絲照顧。」

她深呼吸。「那是終極的可怕背叛，爵爺，那傷蘿絲非常深，而她決心不計代價要避免弟弟們受到這樣的傷害。她擱置自己的人生，確保弟弟們絕對不會嚐到被拋棄的滋味。少女是充滿夢想的生物，爵爺，那些女人一腳踩在幻想世界裡，在見到的所有英俊男孩身上尋找眞愛的樣貌。蘿絲沒有幻想。經歷過她那些折磨的女人應該變得苦澀而憤世嫉俗，但她沒有。她很親切、甜美、無私又慷慨，而我每天爲此感謝我的幸運之星。」

怒火讓艾麗歐諾站了起來，他跟著起身。

「我相信你在追求女性青睞這方面無往不利，」她說：「也相信你在走過的路上留下一長串的破碎芳心，而你或許會回頭欣賞，回想過去的戰績。對某些年輕女人而言，爲你這種男人神魂顚倒或許很刺激，甚至可以好好幫她們學會關於男人的本性，但是蘿絲沒有幻想可以安慰她，也沒有父母可以支持她。如果你傷了她的心，會讓我的孫女崩潰，那會完全毀了她，讓她變成充滿苦澀的廢物。所以我懇求你，爵爺，別再打擾她。你不需要她的芳心作爲戰利品。要是你不肯，我發誓會用盡最後一口氣來詛咒你。我們都知道那種詛咒有什麼威力。」

德朗鞠躬。「我會愼重考慮妳的忠告。」

她低聲咆哮，怒氣沖沖地走到屋子內部，不確定自己做的是傷害或幫助。

蘿絲將頭探進廚房，德朗坐在桌邊，眼神沉浸在思緒中，嘴角彎起微笑。

「到外面來，」她說：「我們必須在庭院進行下一項考驗。」

他跟著她走到門廊，她在椅子上坐下，他靠在欄杆上。她凝視籠罩在晨霧中的樹海。

德朗清清喉嚨。他們在早餐時成功地沒和對方說半個字，現在他似乎有話要說。

「我昨天脾氣失控了，」他說：「在此致上我最誠摯的歉意，那往後不會再發生。」

「我也很抱歉，我不該那麼……誇張。」

兩人看著彼此。

「撇開我的行爲不談，」他繼續說：「我說的每句話都是認眞的。」

她抬高下頷。「我也一樣。」

「很好。」

「確實。」

他靠回去，而她在門廊階梯上選了一個離他最遠的位置。

「另外，」他稍微停頓之後說：「妳的漏洞蛋糕很美味。」

「是漏斗，漏斗蛋糕。我會給你食譜，那和鬆餅很像。」

「謝謝。」

他們沉默地坐著，她先打破了僵持。「在蓋茲洪等待時機下手時，你不覺得我們進行考驗很危險嗎？」

「我們已經毀了他一大堆獵犬，」德朗說：「既然我是他的首要目標，他必須在再次下手攻擊前重建武力。我們這兩天很安全，或許三天。」

或許會比那更久，蘿絲略帶滿意地想。昨天和德朗吵架之後，她幾乎把所有時間都花在講手機上。她的話在邊境沒什麼分量，但奶奶不一樣，現在邊境人知道了威脅的名字和其目的，蓋茲洪會發現下一個晚上要在東門區找到獵物很困難。

「所以他現在很脆弱，」她說：「我們爲什麼不去找他？」

冰冷的綠眸盯著她。「我會去找他，但我不知道他在哪裡，而妳弟弟在我們上次探索的時候沒辦法找到氣味的蹤跡。」

「當然，將你的失敗怪罪到孩子身上。」

「我不怪任何人，妳覺得在這次考驗加上一個額外賭注如何？」

「沒有其他交易，坎邁廷爵爺，你不能信任。」

他似乎不受她無禮的評語困擾。「如果我贏得這項考驗，我會留在妳家裡，而妳的家人要協助我努力解決蓋茲洪；如果我輸了，我會爲你們三個人簽立公民身分文件，那份文件能夠讓你們成爲異境的合法公民，妳可以在那裡找工作，孩子們可以去上學。」

她閉上嘴，呑下挖苦的回答，腦袋飛快地轉過所有可能性。「那只會置我們於一個你擁有最大權力的地方。」

「剛好相反。首先，我已經發誓如果失敗，就不會再來煩妳；再者，既然你們將成爲公民，異境法律會保護你們，如果我出現在妳家門口，妳可以用騷擾罪名要人逮捕我。考慮一下，蘿絲。妳已經丟了工作，很可能找不到下一份，而無論妳怎麼強迫孩子們假裝他們沒有魔力，他們都有。他們無法永遠住在殘境，沒有魔法會慢慢扼殺他們。看看妳背後。」他舉起手，朝房子畫了一個圈。「這就是妳將就的地方，妳眞的想要成就一番事業嗎？」

他每件事都說中了。「你要怎麼保證我拿到的這份文件不是一張廢紙？」

「我會蓋上坎邁廷的印信，身為伯爵，我有權力這麼做。」

「你不是眞正的伯爵，坎邁廷伯爵只是虛銜。」

他瞪著她。「而妳從哪裡知道這個小常識的？」

「我在書上讀到的，」她說，努力用語氣凍僵他。「就算是我們這種無知的人偶爾也會讀書。」

「顯然讀得不是很仔細，」他說：「虛銜是因爲某些功績和一些其他作爲所授予的，一名有虛銜的貴族和正式世族可以行使的貴族權力完全一樣，去查妳的書。」

「別動。」

她咚咚跑進房子，差點從祖母身上踩過去。

「沒事吧？」奶奶問。

「一切都很好。」蘿絲爬上閣樓，抓起厚重的百科全書，辛苦地爬下來。如果他說謊，她會把他的頭壓到書上看清楚。

她拖著長滿灰塵的一大本書到門廊上，放倒在木頭地板上。

今早的首次，德朗露出頑石般決心以外的一點情緒。「老天，妳從哪裡找到那本古董的？」

「不關你的事。」這是她用蘭德．麥克納利地圖集【註】、兩瓶番紅花粉和一瓶三公升的瓶裝百事可樂換到的，蘿絲翻開索引，找到艾朮昂里亞的公民身分文件，第一千七百四十五頁。

譯註：蘭德．麥克納利（Rand McNally）是美國知名的街道地圖出版公司。一八五六年在芝加哥創立。

「那看起來有兩百年歷史。」德朗說。

蘿絲掃視過頁面，大聲朗誦：「公民身分文件——一份合法賦予所有艾朮昂里亞公民權利和義務的文件。公民身分文件可以由以下的官方單位頒發：戶政辦公室，以人口部長的印信爲證；內政辦公室，以國土部的印信爲證；或國家貴族，以該貴族的家族紋章爲證。只有伯爵階級或以上的貴族有權力簽署公民身分文件，以下是在本書出版時出版社確認擁有這項權力的貴族名單。」她掃視名單，找到坎邁廷伯爵的名字。

「滿意了嗎？」德朗不是滋味地問。

如果她放過這次機會，會一輩子唾棄自己。這麼做有缺點嗎？

「說定了嗎？」他問。

「說定了。」說出那句話差點噎死她，蘿絲逼自己微笑。「你這次絕對贏不了。」

喬奇選在這一刻走到門廊上，看見德朗，走過來，不發一語，直接抱住他。德朗睁大了眼睛，慢慢張開雙臂抱住喬奇。

這是奇特的一刻，一個瘦小、脆弱的金髮孩子被一名高大強壯許多的金髮男人抱在懷裡。如果喬奇的魔法沒有出問題，他將擁有光明的未來。

蘿絲嘆氣，走向木屋。「喬奇，把克利特爺爺的事告訴那個貴族。」

德朗鬆開手，喬奇坐在他身邊的門廊上。

「他很高大，」喬奇說：「很擅長使劍，他有很多把劍。」

「像我一樣？」德朗問。

「不，他的劍比較細長，婆婆還保留著。」

「細劍。」德朗猜想。

喬奇點頭。「他以前很喜歡笑，還會說故事給我們聽。他是個海盜。」

「私掠船長，」蘿絲糾正，推開最後一塊結界石。「喬奇，準備好抓住爺爺了嗎？」

喬奇點頭。

蘿絲用雙手抓住沉重的門閂，往旁邊拉開，門倏地飛開，克利特爺爺衝出來，背後拖著鐵鍊。

德朗跳起來，越過喬奇，手上握著小刀。

爺爺衝到鐵鍊拉到最長的範圍，頸圈將他往後扯，爺爺被扯飛，他立刻翻過身，像動物一樣咆哮，長指抓向半空，糾結的鬍鬚顫抖，同時使勁拉扯鍊條，用泛黃的獠牙咬著空氣。

蘿絲嘆息。

爺爺的尖耳朵扭動，轉身撲向她。她站在原地不動，他一頭撞上距她一呎的隱形牆，倒在地上。

「不行。」喬奇說。

「但我要我的啤酒錢。」爺爺呻吟。

「不行，」喬奇悲傷地再說一次：「你最好坐下。」

爺爺盤腿坐下，前後搖晃。

德朗從門廊跳下來，走近他們，盯著爺爺。「他的耳朵一直都是尖的嗎？」

「後來才變成那樣，」蘿絲說：「鬍子和頭髮也是，他死的時候刮得很乾淨，還有爪子，也是死後才長出來的。」

「你叫什麼名字？」德朗問。

「請回答德朗。」喬奇說。

「凱德蒙．克利特．崔頓，」爺爺悲傷地說：「凱德蒙源自英文，意思是戰役；克利特源自希臘文，意思是輝煌。」

「他還有記憶？」德朗問，語氣不帶感情，沒有絲毫變化。

「非常零散，」蘿絲伸出手，拍拍爺爺糾結蓬亂的頭髮。「大多數時候，他想到酒吧去，有時候是旅店，他必須在他們的武裝船『艾絲梅拉達』出航之前去見他的朋友康諾。他記得我們是誰，也記得……和喬奇一起被你救出來的女人。他只要看到她，或是我提起她的名字，他就會開始哭。」

她覺得自己快哭了，吞下喉中硬咽。「喬奇不喜歡讓東西死掉。」

德朗的綠眸打量她。「還有其他的？」

「沒有人類，小鳥、小貓，他覺得可憐的小動物。」

德朗的臉色沉下來。「有多少？」

「我們不知道，他都藏起來了。」

喬奇轉頭看著草地。

「我弟弟的心地很善良，」蘿絲說：「但他無法放下自己賦予生命的東西，我們努力解釋、獎賞和懲罰，他知道維持那些生物的生命正汲乾他的生命力，自己快死了，但他不知道怎麼放手。你要考驗，這就是考驗——從我弟弟手中解救他自己。」

德朗坐在喬奇身邊，同時蘿絲趕爺爺回木屋裡。她聽見德朗輕聲說：「你不希望祖父死掉？」

「不。」

「所有的東西都會死，喬治，那是世界的自然秩序。」

祝你好運，蘿絲想，這件事他們已經談過幾十次了，根本沒用。

「誰決定的？」喬奇輕聲說。

「大自然，那是人類生存的方式。」

喬奇搖頭。「事情不必像那樣，我不希望那樣。」

他起身走進去。

德朗皺著眉坐下，手臂靠在膝蓋上，當她從他身邊經過，正要走進屋裡時，他說：「我需要一些材料，請妳幫我準備會太麻煩嗎？」

她停下腳步。他的確有某種計畫。「你需要什麼？」

「藍色蠟燭、一個金屬碗或大鍋子、某些藥草、一個臉盆，越大越好，還有一些其他東西。」

那似乎相當明確。「你有多肯定那些獵犬不會發動攻擊？」

「非常肯定。」

「既然如此，穿上愛咪給你的衣服，我帶你去沃爾瑪超市。」

十分鐘後，他們都上了卡車，她的駕駛座沒那麼小，但德朗讓車內空間感覺擁擠狹窄。她發動引擎。「你以前坐過車嗎？」

「沒有。」

蘿絲朝那些槍點頭。「你會用槍嗎？」

他拿起一把獵槍，上保險，裝塡子彈。

「很好，把獵槍拿開，麻煩繫好安全帶。」

兩人沉默地行駛幾分鐘。「爲什麼突然這麼和善？」德朗問。

她不看他。「你覺得喬奇還有多久時間？」

「很難說，我不知道他的能力是什麼，有多少對象在吸取他的生命力，還有吸了多久，但從虛弱的生理狀況判斷，我會說不到六個月，他像羽毛一樣輕。他做不到兩個伏地挺身，而且很快就疲倦了。我本來以爲他貧血。」

「這是你要的答案，」蘿絲說：「我痛恨這麼說，但如果你眞的覺得可以說服我弟弟停止慢性自殺，就算會浪費我一項考驗我也會幫你。」

她繼續開。「你什麼時候看到他做伏地挺身的？」

「兩天前妳在做晚餐的時候，我給他們兩個人各一把小刀，要他們做一些基本動作。杰克是天生的殺手，喬治每幾分鐘就得坐下休息。」

「那幫不了你。」蘿絲說。

他抬起眉。

「和孩子們做朋友幫不了你，」她解釋：「我們不會和你離開。」

「我和孩子們做朋友是因爲我想，並非每件事都出於算計。不過我明白妳爲什麼會那麼以爲。」

「喔？」

「今天早上妳在陪喬奇的時候，我和艾麗歐諾夫人談了很久。」

噢，是嗎？他真的很擅長花言巧語，但如果他以為奶奶會加入德朗後援會，最好三思。「她對你說了什麼？」

「很多事。妳祖母非常掙扎，她不確定應該鼓勵或勸退我，所以她兩者都做了一點。」

她瞥向他，兩人的視線接觸，而她不喜歡在他眼中看到的神情——意志非常堅決。她困擾地轉頭看路。

「妳很難相信任何人，」他說：「我的欺騙更是雪上加霜。我對此相當抱歉，但那是必要的。」

「你不斷那麼說，卻沒有告訴我原因。」

他一言不發。

「那很明顯，」她說：「你知道那些怪獸對整個邊境都是威脅，我明白我們對你來說不值一提，但你難道不能至少出於基本的人道，事先警告我們嗎？」

「我有，」他說：「你們沒有執法單位，也沒有中央政府，所以當我一進入邊境，就到你們的教堂去，你們的牧師看起來是個講理的人，我告訴他邊境需要疏散，他點點頭，拿出一把槍，對我開了二十二槍。等他發現子彈無法傷害我時，就把手槍丟向我，罵我是魔王的手下。」

蘿絲皺起臉。「那是因為本地的牧師喬治．法洛幾乎瘋了。他每個星期天都在講述地獄之火和下地獄，在教堂裡找和撒旦一起反抗上帝的墮落天使，他相信他們正在追捕自己。他或許以為你是個邪惡天使。」

「我懂了。」德朗冷淡地說。

「除了一些老太太之外，沒有人去他的教堂。」她說，很清楚這麼說對情況毫無幫助。

「所以我去了所能找到最大的房子，我的理論是，擁有那種規模房子的人在這一帶應該有些影響力。」

蘿絲的心往下沉。教堂附近就只有一棟大房子。「哪棟？隆恩家，有藍色屋頂那棟？」

「對。」

她差點畏縮。「那些狗。」

他點頭。「對，房子主人放了一群狗來追我，我猜他們也在期待撒旦的手下？」

「不，那棟房子裡有安非他命工廠，他們在製造非法毒品，整天都很亢奮，而且神經質地認爲殘境警察會以某種方式闖入邊境，查封那個地方。你試過找其他人嗎？」

「當我過馬路要找下一棟房子時，有個女人試圖開卡車把我輾過去。」

「你站在馬路中間！」

德朗的表情仍然不動如山。「接下來兩棟房子沒人理我，他們一看到我就躲進門。我決定不要繼續浪費時間，開始追蹤獵犬，我花了一天半釐清不同蹤跡，其中一頭帶我來到一棟獨立的房子前，有個女人走出來——就是那個打算把我輾過去的女人——宣稱她不會嫁給我，我最好離開，否則窗邊的兩個小孩會朝我開槍。」

蘿絲努力思考該怎麼說。他眞的試過了，比許多在他這種情況下的人更盡力。「你一定覺得我們都瘋了。」

「我的確起過那個念頭。我留在妳身邊，是因爲我在邊境無論如何都需要有個落腳處，我知道那些獵犬被妳的家人吸引，是因爲牠們的魔法在這一帶徘徊，而和妳昨天的說法相反，我不希望任何人受傷。妳讓我非常清楚妳認爲一個貴族應該有什麼樣的表現，如果我照著妳的認知表現，我猜我可以合理地預測出妳的反應，而我想知道妳爲什麼不肯嫁給我。我認爲妳非常迷人。」

啊哈，迷人，那實在太誇張了，接下來他會試著賣給她某棟位於內布拉斯加州的迷人海邊別墅。

「德朗，我和喬奇談過。我知道蓋茲洪說得沒錯：我是誘餌。不過放餌的人不是你，是他，他用威脅我來困住你，你不能出去找他，因爲你擔心他會攻擊我或男孩，所以你才跟著我到殘境，所以你堅持要住在我家裡，所以你趁我大部分時間都在殘境採購食物的那個早上，帶著杰克去進行探查。你連現在都努力這麼做，拿那些文件在我面前晃，確保萬一你無法完成考驗並保護我們，我們仍可以逃到異境。」

她瞥一眼他的表情就知道她猜對了。她停好車子。

「我們爲什麼停下來？」他問道。

「我們在交界線上。如果我們開車越過交界線，你可能無法活命——速度太快了。」她解開安全帶。「聽著，我明白蓋茲洪爲什麼認爲我是誘餌：他覺得我是垃圾和蕩婦，覺得我會束手就擒，乖乖讓你保護我，直到他決定玩夠了。我不懂的是，你究竟爲什麼會以爲我會那麼做？」

德朗解開安全帶傾身過來，擋住整個世界，距離太近了。

「你在做……」

他的嘴唇碰觸她，溫暖而誘人。她仍然對他很憤怒，但不知怎地，她的怒火沒有阻止她張開嘴讓他進入。不，怒火將她推向他，而她回吻，在想要甩他巴掌的衝動和品嚐他的亢奮中掙扎。他的手臂摟住她，將她拉近。她不確定自己是被困住還是被保護，或者兩者皆是，但那讓她覺得很開心，而她吻了他。

車子的喇叭聲對他們大響，兩人分開，一輛呼嘯而過的紅色卡車搖下窗戶，羅伯．西蒙安對他們吼了一些髒話，加速穿過交界線，進入殘境。

德朗咆哮。「我總有一天必須宰了他。」

蘿絲推他的胸膛。「如果你現在放開我，我會把這次非禮，當成你一時失去理智。」

他再次吻她，輕刷過她的嘴唇。

「德朗！」

他玻璃綠的眼眸嘲笑她。「我要妳確認我並不是一時失去理智。」

「你不必再假裝了，記得嗎？」她說：「我知道你並不是爲了我而來。你是爲了蓋茲洪而來，所以不用繼續誘惑遊戲了，我覺得很困擾。」

「這或許是我該表現出風度的時候，」他說：「我以前能這麼做，但不知怎地，我的技巧在妳身邊就不見了。」

「噢，拜託。」她翻白眼。

「我應該更婉轉一點，但我認爲除非我直白地說，否則妳不會懂我的意思。」

她聽過那些話。她花了一秒鐘，想起來在哪裡聽過——她在漢堡王外面對他那麼說過。

「妳是個易怒、頑固、活力充沛的女人。」

「別忘了粗野、無禮和沒教養。」

「只有在妳認爲適合的時候。妳在必要的場合很狡猾，直率到忘了圓滑的存在，憤世嫉俗、凶狠，我剛剛提過頑固了，對吧？」

「對。」她挖苦地說。

「妳也很聰明、親切、溫柔、美麗，始終有所堅持，就算在放棄比較有利時亦然。」

一絲暖意在她胸口蔓延，就算她天生多疑地認爲他在說謊，也無法完全撲滅它。他這麼說有什麼用意？

「妳也很有趣。」他說。

「噢，你覺得我很好玩？」

他對她露出充滿毀滅性、微帶邪氣的微笑。「妳不知道有多好玩。」

傲慢的混球。「而這一切代表什麼？」

「只是代表我打算擁有妳。」

她對他皺眉。

「我打算擁有妳，蘿絲，妳和妳那一身的刺。我是個討厭又頑固的混蛋，但我不是笨蛋。妳不可能眞的以爲我會放過妳吧？」

熱氣湧上她的臉，她知道自己臉紅了。德朗大笑。

「你不能擁有我，」她抵抗他的攻勢：「你騙我，我不信任你，我不會和你離開，也不會和你上床。現在放開我，離開卡車，我們要通過交界線，解決這趟行程。」

他們一起面向交界線，那對他來說會很辛苦。大多數異境的人很難適應邊境，更別說殘境，但他之前成功過一次，出現在漢堡王，找了布萊德一頓精彩的麻煩。不過，她還是必須非常小心。

「你上次試圖通過時發生什麼事？」她問：「這很重要。」

「疼痛。」他說：「我開始抽搐。我想我一度停止了呼吸，但記憶很模糊。」

這得花一番力氣，蘿絲將他的手指抓得更緊。「我們慢慢來，跟著我就好，如果你覺得快昏倒了，就告訴我。」

她從掌心輸出魔力，固定在他的掌心，向前踏出一小步。他跟著她，一小股魔力從他身上消失，她以自己的魔力取代，那感覺像是用鑷子勾住一根手臂上的血管慢慢拉出。

再一步。她再次爲喪失的魔力作緩衝。

德朗在冒汗。

再一步，蘿絲覺得她的身體在顫動，那震動沿著她的手臂往下，他瞥向她。她對他露出燦爛的安撫微笑。

慢慢地，他們一步一步穿過交界線，當德朗體內最後一道魔光消失，她將自己所有魔力傳輸給他，再一口氣，他們走出來了。

德朗晃了晃，搖搖頭。「這次輕鬆多了。蘿絲？」

她坐在草地上，努力壓下腹部劇烈的疼痛。「等我一下。」

他在她身邊跪下。「妳還好嗎？」

她壓下肚子裡充滿尖刺的糾結。「沒事，只是殘餘震撼。帶人穿越交界線比較費力，沒什麼。」

他將她抱起來。

「沒必要抱我，」她告訴他：「疼痛沒有實質的傷害，而且已經在減輕了。」

他不理她。「如果妳放手，會有什麼結果？」

「你可能會死，」她說：「我的魔法會扯離你的身體，那股作用力會殺死你。」

「妳錯過了擺脫我的機會。」

「可惡，」她說：「我猜永遠有下一次。」

一會兒後，她要他放她下來，越過交界線去開卡車。

儘管是星期天早上，許多殘境居民都到教堂去聚會了，沃爾瑪超市的停車場還是停滿了車。

她推了一台購物車。兩人並肩走進去，德朗停下來，眼眸掃視人群，打量電燈、色彩鮮艷的包裝、右邊一排排亮晶晶的基本色系野餐玻璃器皿……他朝她伸出手，緊緊握住她的手臂。

「怎麼了？」

「太多人，」他低聲說：「太吵了。」

他的表情僵硬，她很確定如果他們在邊境，他的眼睛已經開始發出純白色的光芒。他看起來像個身陷敵區的士兵，認為每個走道後面都會有狙擊兵開槍，每塊地磚下都埋著地雷；他的魔力留在邊境、他的劍和獵槍，甚至她的手槍都留在車裡。要適應的東西太多了。

她慢慢推著購物車到一旁，靠近鮮花的展示區。「我們先停在這裡一下。」

他們並肩站著，觀察人群。幾分鐘後，德朗緊繃的肩膀放鬆下來。

「好一點了？」她問他。

「對。」

「我們先試著走一段，」她說：「慢慢來。」

他們沿著一條較寬的走道移動，一對年輕女孩迎面走來，瞠目結舌地看著德朗，輕聲竊笑，連忙讓出路來。蘿絲瞥向他，他把棒球帽忘在卡車上，垂落到肩膀上的頭髮用一條皮繩繫住。寬闊的肩膀在綠色的運動衫下繃緊，袖子捲到手肘，露出肌肉糾結的前臂，牛仔褲貼合長腿，殘境讓他褪去充滿銳利魔力的危險氣質和高高在上的完美儀態；在這裡他只是個男人，沒那麼圓滑，比大多數人更為性感，而且不像由冰河雕成的，氣質和其他人相仿。至於他渾身散發的凶惡氣質只是讓他對所有雌性更具毀滅性。

珠寶櫃的一名年長女人因為試圖吸引他的注意力，差點害自己脖子脫臼。一名正和購物車上的小女孩爭執的家庭主婦在他們繞過她時抬起頭，目瞪口呆。站在衣服架旁的女人挑高眉，將低胸白上衣拉得更低，露出堅決的表情尾隨他們。

正是他們需要的——更多的注意力。蘿絲猛地轉進一條位於鞋子區和運動用品區之間的走道，瞥向背後。六個女人跟著他們，有的遮遮掩掩，有的光明正大，這讓她惱怒到極點。

「我應該叫你戴上曲棍球面罩的。」她嘀咕。

德朗往後瞥，露出耀眼的微笑。其中一個女孩發出淒厲尖叫，彷彿一扇沒上油的門。有人喃喃地說：「喔，老天。」

「停下來！」蘿絲厲聲說。

「停下來什麼？」他轉向她，她發現自己面對那抹同樣的微笑。她可以盯著他一整年，絕對不會厭倦。「那個，」她堅定地說：「收掉。」

「這讓妳不高興?」

愛慕的人群似乎又增加了。「你在引發暴動。」

「妳認為如此?我以前從來沒引發過暴動。上次參加社交場合,我確實造成了一場鬥毆,有一大堆年輕女人參加的用意在引誘我結婚,而她們之中兩位的母親開始互毆,那很精……我是說,糟糕,糟糕極了。」

「對,」蘿絲以嘲諷的憐憫嘆息。「那麼有錢,英俊到令人暈眩,還有一堆女人追著你跑,眞是太可怕了,我的心為你淌血。親愛的小可憐,你怎麼受得了?」

「所以妳覺得我英俊。」

她眞的頓了一秒。「德朗,我沒瞎。」

他一臉噁心的沾沾自喜。

「噢,你夠了。」

「不只是英俊,而是英俊到令人暈眩。」他說。

他死都不肯放過她。她轉過身,用令人畏怯的輕蔑眼神盯著附近觀眾。「女士們,有點矜持。」

人群一哄而散。

「現在妳感覺到占有欲。」

「我想我比較喜歡你冷血貴族的模樣。」她搖頭,在購物車放進另一組藍色蠟燭。

第十九章

蘿絲從門廊上觀察德朗進行準備工作。草地中央放著一座充氣游泳池，直徑將近十二呎，高約三呎，水在午後的陽光下閃爍。杰克坐在左邊一棵松樹下，臉上帶著渴望的表情盯著水看，喬奇留在屋裡。他絕對不會拒絕出來——他太有教養，不會那麼做——所以悄悄躲在閣樓裡，可能是希望他們會忘記自己的存在。

紗門推開，祖母走到她身邊。艾麗歐諾看起來好多了，頭髮又吹高，腳步添了幾分活力。她看著草地。

「那男孩在做什麼？」

「照他所說，他在執行將我，以及我所有的刺據爲己有的計畫。」

奶奶眨眨眼。「他那麼說？」

「眞的。」而她是個愚蠢的傻瓜，因爲每次想到那句話，她的心跳就會加速。

「他很努力，嗯？」

蘿絲點點頭。

德朗買了捲尺，小心翼翼地測量從水池往外的距離，用白油漆在定點作上記號。接下來他砍了幾根大約兩呎長的樹枝，將兩端削尖，將樹枝敲進標記處。他將蠟燭插在樹枝上，然後在樹枝間掛上白曬衣繩。從高處的門廊望去，那些曬衣繩構成複雜的幾何圖形——一顆被圓圈包圍的七芒星，正中央則是水池。

「啊，那是符陣。」祖母說。

蘿絲以前試著研究過符陣，符陣是魔法符號，大多用在召喚和鍊金術，有些符陣代表魔法生物的眞名，有些引導魔力成爲特定的形式，那說有多無聊就有多無聊，但她逼自己學會了基礎。

「看來他用的是同一條繩子。」祖母低聲說。

蘿絲看出了繩結，視線努力順著曬衣繩望去，繩子延伸交錯、往下鑽、往上跨、又往下鑽，然後回到一開始的同一根柱子上。「對。」她說。

「的確是符陣。」祖母說。

「奶奶？」

「嗯？」

「男孩們有告訴妳蓋茲洪的事嗎？」

艾麗歐諾的眼神變暗，露出奇特的掠食者眼神。「有、有，他們說了。」

「他在樹海裡。」蘿絲說。

黑暗而驚人的魔法宛如黑色羽翼般，在艾麗歐諾四周盤旋。「當然。」她語氣平穩地說，表情駭人。「他還會在哪裡？他以爲自己能躲在我們的後院，是嗎？我們會找到他。一找到他，我會教他見識整個東門區的力量，懲罰他竟敢碰我的孫子和孫女，我要在事情結束前親眼看他哭出血淚。」

蘿絲發抖。

德朗從車道上走出來，從卡車上搬下烤肉架，放在七芒星的起始點，放了幾塊木炭進去，然後拿著裝滿藥草粉末的大金屬碗過來。

她們還有許多不知道的事，而德朗是找出答案的關鍵。

「他把我半間儲藏室的東西都放進那碗了。」祖母說，蘿絲偷看她一眼——黑暗的魔法彷彿從未出現般消失了。

在庭院裡的德朗用煤油浸透木炭，然後點火。火焰竄升，舔舐著煤塊。

「妳覺得他能幫助喬奇嗎？」蘿絲問。

「我們已經試過其他所有的辦法，讓他試試也無妨。」奶奶嘆息。「但如果妳不想跟他走，就不該繼續幫他。」

「我是爲了喬奇這麼做。」

「我知道，孩子，我知道。」艾麗歐諾拍拍她的肩膀，走進屋裡。

蘿絲跳下門廊，走近德朗。他用一支超大的叉子撥開木炭，在一整片火星後方瞥向她。

「你打算召喚惡魔嗎？」她問。

他皺起臉。「不是。」

「只是確認一下。」

他丟了一把藥草進火裡。

「但你正在召喚某個東西？」

「一個影像，我也將它連接到水裡。」他又丟了一把藥草到火裡，貪婪的火焰撲上藥草，往空中散出芬芳的煙霧。「問題是，我必須讓魔法越過交界線到異境中，那會耗費相當大的魔力，需要祭品，我不確定我現有的夠不夠。」

第一道魔力緩緩沿著曬衣繩盤旋，游泳池裡的水變暗。

德朗開始持續以平板的語調詠唱，她聽不懂那種語言，但可以感覺到他體內的張力和符陣中翻湧震盪的魔法波動。

他吟唱了將近半個小時，臉部因爲使勁而顫動。她坐在他身邊的草地上，他的聲音將她誘入某種恍惚狀態。他置身於芬芳煙霧包圍中，看起來不似凡人，宛如從童話中走出來的神祕巫師。

德朗將長髮緊緊扭成一束，抽出小刀割斷。

「啊！」一切發生得太過迅速，她只來得及驚呼。

「怎麼了？」他將頭髮丟進火焰中。

「你的頭髮！」

「那是我留長的原因，」他說，看向泳池裡的水。「保存魔力，三年分，但不夠。」

蘿絲站起身，收攏頭髮，伸出手。

他將小刀遞給她，她俐落一割，截斷頭髮，丟進火裡。

「大多數女人寧死也不剪頭髮。」他說。

「那只是頭髮，」她說：「爲了讓喬奇活下去，我願意犧牲更多。」

泳池中的水開始冒泡升高，變形成半透明的半球體。

某個東西撞上蘿絲的手肘，她驚跳起來。「杰克！」

他眼神嚴肅地看著她，伸出手。

德朗將小刀遞給她，她交給杰克。他從頭上割下一綹頭髮，丟進火裡，在火焰中燒成灰燼。

「好難聞。」蘿絲說，揉亂杰克的頭髮。

水流洶湧盤旋，最後再噴高一次，具現成形。

有人爬上了閣樓的梯子。喬奇從照片上抬起頭。閣樓屬於他和杰克，這是個神奇的地方，牆邊堆疊成山的舊東西——書、武器、生鏽的怪機器、圖畫、羊皮紙……閣樓下方的屋子被蘿絲打掃得一塵不染、井井有條，但這裡的所有東西都亂七八糟，布滿了灰塵。他喜歡上面這裡，很安靜，他可以作夢，有時候他想像自己和爺爺一樣當個海盜，在那艘裝滿財寶的船上；有時候他是爸爸那樣的探險家，有時候他是個惡魔……

一顆金色的頭冒出來，然後德朗整個身體跟著出現，他的金色長馬尾不見了，整顆頭看起來不太對稱，一邊的頭髮比另一邊長。

貴族頓了一下，打量昏暗的室內和寶藏，看著坐在一扇窄窗旁沙包上的喬奇。喬奇嘆氣，又要來一場「讓東西死掉，『順其自然』」的談話，他會點點頭，繼續做同樣的事，這是浪費時間。

德朗走過地板，在他身邊蹲下，看著他手上的金屬相框。喬奇交給德朗。

照片中站著的是克利特爺爺，非常高大，有一頭紅髮，他穿著鬆垮的深色長褲和輕便上衣，以時髦的角度戴著三角帽，肩膀上架著一把卡賓槍——一種古老的滑膛槍——右手握著槍托，槍管橫過頸後，另一手握著一把長細劍，身體微微靠上去彷彿那是根手杖。他的眼睛閃爍著輕狂的笑意，奶奶曾說他的模樣就像長大的杰克穿著海盜裝束。當他第一次拖著這張照片下去給她看時，她彈了彈舌頭，說：「絕對忠實，又徹底不可靠。」在那之後，她一整天都沒有微笑，然後他把這張照片和他其他的東西都藏在閣樓裡。

「爺爺。」喬奇說，免得德朗沒猜到。

「我知道。」

「你的頭髮怎麼了？」

「我厭倦了。」

喬奇點頭，看著他，等待談話。

「我爲你弄了一個東西，」德朗說：「我希望你過來和我一起看。」

喬奇跟著他走出門。草地中間放了一個兒童用游泳池，四周是用繩子和木棍構成的複雜大圖案。他們穿過那些繩子，德朗跨過那些線，喬奇從下面鑽過去，然後兩人一起站在泳池邊緣。泳池中央升起了一個透明的半球體，所有的水都被魔法壓縮在一起。半球體裡面有一小群歪斜的木屋，四周是田野和森林，空出一片綠色平原。半球體頂端散發柔和的銀光。他可以看清楚村莊的每個細節，從牆上的石頭到四處奔跑的小動物，形態有如小人的狐狸披著紅色、棕色和黑色的毛皮，這些生物各自進行著小型任務，提水、耕田、修理茅草屋頂。喬奇入迷地注視著。

「那是什麼？」他終於問。

「這是一個意想世界，你知道什麼是電腦嗎？」德朗問。

「知道。」

「這很類似，是異境版本的電腦，只不過和電腦不一樣，意想世界有非常特定的目的，只做一件事，但表現得非常出色。我在中學畢業時做了這個，作為我的畢業作品。」

「你花了很多時間嗎？」

「兩年，這個意想世界的本體在我的房子後面，這只是摹本……副本，這是那具水和魔法構成的儀器的精確影像，透過魔法和本體連結。你可以說這是一個立體投射影像。就實際用途而言，和實際操作儀器幾乎一樣。」

喬奇看著狐狸搬著長花梗回到自己的木屋。「他們是活的嗎？」

「不，它們是魔法產物，嚴格來說並不真的存在。就算你想打破這顆半球也沒辦法抓一隻出來，這整個東西只會變暗。看這裡。」

德朗走到一旁，半球體從那裡突出一塊水狀的控制面版。「意想世界是一個模擬器，讓你研究文明的過程，看它可能發展的方式。你可以控制世界，讓它下雨或製造乾旱。這裡。」他轉動一個刻度盤。

洪水在半球體中升起，湧過田野，狐狸爬到木屋上。他往另一個方向轉，洪水退去。

德朗輕敲按鍵，半球體的內部回旋，形成一座有花園和雕刻白塔的白牆城市。「這是座預設的標準城市。一切進展順利，食物充足、天氣溫和、文明繁盛。」

喬奇看著城市幾分鐘，小狐狸穿著淺色衣袍，在花園裡對學生講課、大步穿過市場、在廣場上跳舞，同時另兩隻狐狸在彈奏形狀奇特的樂器。

德朗按下另一個按鍵。

「看到這個符號嗎？」他指向一個小視窗裡的橫向雙圓圈。「我剛剛將它們的世代長度設為無限，它們現在永生不死了。可以殺死彼此，但不會自然死亡。我也把時間稍微加速，所以不用整個晚上看著同一個畫面。現在，這個城市被儲存在這個意想世界中。任何時候若你想要回到這裡，按這裡的按鈕，這個世界就會重新啓動。」

剛開始幾分鐘，什麼都沒發生，然後城市開始成長，占滿了原野，擴張、蔓延，越蓋越高。在二十分鐘內，城市完全吞噬了半球體。街道成為溝渠，高塔轉成高聳的機器，生物在擁擠的街道中蹣跚遊蕩，城市變得骯髒黑暗，建築開始頹圮。

「怎麼回事？」喬奇輕聲說。

「人口過剩。人太多了，食物或空間不足，老人不會死，而它們不斷生出更多子嗣。」

三十分鐘後，那些生物開始在街道上倒下，在泥濘中爬行，尋找食物碎屑。德朗伸出手，準備重新啓動半球體。

「不，我想看。」喬奇說。

「那並不賞心悅目。」德朗警告。

「我明白。」

德朗放開手。

槍火驟起。那些生物組成幫派，開始將彼此撕成碎片，吞吃斷裂的肢體。

喬奇踉蹌退開半球體，閉上眼睛。

「你不舒服嗎？」德朗問。

喬奇搖頭。它們吃掉對方，那些小狐狸吃掉彼此。

「那麼我們繼續，第二次。」

喬奇看向半球體，剛好看見黑暗盤旋，完美的小城市重新出現。

五分鐘後，其中一隻狐狸開始咳嗽，咳嗽擴散，先傳染給了鄰居，然後越來越多，席捲整座城市。

「瘟疫，」德朗解釋：「它們病了，卻死不了。有時候死亡是唯一能停止傳染蔓延的方式，這種疾病無法完全殺死它們，卻也無藥可救。」

他們看著狐狸們在黑暗中搖晃，悲慘地咳嗽，當它們開始筋疲力盡倒下時，喬奇要求他重新啓動半球體。

第三次實驗剛開始十分鐘的情況不錯，喬奇開始懷抱希望，直到一群較老的狐狸開始用樹枝打爛新建築。

「它們爲什麼那麼做？」喬奇問。

「不希望城市改變，」德朗說：「它們已經瞭解到如果繼續成長，很快會沒有空間。」

五分鐘後，有些狐狸被綁上鍊條，被迫送到湖邊，壓進水裡。

「爲什麼？」喬奇低聲問，看著它們被淹死。

「它們可能是那些希望城市成長的人，其他人必然決定人口必須保持原狀，城市只能容納那麼多狐狸，這是它們控制的方法。」

「但是……」喬奇咬住嘴唇，看著狐狸抱出小狐狸寶寶，一個一個丟進湖裡。夠了。他大步走向控制面板，按下重新啓動鍵。

德朗站起來。「我現在要進屋去。你知道該怎麼讓半球回復原始設定，這個咒語應該能持續一整晚，但我不認爲會超過十二到十五個小時，所以如果你想要多操作幾次，最好現在進行。」

喬奇感覺到蘿絲的手臂環住他自己。她抱住他。「快午夜了，你該進屋了。」

他搖頭。「沒關係，」他說，盯著半球體。「再一下子。」

「德朗和我決定今晚睡在門廊，確認你的安全。如果你碰到任何麻煩，就過來找我們，好嗎？」

喬奇回頭望，德朗和奶奶正在門廊上鋪幾條毛毯。

「好。」他說，手探向控制面板。如果他再重新啓動一次，或許一切就會變好。一定要變好，一定有辦法讓結局圓滿。

當第一道曙光染紅天空時，蘿絲醒了過來。喬奇坐在台階上，抱著膝蓋。她動了動，門廊另一端的德朗眼睛倏地張開，從蜷在他身邊的小山貓背上望向她。杰克一定是在半夜摘下了手環，或許是爲了留意哥哥的安全。

蘿絲掀開身上的毛毯，走過去坐在喬奇身邊。

「你熬了多久的夜？」

「一整晚。」

她瞥向游泳池，一座美麗的城市在半球體中閃耀。德朗昨晚向她解釋過那個概念——她當時正在替他修剪頭髮，讓髮型看起來對稱一點。她從窗口觀察喬奇大約一個小時，同時奶奶一邊碎唸，一邊左右走動，厭惡地攤手，努力將她粗魯剪斷的頭髮修剪成稍微比較能看的髮型。在那個小時裡，喬奇哭了兩次。蘿絲迫切地想去安慰他，但她的同情只會造成更多傷害。喬奇正在經歷重要的過程，而他必須靠自己撐過去。

現在他坐在她身邊，看上去似乎長大了一點，陰沉而近乎無情。

「每次都出問題。」他不肯看她。

「那座城市現在看起來很好。」她說。

「那是因爲我讓它們死亡，我將刻度轉回五十年，我必須那麼做，沒有其他辦法。」

她擁抱他，親吻他的頭髮。

「生命彌足珍貴，是因爲它很短暫，」她說：「就連恢復力最強的人都很脆弱。生命的重點不在於死或不死，而是在於活得好，喬奇，那樣活著，你就能自豪而快樂。」

喬奇挺起肩膀。

「我準備好了，」他說：「我只是想看看他們大家，最後一次。」

德朗在他們背後安靜起身，拿起了劍。

他們將爺爺從小屋放出來，接著走進樹海，杰克走在前面——一道貓似的輕盈影子，再來是她和一臉凝重的喬奇，然後是德朗，最後是一邊怒吼，一邊含糊自言自語的祖父。

他們走到一大片空地上，去年唐納文家的貨櫃在這裡燒成灰燼，差點讓整座樹海都跟著失火。

喬奇嘆口氣，張開雙臂。

一分鐘過去，又一分鐘，汗水在喬奇額頭凝結。

樹叢裡一陣騷動，樹枝分開，跑出一隻小浣熊進入空地。一隻鳥俯衝下來停在右邊，一群幼貓奔進空地，後面跟著一隻黑色的三腳老拉布拉多，幾隻松鼠匆忙跑出來……一隻頭形怪異的小狗……一個接一個，數十隻被喬奇意志修補的傷殘動物來到主人身邊，在他們四周坐成一個半圓。

蘿絲猛抽口氣。這麼多，噢，親愛的老天，竟然這麼多。他還活著是奇蹟。

喬奇走近坐在草地上的祖父，擁抱他。

「該是離開的時候了。」他說。

那個原本是克利特的生物以混濁的眼睛看著他。「我還會見到你嗎？」

喬奇搖頭。「不會。」

祖父垂下頭。「我累了。」他說。

喬奇將頭靠在祖父的肩膀上，看著那一排動物。

「等等！」奶奶的聲音響起。

蘿絲轉頭。艾麗歐諾在他們背後的小徑上，吞嚥一下，慢慢走過他們身邊，祖父看到她，淚水在眼中湧現，艾麗歐諾在他身邊站定，他擁抱她的腿，她拍拍他糾結的頭髮。

「好了，」她說，聲音顫抖。「你現在可以動手了。」

喬奇的嘴唇輕輕吐出兩個字：「再見。」

細微的聲響在半圓中響起，彷彿那些不能呼吸的不死生物同時吐了口氣。

那些生物倒在地上，爺爺往前癱倒，空地上瀰漫著腐敗血肉發出的甜膩惡臭。蘿絲乾嘔，野獸融化，斷裂殘骸流出的液體滲入地面，再一會兒，它們分解到只剩下骸骨。

在艾麗歐諾腳邊的祖父成了灰燼，她清空一只放在口袋裡的藥草袋，輕輕捧起一些粉末放進去。

喬奇晃了晃，蘿絲還來不及趕過去，德朗已經將他抱了起來。「這是全部了嗎？」他問。

喬奇點頭。

四個人轉身，走回屋子。

「蘿絲？」喬奇從德朗肩上抬起頭來。

「嗯？」

「從現在開始，我想要叫作喬治。」他說。

「好，」她說：「沒問題，喬治。」

他點頭，說：「我餓了。」

第二十章

蘿絲坐在門廊上，手上捧著一杯茶。屋裡喬治彷彿幾年沒吃過東西似地大快朵頤，而奶奶樂得在他和杰克的盤子裡堆上更多食物。

紗門打開，輕緩的腳步聲接近她，德朗在她身邊的台階坐下。

許久，兩人不發一語，然後她傾向他，嘴唇刷過他的臉頰。「謝謝你救了我弟弟。」

她在他來得及碰到自己之前抽開身。

「妳看起來並不開心。」他說。

「我很開心，只是……」她歪了歪頭。「我活在這份恐懼中太久。他六歲就開始讓東西復活，他今年十歲，這四年下來，我看著他衰弱，我知道那妨礙了他的發育，他或許永遠不會像原本那樣高大或強壯。」

「孩子的恢復力很強，」德朗說：「只要有適當的飲食和運動，他會順利長大。」

「我一直努力幫助他，」她告訴他：「我用盡一切想得到的辦法。有一次奶奶和我讓他睡了十天，希望他那些動物都會死掉，但它們只是繼續吸取他的生命力。這麼說聽起來可能很糟，但我已經說服自己他沒救了。我以為那是我唯一可以面對的方式，我從來沒有放棄希望和嘗試，但在內心深處已經有點開始認命了，知道有一天他會像蠟燭一樣燃燒殆盡。」她蓋住臉。「你救了他，你救了喬奇。我非常感激，我不希望你認為我不當一回事，我只是根本不知道該說什麼。我害怕相信這件事會發生，我應該更努力想辦法……我應該很興奮，可是只覺得……茫然、震驚。」

「像是一個賽跑選手的比賽突然中斷。」德朗說。

「對，我那麼想很自私又糟糕，我覺得很羞愧。我連爲什麼要告訴你這件事都不知道。」

他將她拉向自己，用壯碩的手臂攬住她的背。她推開他。

「讓我抱著妳。」他說：「我不會『非禮』妳。妳需要一個擁抱，只要坐在我身邊就好。」

他抱著她的方式有種寧靜的力量，而她倚賴這份力量，被他的溫暖和肌膚的氣息包圍。她從來沒有像這樣有任何人可以倚靠。他讓她感覺如此安全，甚至讓她害怕放手，深怕放手她就會痛哭失聲。

「當蓋茲洪救了威廉時，我也有同樣的感覺，」他說：「感覺自己像個人渣。我相信那不會有好結果，那時我就知道，但能說什麼？不，威廉，去死比較好？」

「蓋茲洪爲什麼那麼做？」她問。

「因爲我。我想他當時正計畫展開這一切瘋狂的行動，蓋茲洪比我大三十歲，受過良好的訓練，危險而懂得技巧，但他向來缺乏眞正精通一項武器所需要的堅持和紀律。他在狀態最好的時候很出色，但肉搏戰對他沒有好處。如果我們正面交鋒，我會撂倒他。他很清楚，所以想利用威廉來對付我，威廉使用任何刀劍都很致命，特別是小刀。」

「但威廉是你的朋友。」

他微微頓了一下。「在威廉獲釋之後，我曾在公爵閣下辦的一場正式晚宴上見過他，他以蓋茲洪養子身分出席，不肯和我說話。」

蘿絲望向他的臉。「我很遺憾，你有找出是什麼原因嗎？」

「沒有。我不知道他是因爲我沒有成功救他出來，或是因爲蓋茲洪對他說了什麼而生氣。接下來我只知道他們兩個都失蹤了。妳和他說過話，他說了什麼？」

「他通常是努力說服我答應他的約會邀請。上次他和我說話時，告訴我他想要我，是因爲孩子們和我是一起的，他說自己從來沒有家人，一直想擁有一個家，而我們符合資格。」

「哈，他只能失望了。」德朗以冰河般的熱情說：「妳屬於我，他不能擁有妳。」

嗯哼。「聽起來相當篤定，我在這件事上有說話的資格嗎？」

「妳當然有，」他輕聲說：「如果妳說不，我只能接受。」

他現在當然這麼說，但他發的誓言非常清楚。如果贏得挑戰，德朗就有權擁有她，她將成爲他的財產。不是妻子、不是朋友、愛人或平等的身分，是一項財產。

德朗總是計畫周詳。他發誓的時候並不認識她，或許認爲她神智失常，靠著他外型的優勢，以及她不敢賭到底，他盡可能以最小風險得到最大利益的方式說出誓言。眞希望當時拆穿他的虛張聲勢。他不會傷害孩子們，絕對不會，他會直接走人，但她就不會認識他了。蘿絲試著想像那一天他乾脆俐落離開的模樣，她的喉嚨縮緊，心跳加速。她往他偎近，不由自主地尋求他還在這裡的證據，然後瞭解到一個簡單的事實。

她愛上了德朗．坎邁廷。

但愛他與和他在一起並不是同一回事。他仍是個貴族，而她……沒有家產也沒有家世，不適合他的世界，就像他不適合她的。他想要她，因爲她是項挑戰，就像奶奶說的，德朗無法抗拒。一旦他得到她，然後呢？有一天他們會在彼此身邊醒來，他會是坎邁廷伯爵，擁有多到她記不清名字領地的領主，而她仍然只是蘿絲。

她吞嚥口水，在腦中描繪他走出門口，永遠不回來的畫面。焦慮將她的心緊緊擰住。

「我們之間沒有希望。」她輕聲說。

「希望總是存在，」德朗說：「儘管蓋茲洪很危險，但他也很不理性，那會使他變弱。」

她搖頭，逼自己推開他。他不懂。他一心只想著最大的威脅，她最好也這麼做。目前她不能將自己的擔憂告訴任何人，要優先處理蓋茲洪的問題。

「至於威廉，我不知道他天殺的在做什麼，但我不認為他在幫助蓋茲洪。」德朗說。

「怎麼說？」

「威廉是戰功彪炳的老兵，在紅軍服役超過十年。蓋茲洪在紅軍撐不到六個月，天殺的，他連在空軍的研究單位都撐不了多久。」德朗搖頭。「他只需要研究翼龍，卻連這樣都做不到。我看不起他，也不會忍受他的命令，我不認為威廉可以。」

「那他為什麼到這裡來？」她皺眉。

「我不知道。」德朗皺起臉。「我只知道等我找到他該怎麼辦。」

「要怎麼做？」

「我會打得他頭破血流。」

她眨眨眼。

「我放棄紅軍十一年的資歷，只為了收拾他的一屁……拯救他離開火坑，應該得到一聲謝謝，或者至少熱忱的對待。就算沒有，看在老交情，也該有些禮貌的小表示，比方一張紙條，上面寫上一、兩句：『我的養父打算帶著毀滅世界的儀器離開，殺死我們所有人，我猜你會想知道。』」

「或許他不知道。」

德朗嚴厲地看她一眼。「他知道。」

「你生氣有一部分是因爲他沒有感激涕零地謝謝你拯救他。」她說。

德朗咒罵。「我才不在乎。」

「那令你困擾，我也會因此困擾。」

一個瘦小的男人出現在道路另一端。他穿著有點凌亂──黑長褲、紅馬球衫，外罩一件深色皮革背心，上衣和長褲在他瘦削的體格上顯得鬆垮。他的頭髮稀疏，殘餘的短髮和修剪整齊的短山羊鬍散亂夾雜著灰白，五官散發著沉靜的親切，他牽著一匹馬沿路走向房子，對他們微笑，而下垂的雙眼一片漆黑。

德朗帶著掠食性的警戒專注看著那個男人。「那是誰？」

蘿絲嘆氣，她談話的機會消失了。「那是賈瑞米．羅夫達爾。」

「他爲什麼來這裡？」

「他應該是來帶祖母和男孩們到樹海之屋去，那是位在樹海深處被嚴密結界保護的避難所。」

「妳似乎不太相信。」他說。

「他有個計畫，」蘿絲說：「邊境是那種自力救濟的地方，但偶爾我們會碰上大到任何家庭都無法自行對付的威脅，這種時候，像我奶奶和賈瑞米這樣的人就會站出來，他們是我們的長老，總共有六個人，當他們取得協議時，東門區的人通常會仔細聽。」

「他們不會逼妳順從，會提出可行的選項？」德朗問。

她點頭。「類似那樣。我們那天吵架過後，我為了奶奶打電話給他們，他們自己開了一個會，認為我們的力量不足以正面對抗蓋茲洪，所以決定以智取勝。第一步是剝奪他的食物來源，想辦法餓死他和那些獵犬，他們『建議』鎮上所有的人撤離。昨天晚上還有點理智的人都打包了，今天早上，他們都開車離開，假裝要到殘境上班，但沒有人會回來。不過和往常一樣，有些人堅持留下，但你能怎麼辦？」她聳肩。「邊境人是化外之民，對我們某些人而言，房子和土地是我們僅有的一切，我保證，你可以用一堵火牆横掃整個東門區，有些比較死腦筋的人還是會堅守他們的產業。他們寧可被煙嗆死，也不願意離開。」

賈瑞米將馬繫在一棵樹旁。

「所以他到這裡到底想做什麼？」德朗問。

「賈瑞米希望說服你和我跟他一起到樹海之屋，其他長老都在那裡，他們想知道更多蓋茲洪的事，希望你提供幫助，而我是去保護他們不受你和蓋茲洪傷害，你讓他們很緊張。」

他的綠眸審視她。「妳希望我去嗎？」

蘿絲噘起嘴。「由你決定。我不想要求你做不想做的事，不過，是的，我希望你去樹海之屋。長老年邁且充滿魔力。他們無法正面攻擊蓋茲洪或獵犬，但我不會低估他們，何況我們沒有太多盟友。」

「我們？妳把我要打的仗也算到自己頭上？」

「他正在摧毀我家、吃我鄰居，還打算殺害我家人。我之前對你說過，我不打算束手就擒，而你需要我，德朗，你需要我的電光。」

他惡狠狠地瞪她一眼。

蘿絲翻白眼。「喔，充滿毀滅性的貴族眼神，我到底該怎麼辦？我必須說，我覺得快昏倒了。」

德朗低聲咆哮。

她拍拍他的手。「現在重新考慮『蘿絲，我會擁有妳』這整件事還不算太遲。」

「這招不賴。」他告訴她。

賈瑞米走近門廊。「嗨，崔頓小姐。」他以古老的南方口音說，慵懶、優雅，捲舌音有點含糊，彷彿剛從某座維吉尼亞州莊園走出來。

「嗨，羅夫達爾先生，」她說：「喝杯冰茶好嗎？」

「好，謝謝妳。」

當她拿著兩個玻璃杯從廚房走回來時，賈瑞米對她微笑。「坎邁廷爵爺和我正在討論樹海之屋的防禦措施，他說他想親自去看看。」

「他想去？」蘿絲欣然微笑，遞出茶杯。

「妳願意陪我們過去嗎？」賈瑞米問。

「我很樂意。」她說。

蘿絲走在德朗身邊，慢慢踏過堆積了數百年落葉的地。他們一行人組成細長的隊伍，賈瑞米牽著載滿他們行李的馬匹領頭，接著是奶奶，然後是喬奇，她和德朗殿後。他們一出發，杰克便變身成貓，在側翼潛行。她偶爾會瞥見一抹身影在一截斷木上躡足前行或爬上一棵樹，但他和環境完全融爲一體，她甚至不確定自己是眞的看見了他，或者只是想像出來的。

他們才走進樹海二十分鐘，景色變化已非常驚人。這裡的林木更爲古老，擎天巨木傲然俯視：桅杆般筆直的高大松樹、令人敬畏的邊境橡木、淺色的白楊木……森林充滿草綠、青翠和黃色，一片片絲絨般的青苔沿著樹皮往上攀爬，也覆蓋林地，當陽光穿過茂密枝葉的縫隙灑落到青苔上，鮮亮無比的苔蘚幾乎發著光。陰影中彷彿鉤織玫瑰的地衣在樹幹和岩石上宛如鮮艷的深紅牡丹般盛放，粗樹根交纏的幽暗深處，仙履蘭嬌弱的花朵從纖細花梗探出頭來，長著黃色、棕色和紅色蕈帽的蘑菇大如腳凳，一堆堆、一圈圈聚集著。風中充滿生命、綠意和魔法的氣息，盈滿蘿絲的胸口，帶走煩惱。她靜靜對自己微笑，跟著賈瑞米和奶奶繼續走，沿著她幾乎看不清楚的小徑前進。

「我太老了，不適合做這件事。」奶奶嘀咕。

「我明明記得妳這星期稍早才自己一個人走過同一條路。」賈瑞米說。

「噢，那倒是。」奶奶嘟囔。

「我一直覺得有些女人隨著歲月變得更迷人，」賈瑞米說：「就像好酒一樣。」

蘿絲翻白眼。賈瑞米．羅夫達爾在打她祖母主意。這世界到底怎麼了？

他們來到一片松樹林，這裡的樹非常茂密，接近樹根的粗短斷枝上掛著一串串灰白色的骨頭風鈴，每個風鈴都是用一個頭骨做成，掛在被許多小骨頭包圍的金屬鈴鐺下方。風鈴後方的森林不自然地靜止，連一根針葉都沒有動搖。

「這些樹被下了咒文嗎？」德朗輕聲問。

「骸骨結界，」蘿絲低聲回答：「非常古老、強大。」

他們在掛著風鈴的樹旁停下腳步，大多數的頭骨都是負鼠、狼、山貓，但其中也有人類，還有一個下顎巨大又出奇扁平的頭骨，兩根粗獠牙像軍刀一樣下彎。德朗朝古怪的頭骨點頭。「巨魔。」

「正是。」賈瑞米說：「大約五十年前有一隻巨魔從異境來到這裡，殺了兩個小女孩吃掉。」

「你們是怎麼打倒牠的？牠們的皮厚到子彈打不穿，大多數的毒藥也對牠們無效。」

賈瑞米從一根低垂的樹枝摘下一片寬闊的三角葉舉高，葉片比他的手稍大一點。「森林之淚。如果把這種樹的樹液加熱，就會變成凝膠，無色無味，非常黏稠。我們爲那頭巨魔準備了一頭剛宰的牛，底下鋪滿沾滿凝膠的這種樹葉。巨魔是很蠢的生物，牠趴下來享用大餐，樹葉黏在牠的手腳上，牠想要甩開，發現甩不開時便試圖用牙齒扯開，結果害自己的臉黏上葉子，然後牠驚慌地翻滾，終於全身都黏滿樹葉。原本的計畫是把牠悶死，但牠想辦法爬了起來，盲目奔逃，最後撞倒一根電線桿，把自己電死。」

「我開始明白了，沒人能騷擾你們的小鎮後全身而退。」德朗說。

「喔，我們只是純樸的鄉下人，」賈瑞米對他露出溫和的微笑。「我們不會輕易放過殺害孩子的人，但我們不管外人的事，通常都很無害。」

魔法流向他，形成在他身邊匯聚的深紅色霧氣。他朝天空舉起手，黑眸瞇成線，喝出一個字：

「破！」

魔力往上竄升，消失無蹤。半晌後，一具細長的身體從上方的枝葉間墜落，撞上地面。一隻吸血鳥，大約五呎長，淡藍色，看起來像是鸛，但尾巴不是正常羽毛，而是分岔成兩股蛇一般的長鞭，尖端是簇生的藍羽。吸血鳥猛烈地痙攣，斷裂的蝙蝠狀翅膀拍擊地面，牠沒有長喙，下巴非常長而窄，長滿了尖銳的針狀牙齒，猛烈爆發的危險魔法從牠身上射出，但完全碰不到賈瑞米。

「可怕的生物，還有污穢的魔法。坊間傳說被咬到的人也會變成吸血鳥，我這輩子沒看過這種事發生，但不會掉以輕心。」賈瑞米舉起獵槍，朝吸血鳥開了兩槍，牠抽搐一下，變得僵直。他又等了一、兩分鐘才走近屍體，從腰上抽出一把彎刀，一刀砍下鳥頭，拿起來扔向結界。鳥頭撞進樹海裡消失，風吹動風鈴，骨骸彼此撞擊，發出悶悶的碰撞聲。

「開啓結界需要鮮血。」賈瑞米說完朝吸血鳥猛劈，把牠像雞一樣切開，朝血肉模糊的肉塊點頭。「每個人拿一塊，支付自己的入場費，在血冷卻之前快動手。」

所有人一個接一個將殘骸丟向結界，當杰克從樹上爬下來，拖著最後一塊到魔咒結界，用毛茸茸的頭推進去時，風鈴靜止，但它們後方的森林甦醒過來，彷佛某人在看不見的遙控器上按下播放鍵，樹枝搖晃，小片紅葉從高枝垂落的藤蔓花冠上顫搖，落滿地，魔法像花朵一樣盛開。

「來吧。」賈瑞米命令道。

所有人都走進去，這裡的樹海變得更黑暗、更古老、更嚴厲，讓人根本想不到鎮上的道路距離這裡只有不到半小時路程。樹木現在變得非常巨大，需要好幾個人張開手臂才能圍起一棵樹幹，奇異的生物掠過樹枝：有些小而多毛，有的長滿鱗片，有的眼睛發出橘色和紅色光芒，杰克低聲嘶吼，用貓科動物的語言威嚇，德朗只好將他抱起來，不讓他亂動。

二十分鐘後，他們終於來到樹海之屋。那位於一座低矮的人造丘陵頂端，丘陵像是一座尖端被剷平的金字塔，一道有數百年歲月的木柵欄——上面塗上泥灰，避免濕氣和失火——包圍山丘頂端，底部長滿了苔蘚和灌木，試圖爬上柵欄；白色的花朵從柵欄間冒出，迎向陽光，彷彿一道綠色潮水沖上這道木牆。蘿絲只記得自己在非常小的時候來過這裡一次。

他們沿著金字塔一側利用放在那裡當作巨大階梯的古老石塊往上爬，木門咯嘎一聲打開，右邊立著一根歷經風吹雨打的圖騰柱，旁邊是裝滿石頭的篝火坑。一棵高大的橡木挺立，一座小木頭眺望台像樹屋一樣架在樹枝上；左邊是等待著他們的大木屋，木屋外牆上長了一層層苔蘚和地衣，整棟建築彷彿是從樹海地面長出來的，散布在後方的較小建築更強化了這個錯覺——這些建築配置的方式有如環狀聚生的毒蕈。

他們背後的木門關上，蘿絲轉身看見黎安拉上沉重的木門，另外幾個熟悉的人影在房子裡走動——都和她年紀相仿，大多是單身，擅長使用魔法。她突然意識到，這些都是最退無可退的邊境人。

「歡迎來到樹海之屋。」賈瑞米說。

第二十一章

李．史地恩自稱是半個切羅基族美洲原住民，但他的髮色、膚色和五官在在說明他比生麵團小子【註】還白，據說他的父母和切羅基族一點關係都沒有，不過不管在他的面前或背後，都沒有人敢這麼說。儘管年歲已高，他的皮膚依舊光滑白皙，幾乎和綢緞一樣，看著世界的那雙藍眼水汪汪的，頭髮是玉米般柔潤的金黃，整個人彷彿被太陽漂白。李別開眼，大家都知道，如果他覺得別人盯著他看太久會發脾氣。蘿絲在樹海之屋大廳一張老木桌邊的座位坐下，正好在他對面，小心翼翼地避免看著他太久。

盯著另外五名長老看也不是好主意。此刻屋裡有太多魔力，他們的表情太過陰鬱，不會容忍任何愚蠢行為。

蘿絲瞥向奶奶，艾麗歐諾謹慎地對她微笑，蘿絲盯著自己的雙手。

她清楚地感覺到動也不動坐在身邊、沒有絲毫不安的德朗。至少孩子們不用參加會議。黎安帶了肯尼．喬一起來，或許是長老有問題要問。喬治和肯尼．喬決定暫時以探索樹海之屋的名義停戰，輕鬆地溜走了。

「妳何不為這位年輕人介紹我們，蘿絲？」賈瑞米說。

蘿絲清清喉嚨。「我們正前方這位是亞黛兒．摩爾。」

如果奶奶是假裝成樹籬女巫，亞黛兒就是貨真價實的樹籬女巫。以一名年長的女人來說，她很高，膚色和咖啡渣一樣深，及腰頭髮綁成灰色的雷鬼辮，每一根辮子都纏著珠串和皮索，掛在上面的小骨頭和木頭護符叮噹作響，她身上披著層層磨損的綠色、橄欖綠與棕色布料，脖子掛著幾十條項鍊，有些是用一條細線串起的乾蕈傘，有些是乾燥花，有些是撿來的蛇蛻，還有一、兩條廉價小珠鍊，可能是從你想不到的沃爾瑪超市買來的。亞黛兒的臉滿是皺紋，頭髮灰白，眼神卻靈活而年輕。

「亞黛兒的左邊是艾蜜莉．包，愛爾希．摩爾的外甥女。」艾蜜莉外表和阿姨神似，怪誕枯瘦，看起來像隻乾癟烏鴉，嘴角往下垂，蘿絲活了二十二歲，從來沒見過艾蜜莉微笑一次。除了她自己和德朗，艾蜜莉是所有在場的人中最年輕的，看起來卻最老。

「你認識賈瑞米和奶奶，」蘿絲繼續說：「右邊的男人是李．史地恩，他旁邊的是湯姆．巴克威。」

「嗨。」湯姆．巴克威的音量像頭暴躁的熊，看起來也像。他體型魁梧，將近七呎高，三百磅重，拱起厚實的肩膀坐著。他也是她所見過毛髮最旺盛的男人，紅色的鬍鬚總是糾成一團，頭髮很長，結實前臂上的毛髮像毛皮一樣；傳說如果他喝得太醉，有時候會開心地脫個精光，嚇壞外面殘境的路人，以爲他是大腳怪。湯姆也是弗瑞德．西蒙安的舅舅，長他一輩。

「而這位是德朗．坎邁廷伯爵。」蘿絲終於說完。

沉默籠罩。

「我們怎麼能確定你是你宣稱的身分？」李問道。

譯註：生麵團小子（Pillsbury Doughboy），貝氏堡食品公司的招牌卡通人物，是白麵團做成的廚師。

德朗聳肩。「你們無法確認。」

「那麼你要怎麼證明你自己？」

蘿絲繃緊身體。她猜到他們會問這個問題，他們當然會想測試，但測試德朗就像試圖哄誘一頭陌生的鬥牛犬般困難。

德朗的眉頭抬高八分之一吋。「我不必證明任何事。我來到這裡是因為崔頓小姐說服我這有助於完成我的目的——我到這裡是為了殺蓋茲洪，沒有其他意圖或計畫，一旦完成任務，我就會回去。是否要接受我都隨你們。」

德朗切換回貴族架勢的輕鬆程度著實令人驚異。他的口氣並不算跋扈，聽起來卻如石頭般強硬。

「李的意思是，我們想見識一下你的魔力證明，」奶奶說：「拜託，當作給我們面子。」

他頷首。「如您所願，夫人。」

魔法在德朗體內騷動，像頭懶洋洋的怪獸緩緩甦醒、伸懶腰、測試爪子，變得越來越強，白光在他的虹膜上翻湧，彷彿他坐著的那一半房間變暗了，而魔法在他體內發光、膨脹、升高，像颶風一樣駭人，不可思議地強大。

蘿絲頸背上的細小寒毛矗立起來。

德朗的眼眸發出強烈的白光，一陣鬼魅般的風吹過蘿絲，她可以清楚看見一道淡淡的白光在德朗周身流動，纏繞著他。

她伸出手，手指放在他的手上。他那雙燦如明星的眼睛看她一眼，接著拉回魔力，像武器一樣收刀入鞘。她不確定哪一個比較恐怖——他無比強大的魔力，或者舉重若輕的控制能力。

李張開口，又啪地閉上。奶奶一臉痛苦。在剛剛之前，他們之中或許有人覺得如果萬不得已，他們可以對付德朗，現在他們知道就算所有人聯手，也只能拖慢他的速度，但殺掉他完全是另一回事。

亞黛兒往前傾。「如果可能的話，」她說：「我們想瞭解蓋茲洪的事，坎邁廷爵爺。」

德朗傾身向前。「我在這裡說的話不能有其他人知道。如果流出去，我就會回來，到時我不會是獨自一人。」

坐在桌邊的所有人點頭。

「整件事要從日蛇帝國說起，」德朗說：「在殘境，世界東半部的移民者來到西部，屠殺沒有科技和手段能抵抗的原住民部落。」

李似乎想要說些什麼，但打消了念頭。

「在我的世界，情況相反。這片大陸屬於一個強大帝國所有，它的子民自稱爲特拉鐸克人，稱呼他們的國家爲日蛇王國，他們的魔法源自於叢林，極度強大，很難對抗。大約一千六百年前，他們越過大海，開始侵略東方大陸，進逼盎格魯王國，不及現代高盧王國的海岸，一路往南到伊特魯利亞【註】，殺戮、強暴、偷走奴隸，要求一罈罈金沙作爲進貢，這個情況持續了大約兩百年，直到他們突然停止。通常侵略行動是逐漸停止，但特拉鐸克人是整支民族直接絕跡。」

德朗停頓下來。

「日蛇王國出了亂子。」湯姆．巴克威說。

譯註：伊特魯利亞（Etruria），古代義大利中西部的城邦。

德朗點頭。「侵略行動激勵了研究，一百年後，東方大陸有了跨海工具，但人對特拉鐸克人的恐懼太過強烈，一直到將近三百年後，才展開第一次航行。當第一艘戰艦抵達西方大陸時，他們沒有發現任何特拉鐸克人，有許許多多城市和神廟的遺跡，但沒有半個人，而且原本預期會看到的充滿魔法的動植物也不見了。森林很年輕，即使到現在也很難找到一棵上千年的神木，倖存下來的動植物種演化出強大的防禦能力，西方大陸的動物比東方的同類更大更強壯，像遲緩的吸血藤蔓那種東西也進化成主動的掠食者。」

「特拉鐸克人是被什麼滅絕的？」賈瑞米問。

「沒人能確定。針對遺跡的研究沒有提供任何明確答案，如果眞的有東西殺了那些居民，也把屍體吃掉了，因爲沒有骨頭留下，但研究人員確實發現掙扎的跡象，斷裂的家具、牆上的破洞、爪痕。」

「獵犬。」奶奶說。

德朗繼續說：「最後終於發現了倖存者，他們分散成群，躲在荒野中，幾乎讓人認不出來。傳說那些侵略者穿著鋼鎧和鮮艷的彩色長袍，他們的後代卻退化成原始人，使用魔法和栽種農作成了禁忌。原本的特拉鐸克人現在過著小型游牧民族的生活，以獸皮爲衣，用弓箭和長矛狩獵。在三百年之間，他們從輝煌先進的文明退化成不再記得如何閱讀祖先文字的人，不過口述傳統還留存，而他們的傳說說來自日蛇的禮物後來背叛他們，毀滅他們的王國。就算在異境，眾神也不會眞的介入凡人生活。我們向祂們祈禱，卻未曾見過祂們存在的證明，因此沒有人確知這份禮物來自何處。或許那是由特拉鐸克人的祭司所製造的，或許那像隕石一樣從星空墜落，或許那是一個遭人遺忘國度的產物。無論起源為何，那份禮物毀了特拉鐸克文明，然後消失無蹤。」

「後來呢？」蘿絲問。

「這塊大陸成了殖民地，新的國家興起，有些國家從母國爭取獨立，例如艾朮昂里亞。特拉鐸克人成了離奇的歷史之謎。接著，大約三百年前，現任南境公爵的曾祖父決定抽乾一塊沼澤地，當沼澤抽乾後，出現了一顆被泥巴包裹的古怪蛋狀物，重得無法搬動，所以公爵閣下命人打破蛋殼。泥巴下是陶土，再來是一層純鐵，接著又是陶土，然後是鉛。最後所有外殼都被打開時，公爵閣下發現一具奇特的儀器。儀器一被碰觸便啓動了，製造出第一頭獵犬，獵犬殺死其中一名工人並吸收魔法，魔法流回儀器，產生第二頭獵犬。」

「你們應該摧毀它。」艾蜜莉・包說。

「我們試過，」德朗說：「那具儀器吸收魔法，不怕火。我們試著壓碎它，用燒熔的金屬包住它，但都沒有成功，那是由不存在於異境的材料所製造。就我們所知，它的功能很簡單——從四周吸取魔法，產生獵犬，後者收集魔法，回收到儀器。我們不知道它這麼做的目的是什麼，我們只知道人類是獵犬偏好的獵物，也知道它無法停止。」

「殺死異境印第安人的是那個東西嗎？」湯姆・巴克威問。

「有些人這麼相信。儀器被認定為『對國家立即性的威脅』。我們製造出一座碉堡，模仿原本的物體，好幾層的鐵、鉛、陶土和玻璃，盡可能將它和環境隔絕。儀器被放進碉堡中，不讓一般大眾知道它的存在，避免恐慌和恐怖行動。」

李・史地恩冷哼。「當然。」

「碉堡位於悖里森林，」德朗說：「那是個醜陋、充滿敵意的地方，任何腦袋清楚的人都不會穿過那裡。那棟建築本身被厚厚的陶土包住，碉堡方圓一哩半的森林都被燒燬、灑鹽、圍上柵欄。每兩個星期，公爵的私人護衛會祕密派一隊人馬到碉堡摧毀任何侵入的植物或動物，避免儀器從環境中取得魔力。大約兩週前，現任公爵的哥哥蓋茲洪·杉汀侵入碉堡，偷走儀器，手法非常巧妙——過去一年半，他一直偷偷闢出一條通往森林的小徑，在距離碉堡十二哩處停下，然後利用從當地兵工廠偷來的空軍翼龍越過從小徑到碉堡的那十二哩路，從空中劫走儀器。儀器殺死了翼龍，但蓋茲洪在那之前已經抵達了逃脫路徑。他用貨車載著儀器，離開艾朮昂里亞，進入邊境。」

「我想大家可以喝點東西。」亞黛兒說。

等到冰茶和蘇打水分送到每個人手上後，房裡的氣氛輕鬆了一點，蘿絲的呼吸也不再那麼困難。

「蓋茲洪爲什麼那麼做？」亞黛兒一邊啜著茶一邊問。

「原因很重要，但我想知道那些怪獸爲什麼沒殺死他。」奶奶說。

德朗喝光手上的半杯飲料。「蓋茲洪很難理解。他瘋了，但偶爾有天才之舉；他喪盡天良，但努力保持禮貌。他做什麼事都不成功。蓋茲洪表明希望能和父親一樣成爲公爵。幾百年前，頭銜本來是世襲制，但現代的頭銜是行政職，附帶許多社會和軍事責任。頭銜不能繼承，必須爭取，得通過必要的考試證明自己適任。階級越高，條件也越嚴格。貴族的兒女通常從出生開始就接受非常專業的教育，以期能繼承頭銜。他們有個優勢，能從旁觀察學習父母治理國家的方式，就像烘焙師傅的兒子從觀察父親的做法中學會烤麵包一樣。但無論他們的考試成績多高，所有人在爲國家服完義務役前都不能繼承頭銜，就算是艾朮昂里亞的王位繼承人也一樣。有些人選擇國民役，有些人選軍事役，但所有人都要服役；必要的役期是軍事役七年，國民役十年。」

「我猜你選擇軍隊？」湯姆．巴克威問。

德朗點頭。「蓋茲洪十五歲的時候通過考試，事實上成績極爲優異，剩下的只有役期。蓋茲洪試過空軍，因爲那被認爲是所有軍職中最需要用腦的單位。」

「空軍是開飛機？」李．史地恩問。

「空軍是飛行獸，」德朗說：「翼龍、蠍尾翼獅等等。不到一年，蓋茲洪就因爲策劃謀殺某個指導員被空軍學院開除，那件事徹底斷絕了他進入任何軍事單位的可能性——除了來者不拒的紅軍，無論是通緝犯或認證過的瘋子都行，他們不在乎。他們可以讓普通人入伍，兩年內把那個人變成大屠殺的劊子手，光是在部隊裡配置紅軍便會讓敵軍恐慌。紅軍在六個月後解雇了蓋茲洪，認爲他完全不適合軍事工作。」

「要搞砸成那樣需要天分，」湯姆．巴克威搖頭。「他一定非常與眾不同。」

德朗皺起臉。「他確實那麼想。在軍事役行不通之後，蓋茲洪試著服國民役。他在伊莉莎白大學工作剛滿二十個月後不久，就因爲剽竊被開除，而兩天後有人在校園裡縱火。然後蓋茲洪休了三年假，接著他試著進行工程研究。長話短說，在這期間蓋茲洪的弟弟奧提斯完成了七年役期，從艾朮昂里亞海軍以優異的表現退伍，蓋茲洪連一半都沒辦法完成。他們的考試成績平分秋色。因爲他們是兄弟，奧提斯有機會簽署文件，轉讓五年給兄長完成役期。貴族的頭銜不能空置過久，所有貴族都有其職務，必須有人來執行。」

「所以結果呢？」蘿絲問。

「如果他父親願意再給蓋茲洪一次機會，奧提斯願意簽署讓渡文件。公爵決定需要在這件事上多想想，邀請兒子們聖誕節到公爵宅邸晚餐。大多數貴族和他們的家人都會出席那個場合。我當年八歲，記得非常清楚，蓋茲洪的行徑很詭異，似乎不知道自己身在何處。那天晚上過到一半時，他站了起來，開始說話，像瘋子一樣胡言亂語，攻擊奧提斯的妻子珍，說她是蕩婦，用一長串毫無道理的古怪罪名指責她。顯然在幾年前，奧提斯和珍訂婚時，蓋茲洪曾經追求過她，被她拒絕，但聽他的說法，那是當天晚上稍早發生的事，而不是將近十年前。很明顯，奧提斯不可能簽署讓渡，並在他父親退休後不久成了公爵。蓋茲洪後來宣稱有人在他的飲料裡加了迷幻藥，但一切已經太遲了，而他似乎接受了事實。顯然他已經找到別種方式取得一直渴望的力量。」

賈瑞米皺眉。「為什麼選上邊境？為什麼找上我們這些無名小卒？」

德朗將手放在桌上，傾身向前。「邊境沒有強大的警力或軍隊，任何他碰到的抵抗都只會是零星的，畢竟除了邊境人，沒人在乎兩個世界夾縫間發生的事。至於他的目的，我不知道，我想他打算先征服邊境，建立獵犬軍隊，向艾朮昂里亞所有錯待他的人復仇，但是不管他做了什麼讓自己對獵犬免疫，那都改變了他，我不確定他還殘留多少人性。」

「我想他的征服計畫已經不存在了，」蘿絲說：「他現在只想要吸收魔法和吃光我們。他把臉藏著，但他的手看起來像獸掌，長著爪子而不是指甲。」

「他無法理喻。」湯姆．巴克威說。

李轉向他。「你怎麼知道？」

湯姆濃密的鬍鬚動了動，表情不悅：「弗瑞德．西蒙安派布萊德．狄倫帶了禮物去找他。」

「他什麼？」奶奶震驚地從桌邊站起。

「我叫他別那麼做，」湯姆咆哮。「我從一開始就說那是個爛主意，不會有好結果，但他根本講不聽。弗瑞德以爲自己能買下整個世界。」

蘿絲想到蓋茲洪胡亂說過某個被當成禮物送給他的美味男人，暈眩感湧過全身。「蓋茲洪吃了布萊德，對嗎？」

「絕對是，」湯姆說：「至少弗萊德是這麼說的，然後他和全族的人就像屁股著火似地，開車逃離了邊境。」

蘿絲揉揉臉。布萊德很討人厭，但那種死法……沒人該有那種下場。她想像兩個男孩被吃掉，忍不住在桌下握緊拳頭。

德朗的大手覆在她的拳頭上，用乾燥溫暖的手指輕揉她的手。「你們知道蓋茲洪在哪裡嗎？」

全桌的人沉默下來。

「他在青苔谷，」亞黛兒說：「樹海大約從六天前從那裡枯萎。」

李舉高手。「爲什麼要讓他知道？」

「那是他的問題，」艾蜜莉以沙啞的聲音說：「讓他去解決。」

「這句話說得眞對。」李轉向德朗：「你們爲什麼沒派更多人來處理這個問題？爲什麼只有你自己一個人來？這是你們的問題。」

「嚴格說來，邊界不屬於公爵的管轄範圍，」德朗說：「所以目前這是你們的問題。」

「但是他們的確派了你過來。」賈瑞米說。

「喔，算了吧，」湯姆．巴克威用大手一拍桌面。「如果我沒看錯，他是密探。他們不會派一個軍營來幫我們解決，因爲那表示他們必須承認公爵的瘋子哥哥挾帶他們的超祕密毀滅武器逃走，而他們一開始就不該留著那個東西。他們派了人——一個殺手——過來，萬一他失敗，他們會徹底否認自已知情。」

「不完全對，」德朗說，他的手依舊在桌面下輕撫她的手。「我有四天時間。如果四天後我沒有告知公爵閣下蓋茲洪死亡和儀器遭到摧毀，公爵會採取其他手段。」

「紅軍。」奶奶輕聲說。

德朗點頭。

「那是什麼意思？」李．史地恩問。

奶奶的嘴抿成嚴峻的直線。「紅軍所經之處，無一生還。」

「你們或許可以躲到殘境，但他們會徹底清除東門區，結果將有如你們從來不曾存在。」

李瞪大眼睛。「他們無權這麼做！」

「想想看，」湯姆．巴克威說：「五十個像他一樣的人過來掃蕩這裡，讓我們沒有地方回來，那是美國在韓戰的做法。他們不希望我們坐在東門區散播那具末日機器的謠言，而他——」湯姆朝德朗的方向戳戳手指。「——會是那個因爲害我們從地圖上消失而內心愧疚的人，那是他的決定，沒有人想做那樣的決定。」

「你爲什麼來這裡？」亞黛兒輕聲問：「你爲什麼選擇揹負這個責任？」

「我有我的理由。」德朗說。

這會沒完沒了。「有個變形者，」蘿絲說，無視德朗銳利的眼神，他的手突然離開她。「蓋茲洪握有他某些把柄，他的名字叫威廉。」

「是那個把艾默生掛在死馬橡樹上的人嗎？」艾蜜莉．包問。

蘿絲點頭。「德朗和威廉曾是朋友，而他想要救他。」

「我敢打賭，是軍隊的同袍。」湯姆．巴克威點頭。「我懂了，那對我們有好處，情況和你有關，所以你會更努力解決。你有計畫嗎？」

「我可以在一對一的肉搏戰打倒蓋茲洪，」德朗說：「但他明白這一點。我必須讓他和獵犬分開。既然儀器會不斷製造獵犬，一次一頭，那麼唯一孤立蓋茲洪的辦法是迅速摧毀大量怪獸。不幸的是，他似乎在指揮牠們的行動。他或許不是完全的人類，但仍然認得出陷阱。如果我可以研究他的位置，就能更清楚狀況，知道手上有多少勝算。」

賈瑞米起身。「我想我們聽夠了，要討論一下，讓年輕人去呼吸點空氣。」

木門在她和德朗背後關上，蘿絲對著陽光眨眨眼，坐在門廊上。「嗯，過程非常順利。」

「妳把威廉的事告訴他們了。」他說。

「對，我說了，『職責』這種字眼對他們來說意義不大，他們瞭解友誼和家人。他們不會碰你，因爲你很強大，而他們害怕異境的報復。他們無法傷害獵犬，因爲獵犬吸收魔法，但可以傷害威廉——看到一個陌生的變形者，他們的作風是先動手再問原因。他們都是咒術師，德朗，你看過賈瑞米對那隻鳥做了什麼，也知道我祖母打算對你做什麼。」

她面對他沉重的眼神。「我知道那是你們的私事，但他們最好知道。現在他們或許不會傷害他。」

「為什麼突然關心起威廉？」

「你嫉妒嗎？」她瞇起眼睛。

「妳沒回答我的問題。」

「我擔心威廉，因為他對你來說很重要，」她說：「而且我覺得除非你們兩個和解，否則那會一直啃噬你。而要是威廉真的在幫助蓋茲洪……你就不得不殺了他，對嗎？」

「對。」德朗說。

他會不得不殺了自己最好的朋友。蘿絲別開眼，看著樹海、草地、雙手，胃部翻攪。在這麼短的時間裡一切莫名地完全走了樣，而且似乎不可收拾。兩個星期前，生活正常而沉悶，彷彿一夜之間她平穩的世界就變成了一個有魔物獵殺小男孩來吃，而她所愛的男人必須在自己的存活和摯友的生命中選擇的地方。

她被困在一個醜惡的夢裡無法醒來，而最糟的是分分秒秒糾纏她的恐懼。她擔心孩子們和奶奶，尤其擔心德朗，那份恐懼強烈到她的身體發痛，彷彿痛的是骨頭。如果她允許自己稍微作夢，會發現一絲可能終於屬於她的脆弱幸福——就算不是永恆——在須臾間就要被剝奪離開她的身邊。她厭倦了恐懼。「你說你是執法官，這就是你的工作？」她問：「你的工作就像這樣？」

德朗點頭。

「一直都像這樣？」

「這可能是最糟的。」他說：「不過，對，我總是會碰上不想做的決定，那是我身為執法官的職責，現在我負的責任非常重大。如果我沒能殺死蓋茲洪，就會有人死，南境公爵將顏面掃地，可能必須辭職，妳的家鄉會被掃蕩一空，我會失去妳，而我甚至不知道我是否擁有妳。」

蘿絲思考那句話。「我不知道我是否擁有妳」的意思是「我不知道妳喜不喜歡我」，或是「我不知道我會不會贏得考驗，能夠擁有妳」？

「你不會因為失敗就失去我。」她說。

「如果我失敗，就會死。」德朗說。

她突然發起火來。所有在心中糾結的擔憂和恐懼，加上他如此輕描淡寫地說著死亡，讓情緒爆發成純粹的怒火。她對蓋茲洪害他們經歷這一切而狂怒不已。「噢，不，你不會。」

他的眉毛挑起。

「你會撐過去，」她告訴他：「我會在這裡確認你成功保住性命，就算我得揹著你血淋淋的身體離開樹海，我還剩下一個考驗，會讓你敗得一塌糊塗。你不能剝奪我勝利的樂趣，坎邁廷爵爺。」

他的眼中閃過一絲光芒。「那麼我只好延後死亡的時間。」

「你最好這麼做，」她告訴他：「我不知道我們之間的事會有什麼發展，但任何腦袋壞掉的貴族瘋子都不准奪走我知道答案的機會。」

「所以妳做好決定了嗎？」他問。

「決定什麼？決定對你的男性魅力投降嗎？」

「對。」

「還沒，」她說：「我還在考慮。」

「我能做什麼來說服妳嗎？」他傾身向前，露出專注得危險的表情，綠眸變得溫暖而邪惡，她僵住，被他的視線攫獲。

「我想不到。」她輕聲說。

他很靠近，真的太靠近了，只有幾吋的距離。她看見他的嘴唇彎起狡猾的微笑、左眼旁交錯的淡疤、長長的睫毛……

「妳確定，崔頓小姐？」他問，聲音低沉沙啞。

「我確定。」她輕喃，接著他越過彼此間的距離。

他的手捧住她的腦後，親吻她。她張開口，品嚐冰茶和德朗的滋味。他的身上有汗水的氣息，混合淡淡的檀木麝香和日曬肌膚的芬芳。她不管到哪裡都能認出他的氣味，一如認出擁抱她這雙手臂的力量。他抱著她的方式彷彿在威脅整個世界不准來打擾。她任由自己沉淪在這個擁抱中，雙手沿著他胸膛的堅實肌肉往上，來到他的頸脖和短髮，他將她拉近，更用力、更飢渴地吻她，她舔舐他口腔內部，貼合他的身體。德朗咆哮，充滿男性占有欲的聲音引發一陣戰慄，從她的頸部竄向背脊。

他們背後的地板咿啞作響，他們在門旋開的前一秒分開，蘿絲盯著前方，努力平復呼吸。

「花了一番工夫，不過他們決定幫助你，」奶奶的聲音在她背後說：「我們有個計畫，或是類似的東西。湯姆會出來向你解釋，他非常興奮又可以扮演軍人了。你們兩個到底怎麼了？看起來好像溜進我的儲藏室，吃光了我所有的果醬。」

「沒事。」蘿絲擠出話來，偷看了德朗一眼。他看起來在極度震驚和挫折之間擺盪。

「那好吧。」艾麗歐諾的口氣明白表示她不知道他們的葫蘆裡在賣什麼藥，但她天殺的絕對不相信他們的說詞。她又猶豫了一秒，搖搖頭，走進門。

「我們需要一座穀倉。」德朗說。

「什麼？」

「一座穀倉，」他說，嚴峻的口氣像是司令官在籌畫攻擊行動。「我們需要一座穀倉，或那些用來儲放殘境車輛的地方。」

「車庫？」

他簡短地對她點頭。「一個私密、相對偏僻的地方，有厚牆可以阻擋聲音，最好有一扇可以從裡面鎖上的厚實大門，免得妳祖母、妳弟弟、所有其他外面可惡的天殺觀眾……」

蘿絲開始大笑。一個用來接吻的碉堡……

「很高興妳覺得我們的困境很有趣。」他不是滋味地說。

湯姆．巴克威踏上門廊，將他壯碩的身軀擠到兩個人中間。「結論是這樣——直接攻擊蓋茲洪是不可能的，因爲他身邊有太多獵犬，對嗎？」

「對。」蘿絲說。

「要接近蓋茲洪，必須殺光所有的獵犬；要殺光獵犬，必須將牠們和蓋茲洪分開，或是在他的老巢攻擊他；這在殘境的說法叫『第二十二條軍規』【註】。我打算這樣解決你的難題……你們在異境有軍階，對吧？」

「有。」德朗說。

「你的階級是什麼?」

「一等軍團兵。」

「那是什麼?是像軍官嗎?」

「不是。」德朗說。

「那就是士官。」湯姆咧嘴笑。「我自己是個上士，可以叫你中士嗎?」

「沒問題。」德朗說。

「那很好，中士。」

蘿絲翻白眼。這是典型的邊境手法，她以前看過它被用在外人身上。這六名長老不認識德朗，無法確認他所說的訊息，而他們怕他。所以湯姆・巴克威選擇扮演「朋友」，希望建立平等的地位，得到德朗的信任，有必要的時候背後插他一刀。這對有些人可能有效，但德朗的直覺很敏銳，巴克威那副「大家都是當過兵的兄弟」和氣模樣演得太過火。

「蓋茲洪可能是個墮落者，但他一開始是個人類，所以個體部分仍然很脆弱。我們會設下陷阱，六個人一起詛咒那個混帳入睡，不管他變得多不像人，我們並非毫無手段，至少可以困住他幾個小時，同時你和蘿絲在這裡引誘獵犬進入陷阱，宰光牠們，然後去追蓋茲洪。好計畫，嗯?」

「很棒的計畫，」德朗說：「什麼樣的陷阱?」

「還沒想到。」湯姆說。

「你們要怎麼詛咒他?」蘿絲問。睡眠是顯而易見的選擇，不像疼痛詛咒，而且很輕微，蓋茲洪甚至不會發現情況不對，只會覺得疲倦想睡。「要施睡眠咒，我們需要他的某個東西，頭髮、衣服的碎片。」

「還沒想到。」湯姆說。

眞是好計畫。蘿絲嘆氣。他們六個人如此見識廣博，結果想出這種東西。

「先想陷阱，」德朗說：「沒有陷阱，等於沒有計畫。子彈對獵犬沒有用，會直接穿過牠們的身體。肢解有效，還有電光，但我們只有兩名電光使用者。放火有效，但牠們知道怎麼避開。」

「所以必須是迂迴的手段，能對牠們下毒嗎？」湯姆問。

德朗搖頭。「我懷疑，我知道一開始事情發生時，他們就對獵犬用過毒芹和砒霜，卻沒有效果。理想地說，我們需要生效緩慢的陷阱，可以慢慢地逐漸殺死牠們，免得驚醒沉睡中的蓋茲洪。」

「溺斃？」湯姆問。「將獵犬引到湖裡一個一個淹死？」

「或許。不幸的是牠們能夠停止呼吸很長一段時間，而且很會游泳。」

沉默籠罩。黎安晃過來，坐在一張搖椅上。

「可惜我們不能像對付巨魔一樣電死獵犬。」德朗說。

「噢，那是個了不起的點子，中士，」湯姆點頭。「只是不知道電對牠們有沒有用。」

「有用，」黎安說：「在凱倫．洛出發前往殘境之前，告訴我她用電殺死過一頭獵犬，用電擊槍殺死牠。」

譯註：第二十二條軍規（catch-22）源於美國作家約瑟夫．海勒創作的同名小說，意爲矛盾的兩難局面。

「電擊槍怎麼殺得死任何東西?」湯姆想知道。

「她媽媽以前想過凱倫的屋子可能遭小偷,就買給她一把跟槍很像的昂貴電擊器,」黎安說:「可以裝填電匣開火,然後取下電匣,重新裝填。讓她收禮物有點難,所以每一、兩年的聖誕節她的家人就會買一些那種電匣送她,大概兩個六十幾美金。她對怪獸開了一槍,但牠沒死,所以她就繼續重新裝填開槍,一直到牠停止扭動。她說那頭該死的獵犬花了她兩百一十元。」

「呃,我們無法慢慢電死牠們,也實在想不到要怎麼用一條導電的電線把牠們一個一個串起來,牠們會逃走。」湯姆說。

「為什麼不直接把兩個方法加起來?把一條導電的電線放進湖裡,把牠們電到淹死?」蘿絲問。

兩個男人抬起頭,她發現自己成了兩雙眼睛注視的目標,一雙是綠色,一雙是棕色。

「怎麼了?」

「那是個好計畫。」德朗說。

「可能有用。」湯姆說。

德朗瞥向他。「附近有夠大的湖嗎?」

「門區池。」湯姆說。

德朗起身。「我必須去看看。」

湯姆點頭。「那很適合,用走的過去要花整整一小時,但如果我們想要今天就去,最好馬上動身。反正我必須去看一下我的女兒們,確定她們撤離了。我不擔心荷莉,但妮琪的動作像一月的糖漿一樣緩慢【註】。她今天早上就該出發,但我打賭她還在,像老母雞一樣蹲在她的行李上。」

「我也去，」蘿絲說：「如果你們打算詛咒蓋茲洪，我就得要去奶奶家拿一些東西，男孩待在這裡應該暫時很安全。」

黎安嘆氣。「那非常好，但你們要怎麼引獵犬到水裡去？」

德朗的表情高深莫測。「我們會設誘餌。」

「什麼誘餌？」黎安皺眉。

「我們其中一人，」蘿絲說：「那些獵犬受魔法吸引。他指的是我或他，黎安，我們其中一個當誘餌。」

編註：「一月的糖漿（molasses in January）」這句俗語用來形容「極慢」，源自一九一九年一月在美國波士頓發生的巨大糖漿儲存罐爆炸，糖漿湧入街道，造成大量傷亡。而糖漿在一月低溫下，流動非常緩慢。

第二十二章

蘿絲反抱住自己，注視門區池平靜的茶色水面——約莫一千兩百呎長，最寬處將近五百呎。水池位於鎮西的一處窪地，高聳的灰綠扁柏像守衛一樣包圍湖泊，粗壯的樹幹完全遮蔽池畔，只露出另一側的西岸，一塊破爛的船塢淒涼地佇立在池塘中央。

德朗蹲在她身邊，手指探進水中。湯姆．巴克威給了他充分的空間。德朗根本不甩他那套「啊，媽的，中士」，而她懷疑巴克威心裡清楚，因爲他盯著德朗的眼神就像在盯著大型掠食性動物。

「這裡本來有一艘槳船，」她說明：「你可以划到船塢去釣魚，那艘船大概兩年前沉了，沒人有時間去弄另外一艘，而你不可能在裡面游泳——水草太多了。」

水池後方的天空清楚襯出兩條電纜線。

「我們從殘境偷取電力，」湯姆解釋：「以前我們沒辦法拉電纜到邊境。但大約五十年前，交界線往殘境內悄悄擴張了一點，大概四十呎左右，沒人知道原因，但等到它停止擴張，我們發現有一根電線桿在邊境裡，電線還有電，我們聯合起來和擁有那根電線桿的當地公司交涉，付他們一大筆錢，讓他們不過問是什麼在消耗他們的電力。」

德朗看向船塢，蘿絲順著他的視線看去。船塢並不大，十二呎見方大小，掛在旁邊的舊輪胎在水裡漂浮。他們必須有一個人在船塢上施放電光，吸引獵犬注意。過去兩小時裡，她一直思考這件事，她越想，越確定那個人應該是自己。她辦得到，到船塢上，將水池充電，放幾次電光，引來獵犬，看著牠們擠進致命的水裡，非常簡單，那會有多難？是吧？

她想像自己在船塢上，被獵犬包圍的畫面。萬一電對牠們沒有用呢？緊張感在她全身翻攪。不，那樣想不對。她微微抬起下頷。不會有事的，就算電力殺不了牠們也沒關係，她擁有的電光足以對付。

如果是她而不是德朗站在船塢上，他就很安全，可以在她對付獵犬時去找蓋茲洪，蓋茲洪會處於沉睡狀態，德朗有比較充裕的時間解決他。如果她真的能拖住獵犬，他或許可以在戰鬥中存活。

蘿絲將自己抱得更緊，看向德朗，他正在看她。

「懂得訣竅的人可以在那座船塢上撐很久，」湯姆在說話：「我想可以切斷那裡的電纜。」他指向兩棵扁柏中間的空隙。「我在鎮上認識幾個在輪胎翻新廠工作的人，可以弄到一些斜交胎面——捆裝的——鋪在船塢上隔絕電力，也避免滑進水裡；萬一怪獸爬到船塢上，你腳下會都是黏滑的血液。我們會去幫你們找一些橡膠底的靴子，方便走動。」

「他沒必要到船塢上，」蘿絲說：「讓我來。我不會有事，我的電光幾乎和他一樣強。」

湯姆被鬍鬚埋住的嘴發出低沉的抱怨。

「蓋茲洪會處於沉睡狀態，」她說：「有人拖住他的獵犬，那是德朗去找他們的完美時機。」

「不行。」德朗說。

「德朗，這是最合理的做法。」她說。

「不行。」

湯姆聳肩。「如果他說不行，那就是不行。這是他的主場。」

「天殺的為什麼不行？」她交抱雙臂。「那是個好主意。你不可能有另一次機會可以這麼俐落解決他，德朗！」

他直接站起。「我會護送妳回家，拿必需的東西。」

湯姆對他們皺起眉。「拜託，你們自己講清楚，我會繞到我女兒家裡，大概一小時後到妳家去接你們——如果我必須拖著又踢又叫的妮琪離開的話，兩小時。」

他們在前往艾麗歐諾的房子路上一言不發。亞黛兒在樹海之屋有充裕的材料，但所有愛惜羽毛的咒術師都比較偏好自己的材料。就算不為其他理由，有熟悉的東西在身邊，也會讓奶奶比較安心。蘿絲收拾樹枝和藥草，德朗在一旁護衛，她必須克制自己不甩他一巴掌，抹掉他臉上陰鬱的表情。

兩人沉默地回到蘿絲的家。「你想喝點茶嗎？」他們踏上台階時，蘿絲問。

他點頭。

她走進廚房。他沒有理由那麼堅持，她的計畫面面俱到，還有一個她覺得沒有重要到必須提起的額外好處。萬一事情出了差錯——當站在被怪物包圍的通電水池中央的腐朽木堆上時，一定會出錯的——也只有她一個人遭殃，德朗還能活著繼續努力，他打贏蓋茲洪的勝算比她高得多。

那是個好計畫，她只需要讓德朗認清這一點。

她將滾燙的水倒進茶壺，將茶倒進去泡，去找德朗。

她在屋後的小木屋旁邊找到他。他坐在長凳上，大劍擱在膝蓋上，緩慢、有技巧地用一塊軟布擦拭劍身。

蘿絲在一塊上面有無數斧劈痕跡的斷樹根上坐下，耐心等待。他不理她。

「我提的辦法很好，德朗，你很清楚。我的掌控力比你好，我比較精準。」

他抬起頭，眼眸一片純白。太好了，他的車頭燈亮了，但駕駛座上沒人。她得逼他講道理。

「這是某種貴族的騎士風度嗎？因爲我要告訴你一個消息：你負擔不起風度，德朗，目前你是孤軍作戰，只有我是你的志願國民兵，你必須讓我幫忙，而這是最好的辦法。」

他一言不發。

「至少和我說句話，該死的你！」

他將劍放到一旁，走向她，堅決的表情引發一股警覺竄下她的背脊。她往後退，他抓住她，輕輕將她往後推，她的背壓上房屋的牆壁。她發現這是他們第一次完全獨處，沒有被干擾的危險。噢，如果他以爲可以逼她讓步，會非常意外。

「蘿絲。」

蘿絲往旁邊閃，卻被他用手臂阻斷退路。「你力氣比較大，我懂了。」她咬牙說，一邊試著推開他，但簡直像在推火車。他文風不動。

「蘿絲，」他輕聲說：「看著我。」

她瞪著他，兩人的視線交會，他茵綠的眼眸中有種強烈而充滿占有欲的神情，讓她的話語在唇邊逸去。他注視她的眼神彷彿她是某種珍貴的寶物，彷彿其餘的一切都不重要。

他注視她的眼神彷彿他愛她。

熱氣湧上臉頰，她知道自己臉紅了。他上下打量她，慢慢地，好整以暇，審視她的頸部、眼眸、喉嚨。她被鎖在他的懷中，他身體的熱氣滲透上衣單薄的衣料。她聞到他的氣息，那股非常熟悉的檀香和他用來清理劍的丁香油，還有汗水。他的胸膛抵著她，肌肉結實但柔軟，她的乳尖收緊。她被困住了。

「在那座船塢上的人會是我不是你。」她說。

「不行。」

「你不瞭解。」

「我很清楚。」

他高大的身軀撐著她，用臀部固定住她，他舉起手，手指沿著她的頸部往上，緩緩愛撫，來到她的下頷，到她的嘴唇。她輕顫，他以長繭的拇指擦過她的下唇。

「吻我不會讓我比較好說話。」她輕喃。

「我不是爲了讓妳好說話，」他的嗓音低沉粗啞。「我只是情不自禁。」

他手臂上的肌肉震動，她瞭解到德朗正在掙扎想保持自制。

他吞嚥，眼神變暗。

上百萬個躲開的理由流過腦海：他是貴族，而她是邊境的雜種；他騙她，想把她變成所有物；他們在一起沒有未來；他……如果此時此刻有人對困在自己家的牆壁和德朗硬直身體之間的她說她可以實現一個願望，臨死之前唯一的願望，她會選擇和他在一起。

不肯冒險的人永遠不會碰到好事。

她吻他，身體偎向他高大的身軀，輕盈的柔軟貼著他的堅實。

他的自制崩斷，撲向她，將她壓向牆壁，回吻她，猛烈而熱情，啜飲她的滋味。那個吻的力量湧過她的全身，引出一聲低沉的呻吟。她抵著他滑動，手沿著他背部的堅實肌肉往上爬。

他將她拉向自己，臉埋進她的頸部，牙齒和舌頭在她的肌膚上嬉戲，刮過她脈搏上的敏感部位，在她的肌膚上漆了一層熱氣，火熱感在她全身擴散。德朗一次又一次吻她，她的身體繃緊，他磨蹭她，而她順著他上下滑動，軟弱地抗拒他勃起的強硬突刺。

他的聲音在她耳中形成火熱的吐息。「老天，我想要妳。」

「我也想要你，」她呢喃，她如此渴望他，每次他碰觸她，她就想要抓住他，不讓他離開，想到他站在那座船塢上，被數百頭獵犬壓垮的畫面差點讓她挫敗地尖叫。他不會死在那裡。「我還是要到那座船塢上。」

他的聲音低沉，充滿需求，幾乎變成嘶吼。「我知道，我跟妳一起去。」

「什麼？」

「我們一起上。」

他的手探進她的手臂下，推下她的胸罩，露出她疼痛的乳房，擦過乳尖。一陣意外的強烈歡愉刷過她。

「我可以對付那些獵犬，你不必……」她輕喃。

「要，我要。」

他再次吻她，偷走她的呼吸，用牙齒咬嚙她的嘴唇。她拉扯他的T恤。她想要脫光他，想要感覺他的肌膚貼著自己。

他抽開身，一把將她抱起。「上床。」

她纏在他身上，親吻他的頸部和下頷邊緣。「好主意。」

兩人狂奔過房子，衝進臥室。他將她拋到床上，抓住她T恤的衣料往上拉，陳舊的棉布在他的手中裂開。「抱歉。」

「我還有一件。」她拉掉他的上衣，手沿著他的身體往下滑，從他的胸膛滑過他腹部的堅實溝渠，然後脫掉他的牛仔褲，手往下摩擦他堅硬的勃起半身。他從喉嚨發出原始的野獸聲響，扯掉她身上最後一件衣物。一瞬間，她看著他昂然矗立在床上，高大、金髮，宛如雕琢的肌肉組成的身軀。

她太過火熱、太過濕潤，完全沒有耐心。

他撲向她，她半途迎上，親吻、磨蹭、擦亮兩人體內的火焰。他的舌頭在她的肌膚上嬉戲，他捧住她左側的乳房，用手指愛撫乳尖，直到它發痛。她呻吟，他的臀部滑進她的兩腿間，低下頭，將她的乳尖納入他滾燙的口中，引發一波純粹的歡愉。她的手指刺進他背部的堅實肌肉，拱起身，歡迎他。「好了，」她輕喃：「馬上，德朗，別等了。」

他聽見她說話，嘴唇找到她，刺入她，她倒抽口氣，身體因為歡愉而共鳴，渴望，需求更多，她抵著他磨蹭。

他一再一再衝刺，深入、強硬，築起快速火熱的節奏，他的體重在她身上持續帶來甜美的歡愉。她被填滿了，完全被他充盈，還想要更多。

她親吻他的下頷和喉嚨，而他更猛烈衝刺。她抓著他的背，全身繃緊，體內疼痛的需求綻放成一片美妙的瀑布，她感覺到自己越爬越高，被他的衝刺往上推，迷失在彼此身軀火熱的滑翔中，直到她體內某個東西崩裂。歡愉淹沒她，覆蓋所有思緒。她尖叫他的名字，身體一起嘶吼，緊箍住他，收縮擠壓，他的全身在她身上縮緊，而他發出一聲粗嘎的低吼，將一切傾入她的體內。兩人火熱地交纏在一起半晌，汗流浹背，迷失在震盪的餘波中，她分不出哪一隻手是她的，哪一隻腳是他的。

「這不是我想像中的方式。」他說，聲音依舊因爲慾望的餘韻而沙啞。

「那是怎樣？」

他將她拉過來，伸手摟住她，蘿絲靠在他身上，感到難以置信的快樂。他的手指在她的手臂上遊移。「緩慢而性感，技巧高超。」

她轉成側躺，親吻他。「你眞是失禮得可怕，德朗．里耶爾．馬譚．坎邁廷爵爺。」

「妳記住我的名字了，我認爲必須慶祝這歷史性的一刻。」

「我想我們剛剛已經這麼做了，」她低喃，上氣不接下氣。「但如果你堅持再來一次，我相信我們很快就可以再做一次。」

「妳知道當妳過度釋放電光會有什麼後果嗎？」他輕聲問。

「不知道。」

「我試過一次，」他將她擁近，結實的手臂靠在她的乳房下方。「我們被高盧召喚師用一大群馬玀困在原野中，牠們是像人猿的動物，大型掠食性猿猴。我們找不到掩護，也沒有支援，只有五個人，我們背靠著彼此，施放電光。我記得我滿嘴是血，視線模糊，感覺我的手被拉到很遠的地方。」

「後來呢？」

「威廉進入狂暴狀態，變形者偶爾會有那種情況，特別是在青春期之後。他們會失去一切知覺，變成狂戰士。他開始發狂，我們只能撲倒在地，因爲當他狂暴化時，會殺光一切。我曾經問過他一次，他說狂暴化會進入一個沒有上帝存在的地方，爲所欲爲。等他終於累垮時，我們五個是整片平原上僅存的生物。」

「萬一你繼續施放電光呢？」她問。

「我會死。我甚至不會察覺，會覺得自己可以再多撐一下，然後整個世界慢慢消失，和生命一樣。」他親吻她的臉頰。「我不會讓妳出這種事。」

她皺眉。

「妳不會知道什麼時候該停止，」他說：「妳會做得過火。我觀察過妳爲了施展出正確的酋長之陣，花了整整兩個小時施放電光。妳根本不知道自己的極限。」

她用手肘撐起身體。「德朗……」

「我已經爲妳妥協過好幾次：妳阻止我去追西蒙安的那次，或是告訴長老威廉的事那次。我那麼做，是因爲妳比較清楚狀況。現在輪到妳爲我妥協。我知道自己在說什麼，蘿絲，我是個服役超過十年的職業軍人，妳很優秀，但需要訓練。如果妳獨自到船塢上去一定會死，我不會讓那種情況發生。」

「不，」她推開他。「你不懂——」

「我懂。」他拉她回來親吻她。「妳會把第一波的獵犬殺得片甲不留，然後第二波會撕開妳的喉嚨，讓大家在妳的葬禮上痛哭，說妳如何爲此犧牲生命。」

她畏縮一下。

他伸出手，拉起她的手，親吻她的手指。「照我的方法來，我們都能保住性命，然後再來對付蓋茲洪。」他的目光盯著她。「答應我，蘿絲。」

他說得有理。她還沒有自大到聽不出來，而且她也能達到原本的目的——他不會獨自在船塢上。

「好吧，」她簡單地說：「照你的方法做，但我們還是需要某個來自蓋茲洪的東西來讓詛咒生效。」

德朗的眉頭皺起。「妳覺得喬治的身體能夠負擔讓一個生物復活嗎？只要短暫的時間。」

「或許可以，」她說：「我們要問他。」

「如果他辦得到，那麼我可能想到了一個計畫。」

他的手沿著她的身軀往下遊移，他親吻她，她貼得更近。

「蘿絲？」湯姆粗魯的聲音從門廊傳來。

德朗咒罵。

喬治坐在一根倒下的樹幹上，看著前方地面上的三隻死烏鴉。悲慘的黑色屍體，毫無生氣。牠們是被謹慎地用弓箭殺死的，沒有太多傷口需要修補。

杰克在他背後嗅著空氣，或許覺得這些鳥是很好吃的點心，婆婆和蘿絲坐在右邊一根老樹幹上。

「我不敢相信你們要他這麼做。」婆婆很憤怒，臉頰漲紅。

「他遲早會再讓某個東西復活。」蘿絲說。

「但不會這麼快！」

蘿絲用的是她「講道理」的口氣。他從來爭不贏那個語氣。「那什麼時候才叫慢？」蘿絲問。

「我不知道！」婆婆揮舞雙手。「總之不是現在。」

「如果由妳決定，那代表的是永遠不。」

「那有什麼不對？」

「妳不能要他再也不用他的天賦。」蘿絲說。

「喬治。」德朗說。

喬治蹲在烏鴉旁邊，看著他。

「我要請你做的事稱爲『戰鬥召魂術』。我們會先玩一些遊戲，然後進行困難的部分，懂了嗎？」

喬治點頭。

「以前你讓屍體復活的時候，會感覺到你和它們之間有所聯繫，對嗎？」

喬治再次點頭。那感覺像有一條魚在非常細的線的另一端，一直在顫動，拉扯著線，但力道不大。

「而有時候你會阻止它們的動作，就像你阻止你祖父攻擊蘿絲的那一次。」

喬治再次點頭。他辦得到；他不常那麼做，因爲他希望那些生物能活著，自由行動，不過，對，他辦得到。

「我要你更進一步，」德朗說：「我要你讓其中一隻鳥復活，好好控制它。你必須知道這隻鳥完全是爲了這個任務而復活的。一旦任務結束，你就必須放開它，因爲它完成了任務，應該得到安息，聽懂了嗎？」

喬治點頭。

德朗繼續看著他。

「我懂了。」喬治說。

「動手。」德朗說。

喬治碰觸右邊的鳥。它是最小的一隻，他最憐憫它。鳥吸取他的魔力，伸展身軀，猛跳起來，喬治抽搐一下，咬住嘴唇。讓某個東西復活總是會痛，他看不見牠藏在羽毛下的箭傷，但可以感覺到，沿著那條線送出一點魔力，乾淨俐落地癒合傷口，以防萬一。

鳥動了動，緩緩地伸出一隻腿，然後另一隻，翻身站起來。

奶奶吸口氣。「你們真的做了。這等於讓整件事重來一次。」

「很好。」德朗站起身，走到鳥的旁邊。「我要你閉上眼睛轉過身，讓鳥靜止不動。我會碰那隻鳥，請說出我是什麼時候碰牠的。」

喬治閉上眼睛，一陣微弱的碰觸擾動魔法。「現在。」他說。

「很好，」德朗說：「我正在做什麼？」

「把翅膀壓在身上。」

「我要你說出我是什麼時候放開的。」

半晌過去，壓在烏鴉上的力道消失。「現在！」

「非常好，你現在可以轉過來了。」

德朗走開，直到兩人間隔開好幾碼。「想辦法讓牠走過來。」

「鳥小姐，」喬治更正：「它是個女孩。」

「抱歉，請讓鳥小姐走過來。」

喬治拉扯那條線。他以前從來沒有讓一隻鳥走路過，讓動物停止動作很容易，這比較難。烏鴉搖搖晃晃，在原地打轉。

「慢慢來。」德朗說。

喬治集中精神。他越專注在魔法上，魔法變得越複雜：一開始只是一條線，然後變成幾條線纏乘的粗線，彼此交纏，然後線織成一張發光的網，抓住鳥。他試著拉扯網子，烏鴉抽搐，跌倒在地上。

喬治搖頭，努力甩掉暈眩。

「沒關係，喬奇，你不必這麼做。」婆婆說。

「奶奶，別打擾他，」蘿絲說：「拜託。」

喬治嘆息。這麼做行不通。「去找德朗。」他輕聲說。

烏鴉站起來，張開翅膀，飛到空中，飛了幾呎，落在德朗肩上。

「抱歉。」喬治說。

「很好，」德朗說：「再來一次。」

喬治點頭，花了整整十分鐘才知道該怎麼進行。他必須非常專注在路徑上，才能讓烏鴉開始走路。只要一鬆懈，牠就會飛到德朗身邊。等烏鴉終於走完這一小段路，喬治發出愉快的嘆息。

「累了？」德朗問。

「不。」

「那就來玩新遊戲。」德朗張開手，拿出一塊紅色石頭扔到地上。「鳥小姐可以拿回來嗎？」

烏鴉盤旋，抓起石頭，飛回去，丟回德朗的掌心。喬治微笑。

德朗挑起眉。「這應該比讓鳥走路更難。」

「我覺得比較簡單。」他只需要集中注意力在石頭上面，然後專心想著德朗就好。

「他以前常叫鳥幫我們偷櫻桃。」杰克說。

德朗身子往後仰，將石頭拋進樹叢。烏鴉離開他的肩膀，跟著石頭的軌跡，棲息在樹枝上。喬治皺眉。從他的位置看不見石頭。

「你找不到？」德朗問。

「我必須透過牠的眼睛才能找到。」喬治輕聲說。

「而你不喜歡。」德朗說。

喬治搖頭。

「因爲這麼做的話，你會忘記自己不是鳥？很難記得怎麼回來？」

喬治嚇了一跳。「你怎麼知道？」

「我阿姨是死靈法師。我要你做的事稱爲『死靈附身』。是有訣竅的。如果我保證可以幫你回到身體，你願意試試看嗎？」

「蘿絲！」婆婆從樹幹上跳起來。

「喬治，如果你不想就不必做，」蘿絲說：「你能自己決定。如果你拒絕，沒人會生氣。」

喬治考慮著。他只有在一隻貓上試過一次，因爲杰克可以隨心所欲地變成貓，而他從來沒有當過貓，很想知道那是什麼感覺，最後他能回到身體完全是因為杰克發現他動也不動地坐在院子裡，從後面撲倒他，撞得他胸口一緊。最糟的是，他根本不記得變成貓是什麼感覺，只隱約記得不斷在尋找某個東西、卻一直找不到的恐懼感，他知道當時是在找自己的身體。

他想知道當一隻鳥是什麼感覺。

喬治看著德朗。「好。」他說。

「等你準備好，隨時可以開始。」德朗點頭。

喬治看著烏鴉，抓緊那條存在於彼此之間的魔力線，一拉，將自己推進那具黑色的身軀。

整個世界迸裂成無以名狀的繽紛，許久，他動也不動地坐著，沉醉在樹葉的生命力和閃耀的光芒中，直到腦海深處有個東西輕輕地催促他。

石頭。

他應該找出那顆石頭。

他從枝幹跳進樹葉中，搜尋地面。在那裡，綻放出幾十種繽紛的光芒，好漂亮，漂亮得不得了的石頭。

他用鳥喙銜著，鑽過樹叢，被陽光照亮的草地如此美麗，他看見遠處的人影：有兩個站在一起，清澈瑩亮，一道比較強，一道比較弱。字眼在他腦中浮現：蘿絲、婆婆。他不確定那是什麼意思，但知道她們讓他感覺很舒服。他看見另一道人影，比較矮，帶有一種奇異的光澤，他也知道那是什麼，杰克。第三個身影在他右邊等待，是所有人最高大的一個，德朗。他必須替德朗做一件事，感覺受到牽引，卻不知道為什麼。他張開翅膀飛向他，落在他的手臂上，爪下的德朗溫暖而粗糙，石頭從他的鳥喙落下。

還有第五道人影，他從來沒見過的人影，垂頭坐在地板上，蜷成一團，他看起來熟悉得古怪，卻沒有像其他人一樣發光。

德朗開口發出聲音。

寒意襲來，他喊叫出聲，整個世界旋轉，喬治跳起來，倒抽口氣，滿臉是水。杰克拿著空水桶站在他旁邊。

蘿絲伸手攬住他，懷抱感覺好舒適溫暖。

「驚嚇會打斷那個狀態，」德朗說：「不用太誇張，尤其是他沒有在另一個形態裡待太久。他附身在其他東西上越久，就需要越強烈的驚嚇。曾經有屍體偵察兵必須用火燒彼此才能擺脫附身狀態，不過那是經過好幾個小時。我們最多只需要一分鐘。」

「你還好嗎？」蘿絲問。

喬治微笑，五顏六色的漩渦慢慢從他的腦中褪去。「這次我記得了，」他說：「我記得當一隻鳥是什麼感覺。」

第二十三章

越深入樹海，四周變得越黑暗，樹木更高更茂密，高聳的樹幹有如長滿紋路的巨柱，樹枝伸展糾纏，被青苔、地衣和大把的亮藍色馬尾藤連在一起，垂落的藤蔓有如幽冥樹魅的頭髮。樹頂的枝葉自成一層，遠離森林的地面，當蘿絲在樹林間穿梭時，不時抬頭往上看，確認杰克沒離開奶奶身邊。他一點也不高興被留下來。

她看著大步前進的德朗，他在野外似乎相當自在。他拿著小包袱，包袱裡小心安放著兩隻烏鴉。喬治在樹海之屋復活了那兩隻鳥，當時並沒有附身在牠們身上，不過一旦牠們重獲自由，他就會感覺到，並附在牠們身上。

計畫很簡單。他們盡量接近蓋茲洪，等待適當的時機，放出烏鴉，讓喬治利用牠們偷個東西，然後烏鴉飛走，他們追上去，帶著東西逃走，希望能活著離開。

喬治只能附身五分鐘，五分鐘後，不管得手與否，奶奶和賈瑞米都會叫醒他。根據德朗的說法，附身五分鐘相當安全。她不希望讓喬治做這件事，但沒有選擇，這個計畫到處都是漏洞，卻是唯一的辦法。

她和賈瑞米與黎安談過。一旦喬治醒來，他們不再需要他的天賦，賈瑞米會用買日用品的藉口帶他們和黎安與她的兒子到殘境。她給黎安夠多的錢租一間不錯的旅館房間，以她的力量，應該足以對付男孩們。不管邊境發生什麼事，她的弟弟都很安全。

周圍的樹林繁茂盎然，這裡充滿了生命，上百種細微的聲響填滿了寂靜：鳥兒爭吵、松鼠憤怒地朝跑來巢裡偷走孩子的邊境貂鼬尖叫、獾大聲抱怨、狐狸謹愼的咳吼聽起來很近其實很遠。邊境青苔覆蓋樹幹，仙履蘭形狀的花朵恣意散發蠟紅、黃、淺紫和深紫色的光芒。倒落的樹幹成爲新生命的基地，幼枝往上長，讓藤蔓有攀爬的空間。無數的花和藥草的芬芳在空氣中瀰漫，混合動物的氣息。就連穿過樹頂枝椏的光線都有如綠寶石般青翠。

在樹海的混沌中，他們只是兩小顆生命的塵埃。換作別的時間，她會很樂意坐下來傾聽樹海的呼吸，但今天她沒有這份餘裕。

「小心。」蘿絲看到德朗在一片桃紅色草叢旁停下，那種植物讓整個邊境布滿針葉和匐地的藤蔓。「那毒性很強。」

她探向最近的藤蔓，抓下一把淡黃色的漿果，遞了一些給他。「假櫻桃。」她說。

他扔了一顆進嘴裡。「味道很像眞的。」

她挑不出德朗在樹林中行動的毛病——就像狼一樣，腳步輕盈無聲。他的表情再次變得封閉，嘴角的嚴厲線條重現，那雙冷酷疏離的眼神也是。

她不顧艾麗歐諾的勸阻，堅持跟他一起來。

奶奶曾走到她身邊問。「妳爲什麼非得帶他到那裡去？」

「總要有人帶他去，他不瞭解樹海。」

「讓湯姆或賈瑞米去。」

「我們或許必須像逃出地獄的蝙蝠一樣跑離那裡，而我跑得比湯姆或賈瑞米都快，電光也比較強。再說，他信任我，和我在一起比較安心。」

艾麗歐諾抿起嘴。「我希望妳別去，我只有一個孫女。」

她看著德朗，覺得他也希望自己沒有跟著來。「我的幫助讓你很困擾，嗯？」她終於問。

「我眞希望自己不用麻煩妳。」

「你沒押著我的手臂，被侵略的是我家，我的家人是受害的目標。」

「我明白。」他搖頭。「當職業軍人最重要的是確保平民不必打仗。我們盡忠職守，讓你們這些人可以安心入睡。結果現在我卻必須仰賴平民女性和小孩的天賦。對，那讓我困擾，我也應該困擾。我不想失去妳。」

「如果我跟你走——」她開口。

他猛抬起頭，盯著她。

「如果我跟你走，就算你決定要和我長期交往，你遲早會爲了某個任務離開，留我在家裡踱步咬指甲，希望你能平安回家。」

「並不總是那麼戲劇性。」他低聲說。

「但常常很危險。」

「對。」他坦誠。

「我要怎麼做才能跟你一起去？」她問。

他對她露出冰冷的眼神。「妳必須通過某些保全檢查和能力測試，登記成我的手下之一。那是個爛主意，我會忙著擔心妳，而不是任務。」

她微笑。他沒說不行。「我想只好鍛練自己，別讓你那麼擔心，希望你是個好老師。」

「妳是個不可理喻的女人。」他低吼。

「嘿，我可沒有跑到你家門口，命令你給我考驗，是你這個笨蛋選擇我，所以只能怪自己。」

他們同時停下腳步，兩人來到一處狹窄的草地邊緣，再過去的樹海喪失蓬勃的色彩，光禿禿的樹幹孤立，矮樹叢萎成葉片枯落的糾纏枝椏，魔法消失無蹤，森林一片死寂，怪異地僵在那裡，彷彿成了木乃伊。污穢魔法的氣息陌生而強烈，染上枯黃樹幹和草地；如果那種魔法有顏色，會像紫色的腐爛污泥一樣從樹林滴落，標明獵犬的存在。

「牠們做的事很可怕。」蘿絲說。

德朗的手臂攬住她半晌，將她拉向自己，幾乎立刻放開，但那個強烈的擁抱包含了許多訊息：渴望、需要、擔心、保證……他會用生命保護她。怪的是，那讓她憤慨，沒有人應該處於需要另一個人捨命相救的處境。她不想要揹負德朗的死，恐懼退後一步，冰冷的怒火開始居於上風。蓋茲洪。如果她希望擁有任何和德朗在一起的可能性——就算不和他在一起——就必須摧毀蓋茲洪和他的獵犬，那是唯一辦法。

德朗會奮戰到最後一刻。她也必須這麼做。

他們一起踏進枯萎的樹林裡。

二十分鐘後，蘿絲和德朗並肩趴在一片谷地的邊緣，下方的地面陡峭下降，谷底中央的地面有一座怪異的機械，複雜交錯的齒輪和移動零件，彷彿是一座巨大的大鐘生了重病，嘔出所有的東西，然後內外反轉。儀器的中央掛著一串橢圓形的淡銀光芒，像是由瑩冷霧氣交織而成的一大團棉花糖。

獵犬並肩趴在儀器四周，像盒裡的火柴般排得密密麻麻。蘿絲試著計算獵犬的數量，一百二十、一百三十、一百……太多了。如果被牠們看見，會被撕成碎片。

從谷裡湧出的魔法差點讓她嘔吐，在谷壑中瀰漫，沿著地面蔓延，爬上斜坡，彷彿濃重到散不掉。她只感覺到一點氣息，但當它滑過時，那份觸感讓她全身畏縮。她想要跳起來，奔回樹海，跳進湖裡或抓起一把泥巴擦拭身體，只求能刷掉那股黏滑的鏽蝕感。

她咬緊牙關，躺著靜止不動，不敢呼吸，腦中描繪一群獵犬沿著谷壁湧上的畫面，想像邪惡的利牙穿進德朗的身體，從他的骨頭上撕開血肉。他們是什麼樣的人，那些恐懼、煩惱、快樂，身為人的一切都不重要。對獵犬而言，他們只是混合魔法的肉塊。寒意在她身上往下沉，鎖住她的肌肉，她的心跳猛烈。

德朗的手搭上她的肩膀，她瞪大眼睛看他，看見他眼中沉著平穩的力量。他沒有失去冷靜，似乎並不害怕。她將他的勇氣當作支架依靠，輕緩呼吸，吐出恐慌。

德朗用長繭的拇指撫擦她的肌膚，握緊她的手臂。

谷底地面有些動靜。

德朗專心看著那陣騷動，徹底變得面無表情，眼神轉成冰河般嚴酷。

一群獵犬分開，站出一個包裹在長斗篷中的高大身影。

蓋茲洪。

他在那裡，他們終於找到了這個王八蛋。她的心中充滿勝利感。他以為沒有人能發現他，是嗎？

蓋茲洪搖晃，彷彿有點頭昏，又立定腳步。手指一彈，獵犬在他面前分開，讓出一條路。他慢慢拖著腳步走向那具儀器。

她瞪著他的背，希望他去死。如果他們的距離在電光的攻擊範圍內，她可能會試圖轟炸他。

機器發出金屬摩擦的尖銳聲響，齒輪轉動。

蓋茲洪彎腰，從地上拿起某個東西。

儀器中央的灰色發光錐形分開，緩緩流出某個被灰色薄膜包裹的黑暗物體，上面滿布紫黃交錯的粗大網絡，物體發出沉悶的撞擊聲落到地上扭動，撐開薄膜。

蓋茲洪接近，抽出一把形狀邪惡的巨鉤到光線下，巨鉤連接著一條粗鍊，末端沒入左側一棵枯樹中。

薄膜中的物體扭動著。蓋茲洪狠狠一揮，將巨鉤刺進薄膜，腳踢向旁邊木塊橫生出的控制桿。鍊條收緊，將那團薄膜拖過地面，吊到半空中，掛到樹上，離地將近三呎高。

蓋茲洪抓扯薄膜推開，露出一頭倒吊在鉤子上扭動的成形獵犬。他抓住怪獸的頭，她看見蓋茲洪的手，他的手指變得非常長，指尖長著兩吋黑爪，爪子戳進怪獸的頸部，但獵犬毫無掙扎跡象。

蓋茲洪一劃，爪子割開獵犬的喉嚨。傷口濺出灰色液體，蓋茲洪從地上拿起一只杯子，舉到血流下方，灰血濺入杯中，流到他的手上，幾秒鐘後，獵犬不再抽搐，灰色血流終止。蓋茲洪在怪獸的背上抹了抹手，將杯子舉到唇邊。

她的胃縮緊，蘿絲用手壓住嘴，免得嘔吐。

當蓋茲洪舉高杯子時，斗篷從他的肩膀滑落，底下的身軀赤裸。他非常高大，寬肩闊胸，卻瘦到不像人類，充滿和灰獵犬一樣的糾結肌肉，肌膚上散布黃色和紫色的斑點，四肢不合比例地長。

蓋茲洪傾斜杯子，轉身，她看見他的臉。他原本一定是個英俊的男人，她仍然可以看見殘留的痕跡：深邃的大眼、下頷方正的線條，隱約可見曾經寬闊、強壯、陽剛的臉。他以前看起來一定很像德朗，但現在不再像了。交錯的血管在額角凸出，有如皮膚下有繩索纏繞，仍是淡金色的長髮變薄，從稀稀落落地糾結垂落到胸口，鬆垮的臉頰長滿皺紋，當他張開口喝下玻璃杯裡的液體時，她看見他的牙齒，他的嘴裡長滿了血紅獠牙。

蓋茲洪喝乾那杯血。所以那就是他的方法——用心智和身體作爲代價，換取對獵犬魔法的免疫能力。

德朗有力的手指壓進她的手臂，她瞥向他，他的目光專注盯著蓋茲洪上方某處，位於另一邊谷壁的高處。她看過去，趕緊在驚喘出聲前壓住。

一頭狼俯臥在樹叢中，看起來有如惡夢產物，純黑色，比一頭小馬更大。她記憶中的他非常巨大，她以爲是恐懼帶來的錯覺，讓記憶比眞正的體型更大，可是，不對，的確有那麼大。

德朗的嘴唇動了動，用嘴形無聲吐出一個名字：威廉。

狼轉動目光，看見她，眼中閃過琥珀金光，黑色的嘴唇揚起，發出沉默的怒吼，威廉對他們露出滿嘴的獠牙。蘿絲顫抖。

情況不對，如果威廉是蓋茲洪的同夥，那他幹嘛躲在樹叢裡？

撞擊聲吸引他們低頭看。蓋茲洪將杯子扔向儀器，它彈開。他往後靠，長爪的手抓過稀薄的長髮，開始以機械式動作編起辮子，彷彿他已經做過了上千次。他編了幾吋，所有頭髮便從他的頭上滑落，讓他完全禿了。蓋茲洪無法置信地看著手上的頭髮，用力甩開，頭髮落在某個齒輪上，掛著不動。

他們無法再找到更好的機會了。蘿絲抓住德朗的手臂，收緊手指，直到他看向她，然後用連她都幾乎聽不見的耳語說：「頭髮，他的頭髮。」

蓋茲洪癱坐在地上，成山成海的獵犬在他身邊磨蹭，他抱住其中一隻，臉頰貼在蒼白皮膚上，獵犬側躺下來，蓋茲洪躺在牠身上。

德朗點頭，探向身邊包袱，小心翼翼地鬆開烏鴉。蘿絲祈禱喬治能看見頭髮。她曾對他強調過要找什麼：衣服、有頭髮的梳子、個人物品、銀器……剛從身上落下的頭髮，那麼多的頭髮，是所有咒術師夢寐以求的目標，只有鮮血能比過它，但只有暫時──血腐敗的速度太快了。

他們動作的同時，狼的視線燒灼著她。這塊林木叢生的谷壑方圓大約兩哩多，她知道威廉不可能碰到他們，但他瞪著他們的眼神讓她想要尖叫。

蘿絲抓緊她的鳥。現在喬治會感覺到他們對烏鴉的動作，開始集中精神。她將鳥轉向面對頭髮的正前方，不斷輕聲說：「頭髮、頭髮、頭髮、頭髮……」

德朗放開他手上的鳥，半晌後，她也放開她的。烏鴉像兩塊黑岩一樣往下俯衝，德朗的烏鴉下撲後飛起，爪子抓住蓋茲洪斗篷的纖維。「不，」她輕聲說：「不、不對，喬治……」

一頭獵犬猛抬起頭，接著是另一頭，一道黑色身影躍起，烏鴉落下。

第二隻鳥慢慢在獵犬上方盤旋，轉身，折向左方──牠要叼那只杯子。蘿絲的心臟猛跳，雙手緊握成拳，用意志力命令鳥往右轉。

在最後一刻，烏鴉往右墜，將髮辮扯離齒輪。

黑暗魔法的藤蔓從儀器射出，刺入鳥的羽翼。蘿絲屏住呼吸。加油，喬治，加把勁，你辦得到。

烏鴉搖晃，抽搐，奮力拍動翅膀往上飛，越飛越高，消失在樹林後方，往東門區的方向飛去。

蘿絲的臉垂到地上。他辦到了，她弟弟辦到了。

德朗的手抓緊她的肩膀，拉她起身，下方谷壑的獵犬紛紛站起，德朗的臉色陰沉。在谷地的另一端，威廉往後退，慢慢爬開。

他們悄悄滑離懸崖。十呎、十二、十四、二十，德朗將她拉起，輕喝出一個字。

「跑！」

他們衝過樹林，在地形允許的情況下盡快奔逃，樹幹在身邊飛過，她跳過枝幹，撞過樹叢。

「再快一點。」德朗在她正後方喊。

蘿絲奮力加快速度，空氣燒灼她的肺部，腰側開始疼痛，她繼續跑，樹木糊成一片，夾雜她粗嘎的喘息。

他們衝進一片小空地，德朗抓住她的手臂，拉她轉身。「暫停一下。」

她彎下腰，努力別嘔吐。他看起來甚至連大氣也沒喘一下。

德朗從背上抽出一支劍，再將它轉過來。「用近距電光，」他說：「發出的聲音越小越好。」

第一頭獵犬從樹叢踏進空地，繃緊身軀，修長四肢上的肌肉收縮，躍到半空。

德朗一揮，劍身將獵犬切成兩半，他將一道電光送進殘骸中，獵犬屍體冒出刺鼻的煙霧。蘿絲咳嗽，從他身邊走開。近距電光。

一頭獵犬衝過枯萎的樹叢，直衝向她，大動作的跳躍、咧開大嘴，血紅的獠牙準備撕裂血肉，四隻發亮的灰眼瞪著她。獵犬撲上，蘿絲放出電光，一道精準的近距電光一路從怪獸的肩膀劈穿胸口，怪獸的上半身往旁邊滑，露出充滿灰色黏液的淺紫色體腔，然後倒落一旁。

另一頭獵犬從右側衝向她。蘿絲再次發出電光，看著牠的頭在枯死的草地上滾動。

一大群烏黑的怪獸奔過樹林而來，在魔力枯竭的林木間特別醒目，怪獸群直奔他們而來，他們很快會被重重包圍。

蘿絲挺直身，深吸口氣，一條電光鞭從她身上射出，彎向地面，分成三股，開始繞著她轉。最前面的怪獸跳起，瘀青般皮膚下的肌肉鼓起，四腿彈躍，露出恐怖的牙齒跳向她，倒向一旁，被切成三塊。

牠們直衝著她來。因爲她耀眼的灼熱電光，成了無法抗拒的目標。她專心地盡可能快速轉動弧光，斬切醜惡的身體，直到地面因爲牠們灰色的體液變濕。左邊的德朗劈砍成群的獵犬，劍舞成危險的旋風，以致命的精準出擊，迅速而連貫。他的劍每次劃下，就有生命消失，充滿純粹的美。

最後一頭獵犬在空地邊緣駐足，她停下電光，朝牠射出一道刺眼的強烈白光，德朗同時出手，兩道電光交錯，獵犬倒下。

空地因爲灰色的血液變得濕滑，遍布著冒煙的屍骸。

德朗上下打量她。「沒受傷？」

她點頭。

「我們殺了多少？」她問。

她環顧屠殺現場。「五十頭？」

「二十二頭。」他拭乾劍，收劍入鞘。

「只有二十二頭？」她不敢相信，感覺似乎多上更多……

「二十二頭。」他抓住她的手臂。「跑，免得其他獵犬趕來。」

他們奔過樹林。

「我不認爲威廉在幫助蓋茲洪。」她說。

「我也不認爲。」

「那麼他在這裡做什麼？」

「我知道才有鬼。」

如果威廉是蓋茲洪的共犯，只需要發出一點聲音，那一大群怪獸就會蜂擁而上。

「那是什麼？」德朗問。

「什麼？」

「妳剛剛在那裡做的電光弧球？」

「那是『酋長之陣』，」她告訴他：「我第一次看見威廉的時候，害怕他會靠近，所以將電光分成三股。因爲某些原因，這麼一來，我可以讓它們轉得更快。怎麼，你以前沒看過這種做法嗎？」

「我不認爲以前有任何人看過這種做法，」他告訴她：「繼續跑。」

他們以破紀錄的時間抵達柵欄，奶奶在門口內等他們。

德朗微微俯身。「夫人。」

「夠了、夠了，」她表情不善地告訴他：「湯姆在裡面等著見你。」

德朗點頭。

「你們拿到頭髮了嗎？」蘿絲問。

「拿到了。」

德朗消失在建築中。蘿絲癱倒在地，仰躺著，四肢大張，全身感覺像被洗衣機蹂躪過的濕棉花。

「妳還好嗎？」艾麗歐諾睜大的眼睛擋住天空。

「沒事，」她上氣不接下氣地說：「我只是要在這裡躺一下。他是鐵打的，跑得很快，根本不會累。」

「小混蛋們逃走了。」艾麗歐諾說。

「什麼？」

「賈瑞米用妳的電話打給我。他照我們說好的，帶他們還有黎安和她兒子到殘境去。他們乖巧安靜地坐著，直到他在加油站停車，準備左轉進高速公路，然後他們拉開卡車的門衝出去。」

蘿絲閉上眼睛哀嚎。*我造了什麼孽？*

「賈瑞米和黎安試著追上去，但他們不見了。」

「他們回家裡去了，」蘿絲用手一推地面，坐起身，感覺自己有一千歲。他們還能去哪裡？「是杰克的錯，他相信如果沒有他幫忙，我們就無法打敗蓋茲洪，而他一定說服了喬奇這麼做。我會去找他們，帶他們去找黎安。我不認爲除了家人，他們會答應任何人走出來，所以不是妳去就是我去，而妳得詛咒蓋茲洪，只好我去。」

「快點。」奶奶說。

「好吧。」蘿絲手一推，站起身。

「去吧。」艾麗歐諾揮手。

蘿絲走向門口。她考慮了一下要不要去找德朗，但決定不那麼做。他必須在他們施咒的時候保護堡壘，而她對樹海的熟悉度就像自己的手背，只要兩個小時，把他們交到黎安手上就會回來。孩子們必須送到安全的地方，她越快辦妥，對所有人來說越好。

第二十四章

蘿絲踩著小碎步，沿路慢跑，全身發痛。德朗每天早上跑步是有道理的。如果她想跟上他，就必須開始跑步。她無比痛恨跑步；她常常走路，但沿路走幾哩和逃命之間天差地遠，一天打掃十個小時的辦公室並沒有改善她的運動能力。她也必須鍛練騎術；她慢慢騎的表現還不錯，但小跑步會讓她怕死地緊抱住，而疾馳根本不用考慮。

她想到德朗對男孩們不會騎馬憤慨不已，彷彿邊境每個人都有一匹該死的馬。她會騎馬完全是因爲爺爺堅持留著他半瞎的老牝馬「小可愛」。她記得小時候騎過牠，小可愛幾年前死了，而爺爺再也沒有買另一匹來取代牠。

她猜想克利特爺爺可能會認同德朗。

蘿絲繞過轉角，看見房子，做好心理準備。接下來可能會有憤怒的吼叫和眼淚，她最後會達成目的，但必須經過一頓嚴厲的斥罵。

一個高大的黑髮男人從矮樹叢間踏上馬路，穿著牛仔褲，褪色T恤外套著黑色皮外套，瘋狂的眼睛看著她，宛如兩顆琥珀。

威廉。

蘿絲頓住腳步。

他沒再接近，表情嚴肅，嘴唇抿成嚴厲線條。「孩子們很安全，」他說：「我一直看著他們。」

恐懼沿著頸部流下。她提醒自己她可以隨時用電光炸了他。「你爲什麼在這裡，威廉？」

他搖頭。「我不知道。」

她打量他的臉，看見透著謹愼的明顯猶豫；那正是杰克撞進不熟悉的人類感情領域、滿心戒備，不知道接下來該說或做什麼時的模樣。如果以杰克當例子，威廉已經緊繃到極點，可能隨時會崩潰攻擊。

「陪我坐坐，」她說，保持口氣冷靜。「我們聊聊。」

他跟著她走近屋子，她移開結界石，讓他進來，指向門廊的椅子，但他坐在台階上，她坐在另外一端，在彼此之間留下足夠的距離。她瞥向廚房的窗戶，看見兩張臉。他們躲起來，但來不及躲過她丟給他們的第一流皺眉。

蘿絲回頭看向威廉。他正處於情緒的懸崖上，說錯一句話或一個錯誤的眼神都會把他推出去。她曾經不只一次跟處於相同情緒下的杰克談話。當然，八歲大的男孩和年近三十歲的職業殺手不能相提並論。她必須非常小心進行。誠實是最重要的，杰克會本能地察覺她的謊言，而威廉很可能也有同樣的能力，最好避免會讓他激動的話題。

「我看見妳和德朗在一起，」他說：「你們兩個……」

小心進行的部分來了。「我愛他。」她說。

「嗯，」他伸手抓過頭髮。「他愛妳嗎？」

「我不知道，我們沒討論過，所以他不知道我的感情。」

「爲什麼選他？爲什麼不選我？」

他用純粹中立的語氣提出這個問題，但她察覺到隱藏的情緒——一輩子被人拒絕。他應該得到一個誠實的答案，而她花了一會兒思考。

「很難解釋。我們在很多方面都很像，你或許不認爲，但我們很像。他讓我感覺被需要和安全感，也讓我大笑……還讓我氣得火冒三丈。有時候我差點對他施放電光，」她頓了頓。「很難將愛情分解成能解釋的理由，威廉，那是一種力量、一種感情，你知道自己什麼時候有感覺，什麼時候沒有。」

「所以妳對我沒有任何感覺？」那個問題以平板中立的語氣提出。

「那樣說不完全對，」她說：「我對你的瞭解不多，但你有我喜歡的特質。我喜歡你的誠實，喜歡你的耐心和對孩子們的親切，還有你一直照顧他們。但不喜歡你把艾默生倒吊在樹上，嚇得我半死。」

「我很沮喪，」他說：「妳不開心。」

他送了她一份禮物，不明白她爲什麼不高興。就像杰克一樣。「我很感謝你的心意，但還是希望你沒那麼做。」

威廉懷疑地看她一眼。

「喬治有一次和一個年紀比較大的男孩打架，那個比較大的男孩打中喬治嘴巴，把他打倒在地。杰克決定跳進去，把那個年紀比較大的男孩揍得非常慘，打斷他的鼻子和一顆牙齒。他以爲自己是英雄，我罰他禁足一個星期。如果他揍那個男孩一拳，然後到此爲止，我不會有反應，但他做得太過分。把艾默生吊在樹上太過分了。」她嘆氣。「不管你相不相信，德朗和我討論過同一件事。我不希望任何人替我打仗，那是我的事，我想自己應付。」

他思考她的話。「很合理。」

「我對你確實有感情，」她說：「努力保護孩子們和在我丟掉工作時問候的感激之情，但那和我對德朗的感情並不一樣。當德朗不在時，我無比想念他，彷彿整個世界有某個地方不太對勁。」

「我懂了，」他說：「那妳和我算什麼？」

「我們可以當朋友，」她說：「朋友讓世界變得容易忍受，那是某種榮譽，在人們認識的那些人裡，他們選了你當朋友，而你努力配得上那份友誼，或至少我會努力。我對你的瞭解不多，但我覺得如果有更多時間，我們可以成爲朋友。」

威廉的臉色變得陰沉。

「你可以從人們選擇的朋友去瞭解一個人，」蘿絲說：「比方說，你有個朋友——德朗。你一定熱愛自找麻煩。」

威廉一言不發。

「他一直很努力想找到你，」她說：「你打電話給我，而我不肯把電話給他那一次，他差點把我的頭咬掉。」

沒有反應。

「你和德朗是怎麼回事？」她輕聲問。

「我們一起在紅軍服役，」他說：「他對妳說過那件事嗎？」

她點頭。

「在紅軍裡比較好過，」他的口氣沉悶平板。「他們會告訴你什麼時候起床、什麼時候睡覺、什麼時候吃飯、該穿什麼、要殺誰，你只要照他們的命令到該到的地方，別問問題。我們在裡面服役很久，大多數人無法撐那麼久。他管他自己的事，我管我自己的事，偶爾說話，說的從來不多，但他會罩我，我也會罩他。他有一次拖著我離開一艘著火的船，游了一整晚，直到被一艘巡邏艇救起來。那時我昏昏沉沉，重死人，我問他為什麼那麼做，他說因為我也會為了他那麼做。我以為他和我一樣，妳懂嗎？像我這種無家可歸、扭曲不正常的混蛋。」

他抬起頭，眼中充滿憤怒。

「妳知道他有家人嗎？他的父母愛他，他有母親，而她愛他。他父親認為太陽是因為德朗的話而升落。他們以他為榮，他有個妹妹，而她也愛他！當我成為貴族時去見過他們，她抱著他。他站在那裡，我的腦中可以看見我們流過的那些血從他身上滴落，而我知道他們不在乎。這麼久以來，我一直以為他和我一樣沒用孤獨，只是掩飾得比較好。結果不是。那個混蛋隨時可以走人，而他們無論如何都會接納他、愛他。妳告訴我：什麼樣的混帳會離開那樣的家？」

她不知道該說什麼。「有家人並不是他的錯，威廉。」她終於說。

「不是，但我因此無法原諒他。我一無所有，我身上的衣服？偷來的。妳所看到的就是我所有的一切，紅軍曾是我的一切，但他們從我手上剝奪了它。他連那個都拋棄了。」

他的身上迸發出怒火。她很確定如果他碰到德朗，一定會殺了他。她必須引導他離開暴力的念頭。「德朗不想離開紅軍，他不喜歡當貴族，不想要那些責任。他那麼做是為了幫你。」

「我沒要求他那麼做。」威廉咆哮。

「但他還是做了，」蘿絲說：「我沒有要求你攻擊艾默生，但你還是做了。」

「那不一樣。」

「一樣。有時候就算我們不想要人幫，別人還是會幫我們。換作你會怎麼做，威廉？」

「我會去劫獄。」威廉說。

「過程中有人會死，然後德朗會對你很火大。」

威廉往後靠，長長的吼叫在他的喉嚨振動。

「你為什麼跟蹤蓋茲洪到這裡來？」她問：「因為你知道德朗會來，而你想找機會跟他打架？」

「不。蓋茲洪『收養』我，就開始暗示他希望解決德朗，我告訴他不行。我和德朗之間的問題要照我的方法解決，他不太能接受那個答案。他給了我一棟森林邊緣的房子，確保有人送食物給我，但除此之外，他不干涉我。接著三星期後，他邀請我跟他去『進行一趟小冒險』，我拒絕了，他聞起來……很古怪。他離開之後，我到他家，闖進他的書房，他準備了一些文件，準備在事情出錯時，將所有闖出的禍都怪罪在我頭上。所以我追蹤他，但等我找到他時，他已經有太多獵犬，他打算追殺我，所以我到了殘境。」

「所以你到這裡來復仇？」

威廉搖頭。「不，他的所作所為是叛國，我發過誓要保衛王國。」他看著她：「我有些絕對不會打破的原則，已經根深柢固。叛國是無法想像的。」

「德朗也是為了同樣的原則來到這裡。如果你們兩個現在互相殘殺，蓋茲洪就贏了。」

威廉再次怒吼，充滿警告和壓抑侵略性的純粹獸性聲響。她頸背的每根毛髮都直立起來。

蘿絲逼自己以冷靜的口氣說：「蓋茲洪瘋了。他想要吃掉男孩們。我不希望我弟弟死，也不希望自己死。你和德朗有辦法表現得像個大人，等我們殺了他之後再找彼此算帳嗎？」

威廉謹愼地看她一眼，眼神再次冷靜下來，恢復成幾乎正常的淺棕色。

「你已經等了這麼久，當然可以再等一下，拜託？」

他往後傾身，用鼻子深深吸氣。「好吧。」

「謝謝。」蘿絲微笑。

威廉猛抬起頭，齜牙咧嘴，眼眸閃出琥珀光芒。

幾秒後，她也聽見了：馬蹄聲。一名騎士在道路的轉角現身——德朗在賈瑞米的黑馬上。

她徹底目瞪口呆，無言以對：他非得在這個時候出現。

德朗猛勒住馬，在屋子前方下馬。「嗨，威爾。」

威廉深呼吸。「德朗。你怎麼知道？」

「男孩打給我。」

她猛然旋身，看見喬治發現她的表情後臉色發白。小白痴。

德朗解開劍鞘，將劍和劍鞘靠在一根斷木上。威廉抽出一把大獵刀，插進門廊。「你還好？」

「對。」

「很好。」

威廉化成一陣殘影。他出手的動作太快，她根本沒看見。德朗閃過，手肘撞向威廉的肋骨。威廉轉身，重踢一腳。德朗往後疾躍，兩人分開。

他們在草地上交纏成一團拳腳的影子，快到看不清楚，致命而敏捷。威廉野蠻地朝德朗的肋骨揮出手肘，德朗悶哼一聲，手肘撞上威廉的臉。

不管他們之間有什麼問題，顯然都無法用談話解決。

她背後的紗門打開，然後小心翼翼關上。杰克和喬治走過來，坐在她身邊。

草坪上，威廉將德朗打倒在地，德朗翻身而起，威廉往他的臉出拳，一拳、兩拳、三拳。德朗倒在地上，咳嗽飛踢，從下方掃過威廉的腿。威廉像根樹幹一樣倒下，兩人同時躍起。

「他們爲什麼打架？」杰克問。

威廉的手指戳向德朗的腰側。

「他們是好朋友，」她說：「和兄弟一樣，這麼做比把話說開容易。」

德朗抓住威廉的手臂。

「噢，」杰克點頭：「就像我和喬治。」

「就像那樣。」她說。

威廉的手肘撞向德朗的腹部，掙脫開來。

蘿絲伸手攬住弟弟，三個人一起看著，每當有人落下風時跟著畏縮，嘖嘖作聲。他們還能怎麼辦？

德朗踢威廉的頭。威廉搖晃，搖搖頭，使出一連串閃電般的飛戳。德朗擋下，威廉朝德朗的腰部打下一記重拳。貴族呻吟，頭撞向威廉的臉，鮮血湧出。他們踉蹌分開，氣喘吁吁。

德朗彎腰，用手臂護著腰側。威廉揉著臉，舉高鮮血淋漓的手指，彷彿想說些什麼，膝蓋突然一軟，倒在草地上。

德朗坐下。

「那帥呆了。」喬治說。

杰克沒有評語，顯然完全沉浸在那場帥氣的戰鬥中。

「你們解決了嗎？」蘿絲喊道。

德朗抬起頭。「威爾？」

威廉揮揮血淋淋的手。

「對，我們解決了。」德朗說。

「很好，」她說，站起身。「杰克，扶威廉到屋子裡去把臉上的血洗乾淨。」

她越過草地，走到德朗身邊。「你還好嗎？」

「非常好。」他說。

「你的肋骨斷了嗎？」

「或許沒有，最多是裂開，我們打得很謹慎。」

「這麼做有解決任何問題嗎？」

「讓我感覺好一點，」他說，坐起身。「妳有看到我踢他的腎臟嗎？」

「我看到了。」

德朗對她露出凶狠的掠食性微笑。「他明天就會有感覺了。」

杰克看著威廉在洗手槽洗臉，水染成紅色，房間裡到處都是血的味道，強烈而帶著鹹味。杰克不喜歡人類的血，那讓他很緊張。手環下的皮膚發癢，他抓著手腕，抗拒爪子想要冒出來的刺痛。他忍不住。威廉比較高大強壯，鮮血淋漓。他是個威脅，很麻煩的威脅。

那場戰鬥是他這輩子看過最棒的場面。

「有毛巾嗎？」威廉說。

杰克從廚房椅子扯下一條毛巾，拿過來給他。威廉從他的手指上拉過來，抹乾臉，看向他。威廉的眼睛閃著金光。狼，閃過杰克腦海。他早就知道威廉是某種變形者，因爲他和喬治看威廉和蘿絲說話時，發現他的眼睛在發光。但他不知道是什麼種類。現在他知道了。

威廉撲向他。杰克往後閃，卻被威廉抓住，舉到和他的臉等高的位置。

杰克掙扎，但威廉的手像大鐵鉗一樣抓住他。

威廉盯著他的眼睛，臉整個刷白。「讓我看你的牙齒。」

杰克嘶聲。

「你和我一樣。」威廉輕聲說，看起來像肚子挨了一拳。

「不，」杰克告訴他，想讓他好過一點。「你是狼，我是貓，我們不一樣。」

威廉吞嚥。「你住在這裡？」

他怪怪的，杰克決定。他當然住在這裡，但威廉是頭大狼，惹他發火並不明智。他簡單點頭。

「你有房間嗎？」

杰克點頭。

「在哪裡？」

杰克用頭示意，手臂仍然被威廉的手緊壓在兩側。

威廉帶著他，大步走過房子，走進他的房間，癱靠在門板上。他手臂所有的力氣一定都消失了，因爲他鬆開了，杰克扭脫開來，落在地板上。

威廉瞪著他的房間，杰克跟著看，以免有什麼被威廉看到，他卻沒看到意外的東西。那是個普通房間，兩張床，一張他的，一張喬治的，蘿絲用鉤針幫他們兩個織了毛毯，他的是藍色配黑色，喬治的是紅色配黑色。他喜歡那兩張毛毯，因爲就算洗過，聞起來還是蘿絲的味道。

他看向床後面的窗台，七吋塑膠蝙蝠俠在那裡和超人拳頭相向，角落一座老舊書架上放著幾輛火柴盒小汽車、書本和更多模型。杰克走到書架旁，指向那些玩具。「這是太空超人，」他說：「他是我最喜歡的角色。因爲我喜歡，蘿絲從跳蚤市場買來的。」

威廉只是看著他。從這裡看，他的眼睛瞪大了，而且在發光。

「這傢伙，我不知道他是什麼，但我喜歡他的鎧甲。我想他可能是騎士，只是沒有適合他的手的劍，所以給他一把槍，所以我想他是個槍騎士。」

杰克拿起太空超人和槍騎士打了一下，看著威廉，威廉的臉色絲毫沒有好轉。

「我想你可能不太好，」杰克說：「沒關係，我有時候也會那樣，當我眞的很害怕，只想傷害某個東西的時候。沒關係，重要的是別恐慌。」

他走過來，握住威廉的手。這方面蘿絲比他擅長，畢竟他從來不必爲別人做這件事，但他記得她是怎麼做的。「你很安全，」他說：「你在一個好地方，在這裡沒有人能傷害你。你不必害怕。」

他遲疑了。「接下來有些肉麻兮兮的安慰話，但可能不適合你。重要的是：這是個好地方，安全又溫暖，有水有食物，而且不必害怕，因爲有結界石在，它們會擋住壞人，蘿絲不會讓任何人傷害你。」

威廉看起來好像很難受，看來必須拿出緊急辦法。「留在這裡別動，」杰克告訴他，跑到冰箱，帶回一根巧克力棒給他。「吃吧，」他說：「我很難受時蘿絲就會給我一根，會讓你感覺好一點。」

威廉的手顫抖。

「我去找蘿絲。」杰克說。

「不，」威廉的聲音彷彿剛吞下幾顆石頭。「我很好，已經沒事了。」

他站起身，將巧克力棒遞還給他。「你吃。」他說，往外走到門廊上。

杰克看著巧克力棒，聞起來好香，但巧克力棒只能用在緊急狀況。他嘆氣，放回冰箱。

等他走到外面時，威廉靠在門柱上，旁邊是坐在草地上的德朗。蘿絲正在因爲某件事斥罵喬治，杰克走到德朗身邊坐下。

「你知道多久了？」威廉說。

「我到這裡的第二天遇見他們。蓋茲洪的獵犬攻擊他，但他沒變身，所以我一開始並不確定。」

「在這裡變身很痛，」威廉說：「會讓人昏倒。」

「我想也是。」

威廉下頷的肌肉收緊。「你會送他去霍克學院嗎？」

德朗搖頭。「如果她跟我走——而她還沒答應——他會留在我們身邊，不去霍克學院，不去專門學校，不關空房間。我會盡力讓他的童年和平常人一樣。」

威廉看起來並不相信。

「他這輩子都和他們住在一起，」德朗說：「你以爲她會答應我送走他嗎？」

兩人同時看著蘿絲。

「我同意爲了他出手，」威廉說：「爲了那男孩。在那之後，我就走。」

德朗點頭。

「你們有計畫嗎？」

蘿絲走到他們身邊，杰克綳緊身子，但她似乎沒打算說教。

「在我們說話的同時，有好幾個本地人正在對蓋茲洪下咒，」德朗說：「一旦他昏過去，我們就會在當地的一個湖裡放電，電流應該強到足以弱化獵犬，蘿絲和我會在湖中央的船塢等牠們。我們會放幾次電光，吸引牠們過來，殺掉殘餘的獵犬。一殲滅掉大部分的獵犬，我們就去找蓋茲洪。」

威廉閉緊眼睛搖頭。

「如果你有更好的辦法，我洗耳恭聽，別藏在心裡。」德朗邀請道。

威廉往後靠，安靜了半晌。「只有電光不夠，你們必須盡可能吸引更多的獵犬過去。」

「你想自告奮勇？」德朗問。

「還有誰？你們動作太慢。」

「你的意思是什麼？」蘿絲問。

「他的意思是他會變身成狼，吸引獵犬來找我們。」德朗說。

「那是自殺行爲。」她直接說。

威廉皺起臉。「一個自願爬上通電池塘中船塢的女人沒資格說這句話。」

「你怎麼會知道通電是什麼意思？」蘿絲問。

威廉瞥向德朗。「你沒告訴她？」

德朗聳肩。「沒有機會。」

「我們受過工業破壞訓練，」威廉說：「萬一殘境和異境爆發衝突，紅軍會派士兵到殘境，癱瘓工業中心。」

「殘境靠電力運作，」德朗說：「破壞發電廠，一切就會停止。沒有電代表沒有水、沒有通訊、沒有後勤補給，什麼都沒有，就連汽油也是藉由電力引擎發動，拿掉電力，就會出現巨大混亂。」

「異境的人數遠比殘境少，」威廉說：「萬一爆發戰爭，毀掉他們的基礎設施是我們唯一的選擇。」

「你嚇到我了。」蘿絲說。

「別擔心，」德朗說：「兩個次元眞正爆發衝突的可能性微乎極微。」

「那主要是預防措施。」威廉說。

「必須針對敵人做得到，而不是可能做的事預作準備。」德朗說。

威廉點頭。

蘿絲看起來並不相信。

第二十五章

艾麗歐諾在敲門聲打破沉寂的前一秒，便察覺到接近的步伐，放下搗杵，走去開門。嚴格來說，那應該是最年輕的艾蜜莉負責的工作，但艾蜜莉正在爐灶上煮一隻死貓，必須不斷攪拌，那聞起來已經夠噁心了，沒必要再加上燒焦的臭味。

艾麗歐諾打開門，看見一名面熟的年輕女人。露琵，她記得，亞黛兒的其中一個曾孫女。

「有個男人來見妳。」女孩說。

男人？到樹海之屋來？他到底是怎麼通過結界的？「是找我或妳曾祖母？」

女孩搖動那一頭黑髮。「是妳，崔頓太太。」

艾麗歐諾用圍裙擦拭雙手，走出去。

一個男人在庭院中等候：黑髮、高大，大約和德朗同年。他抬起頭，眼眸閃出不羈的琥珀光芒。警覺竄過艾麗歐諾全身，那感覺有如注視猛獸的眼睛。「看來你是威廉。」她說。

他點頭。

「你來此是爲了自己或蓋茲洪？」

「爲了杰克。」他說。

「我懂了。」她不懂，只是似乎應該那麼說。

威廉坐到草地上。「等施咒完成後就告訴我，我會引獵犬到湖那裡。」

艾麗歐諾點頭，走進屋。發生了某件事，她得問問蘿絲，但不是現在，現在他們必須施行古老的魔法。

兩小時後，她搖搖晃晃走到門廊上，一臉蒼白疲憊。他坐在同一個位置。「結束了，」她氣喘吁吁，那也耗盡了他們所有的力量。「快去，咒術沒法拖延他太久。」

威廉拉起上衣，然後靴子，接著是長褲，全身赤裸地站在草地上。

他的身體扭曲，肌肉和骨頭伸展，像融化的蠟一樣流動，脊椎彎曲，雙腿抽搐，整個人倒在草地上，一陣劇烈的顫抖竄過四肢，手指抓過空氣，新形成的骨骼沾滿潮濕的淋巴液和鮮血，穿出肌肉。艾麗歐諾壓下顫抖。

血肉扭轉流動，包覆新的骨架，濃黑的毛髮冒出，遮蓋皮膚，一頭巨狼翻身躍起。

「打開大門！」艾麗歐諾喊道。某個年輕人將木門拉到一旁，用力推開大門。

狼喘口氣，衝進樹海。

艾麗歐諾目送他離開。強烈的恐懼湧出，像冰冷的拳頭緊揪住胸口，她癱倒在一張椅子上。這不會有好結果。

池塘平靜無波，泥濁的池水渾暗青綠，午後的時光已經變成了傍晚，但他們至少還有幾個小時的陽光。從小氣墊船頭的優越位置，可以非常清楚看見船塢，被層層的菱紋輪胎橡膠覆蓋，完全遮住了木板。她說不定會死在這裡。她這輩子思考到死亡的時候，從來沒想過最後會在蓋滿黑橡膠的船塢上送命。至少孩子們很安全。她帶他們到殘境和愛咪．海爾一起。他們不喜歡，但都清楚現在不是和她爭辯的好時機。

巴克威和德朗安靜地跟在她背後，船塢越來越近。

她握緊雙手，免得發抖。十分鐘前，賈瑞米打電話給她，電話終於壞了，他話說到一半就被切斷，但她已經聽到了訊息：咒術已經施下。蓋茲洪睡了，威廉一聽見就出發前往森林，現在她在一艘小船上，前往一座看起來越來越像死亡陷阱的船塢。

「現在回頭還不算太遲。」德朗說。

她搖頭，偷看他一眼，他一臉放鬆愜意，沒露出半點緊張。她不知道他是不覺得害怕或隱藏得很好，但她也必須那麼做。如果她崩潰，就會害他分心，而她硬要插手的全部重點是在於幫他分擔戰鬥。

她對他翻白眼。「想都別想。」

德朗對她微笑。

「軍隊裡有句話，」湯姆．巴克威說：「常常犯錯，但絕不懷疑。一旦決定必要的目標和做法，就沒有自我懷疑的餘地，動手就對了。」

船塢迫近。蘿絲起身，抓住一根木柱，將船拉向船塢旁，德朗扣住船塢邊，挺身上爬，蘿絲抓住他的手，讓他拉上船塢。她踩踩穿著黎安橡膠底靴子的腳，鞋子大了一號，但她沒有任何絕緣的靴子，只好將就，這個計畫現在看起來整個蠢到不可思議。

威廉和她有同感。當他們告訴他計畫時，他閉上眼睛搖頭。這個輕率計畫是她想出來的，但事實只是讓整個情況更加諷刺。

巴克威將德朗的劍遞過來。「一旦電纜放下就別碰水，我們會在那裡。」他指向船塢後方的水岸，教堂的屋頂橫過天際。「如果任何一隻越過你們到路上來，我們準備了大砍刀，我還帶了電鋸。我們那裡有六個人，每個人應該都有本事對付那些怪獸。」

德朗點頭。「祝你們好運。」

「你們也一樣。」巴克威離開。

她想要跳到他的船上。天殺的，她想要跳進水裡，游到岸上。

「怕了？」德朗問。

「對。」她看不出說謊有什麼意義。

「很好，那會讓妳集中精神。」

他們看著巴克威靠岸，拉起船隻。他背後的沙德．史密斯揮舞手臂，黎安出現在岸上，用橡膠手套握著一條被砍斷的粗電纜，將它拋進水裡，發出有如雷擊般的巨響。

船塢旁浮起一條小魚，翻了白肚。

「再來就是等待。」德朗說。

蘿絲聳動肩膀，試圖甩脫揮之不去的壓力。

「切記，視線模糊時就住手，」他說：「繼續下去是自找麻煩，別做傻事。」

她點頭。

池塘四周的樹林沒有半點風，一隻邊境鳥從不知名的遠處發出高亢鳴唱。仿聲鳥尖叫。

「對了，關於你在私人活動上有豐富的想像力那件小事，」她說，努力壓下緊張。「那也是騙人的玩笑嗎？」

「看妳怎麼想。那不完全是騙人的，如果妳跟我走，會發現關於我和異性的床笫遊戲充滿『創造力』的謠言確實存在，那是我自己散播出去的，非常謹慎地操縱，控制謠言的技巧在於偶爾加油添醋，免得謠言消失。」

「你爲什麼要那麼做？」

「因爲我不喜歡被每個尋找丈夫的積極年輕淑女當成牛肋排來挑選。儘管我的態度不善，卻很富有、英俊又是貴族。」

「受到這麼多女性青睞，你眞可憐。」

德朗臉一皺，表情變得冷酷，聲音充滿了嚴厲的諷刺。「女性的青睞與遭到永無止盡的甜美嘟嘴和『娶我、娶我、娶我』攻擊有很大的差別。『你看著我，所以我們可以馬上結婚嗎？你因爲我說的某句話大笑，我應該去訂做禮服嗎？你吻了我，我應該找我父親來，他會非常高興聽到我們訂婚了。』這麼一來，唯一願意和我獨處，卻不擔心名譽受損的女人只剩下在尋找情人或在找包養金主的那些。坦白說，我寧願這樣，沒有麻煩的誤會、不需要複雜的解釋。」

她瞪著他。

「幹嘛？」他問。

「沒事，坎邁廷爵爺，什麼事也沒有。」

詭異的長聲嚎叫穿過傍晚。蘿絲驚起，一群鳥從遠處的樹枝竄起，威廉快到了，背後有一群獵犬在追逐。

德朗舉起手，朝空中發射一道白電光，她加上自己的電光，然後又發出另一道，以防萬一。

她先察覺到魔法像一波冰冷的浪潮沿著池塘的邊緣湧來，淹沒樹叢，翻過水面，她頸背的細小寒毛豎立起來。

一波濕黏的魔法滑過她的身體，毛孔湧起微微的針刺感，心中一陣本能的警覺大吼：快逃！盡快逃走！不要回頭！

一道黑色身影竄過樹叢，琥珀色的眼眸瞪著她，那頭巨狼衝向左側，繞過池塘，她再次放射電光。

第一頭獵犬鑽過樹叢。老天，來得眞快。

另一頭出現，又一頭……最先到的十頭或十二頭，前鋒部隊。蘿絲壓下漸增的恐懼。她必須這麼做，她提醒自己，沒有其他人辦得到。反正也沒有退路。這個念頭莫名讓她冷靜下來，這很簡單，就像清理辦公室——必須做完一定的工作才能回家，沒必要煩惱。

「我說過什麼？」德朗低聲說。

「現在別說。」她舉起手，讓一條白光在指間舞動，引誘怪獸。

獵犬潛入水中，牠們的游泳方式和狗一樣，但頭埋在水裡。牠們到底需不需要呼吸？她納悶。

拜託有效，拜託有效。

拜託。

游到湖的一半，最前頭的獵犬顫抖，又掙扎了六碼左右，然後沉下去。她鬆了口氣。又有兩頭溺斃，第四頭堅持下來，繼續前進，筆直朝他們而來。四分之一，機率比她原本希望的更高。

倖存的獵犬抓住木柱，遲緩地爬上來，牠的頭冒出船塢邊緣的那一刻，蘿絲便用一道強烈的白光擊飛牠。

「太多了，」他告訴她：「減弱強度，我們要撐很長一段時間，妳爲什麼生氣？」

她認出那個頑固的口氣，他不肯放棄。「你剛剛說你喜歡交往的女人要不是蕩婦就是妓女，而你偏好這樣。我只是納悶自己屬於哪一類。我討厭對你產生任何麻煩的誤會。」

他的長劍凌空劃過，將一頭冒出水面的獵犬切成兩半。他將殘骸踢進水裡。

「兩者都不是。」

她不發一語。

德朗挺起肩膀，看著接近的獵犬。「我小時候看過一齣艾朗戲叫『亞蘇之怒』，那很像殘境的電影。那是一個小部落領導者亞蘇的故事，他排除萬難對抗一個大帝國，並成功了。我清楚記得其中一幕——一身棘刺鎧甲的亞蘇準備出發前往一場不可能贏的戰役，他站在帳篷前，撫摸妻子的臉，告訴她：『妳代表我怒氣的極限。』我當年十二歲，覺得說那句話相當蠢。」

第三頭獵犬來到船塢，醜陋的頭冒出水面，蘿絲發出電光，將黑暗的頭顱切成兩半。

「幾年後，我開始瞭解那一幕代表的意思，但現在我終於感受到了，非常強烈。」德朗劍一揮，迅速精準地將冒出的獵犬切成兩半。「如果妳沒有堅持到這個船塢來，我不會告訴妳這件事，因爲那表示妳也感覺到了。這件事原本是爲了榮譽、爲了責任、爲了我對蓋茲洪的厭惡，但現在是爲了妳。」

「我？」她努力專注在下一批游過水面的獵犬身上。

「我願意獻出所有，以保護妳的安全。我必須殺了蓋茲洪；道理很簡單：蓋茲洪必須死，妳才能活著。同一枚硬幣的兩面。我愛妳，而妳代表我怒氣的極限。」

「你剛剛說什麼？」她放電光的力道太大，沒打中獵犬。

他接手，對水中扭動的三具身軀放出一道集中的白光。「我說我愛妳，蘿絲。電光放輕一點。」

蘿絲搖晃，咬緊牙關，站在原地，努力挺直身軀，體內的魔力不再強烈地充滿全身，她必須很努力才能施出魔力，快要用完最後殘存的力量了。

「妳還好嗎？」德朗的聲音問。

「沒事。」她說。

黑色的身軀在船塢周圍的渾濁水中漂浮，銀色的血像彩色油污一樣在池塘的水面流動，銀血浸濕了腳下的橡膠，她滑了一下，好不容易才穩住腳步。

牠們前仆後繼。一次兩三頭，游過充滿屍體的黑色池水，爬上船塢，齜牙咧嘴，眸光炯炯。德朗在她身邊揮劍，規律、靜默、勢不可擋，像機器一樣。

另一頭獵犬，放電光。

放電光。

放。

她的心臟像鐵鎚一樣在額角震動，放了太多電光，她的視線開始模糊，再撐下去就太蠢了。「我想我不行了。」她說，抽出巴克威之前給她的大砍刀。

一頭獵犬爬上船塢，她朝牠劈下，灰色黏液濺上橡膠。

「牠們根本沒完沒了。」她輕聲說。她好累。

德朗的手握住她的手腕，將她拉過去親吻，他的嘴唇溫暖乾爽。「結束了，一頭都不剩，他們正把電纜拉出去。」

「結束了？」她問。

「對。」

湖面被獵犬的血染成灰色，屍體在水中浮沉。「你說得對，」她輕聲說：「我不可能靠自己殺光牠們。」

「妳剛剛說什麼？」

「我說，你說得對……」

他對她露出耀眼的微笑。「再說一次，小姐？」

「你說得對。」她露出疲憊的微笑告訴他。

「我想我永遠聽不膩這句話，真的很不習慣。」

巴克威又花了十五分鐘才開船過來接他們上岸。她看著好幾名邊境人在巴克威的指示下將汽油倒進湖裡。等到第一道火花在水面上綻放成橘色火焰，她感覺到強烈的滿足。

那份感覺一直持續到德朗走到她身邊。她的喉嚨縮緊，他該去找蓋茲洪了，現在她沒辦法幫忙。

她轉向他，德朗的表情像冰塊一樣冷，姿態僵直。威廉有如一道黑影，在他背後等待。現在不是崩潰大哭的時候，輸了一切就完了。如果不是他回來，大家平安無事，就是他回不來，所有人一起陪葬。她滿心只想衝過去伸手抱住他，但如果她那麼做，放手對他們來說會更加困難，而她察覺到他正在拚命控制自己。

蘿絲望入德朗的綠眸。「我愛你，」她說：「活著回到我身邊。」

他點頭，不發一語轉身走開，威廉跟在後面。

她的心中某個部分破了，宛如一根細玻璃棒般斷裂，疼痛不已，而她就站在原地，想盡辦法不要崩潰。

「他還沒死。」湯姆．巴克威濃濁的聲音在背後說。

蘿絲轉身。

那名高大的男人看著她。「妳得等到他停止呼吸才能舉行葬禮。」

她簡單點頭。

「好了，別整晚站在那裡。我們還得清理善後。」

清理善後聽起來不錯，此時此刻任何工作聽起來都好，只要不是等待。

她跟著他走到岸邊，珍妮佛．貝朗遞給她一根尾端有鉤子的長杆。蘿絲伸進水裡，勾住一塊焦黑殘骸，拖到岸邊。她一直沒發現自己有多疲憊，施放電光耗盡了她的體力，而獵犬的屍體大概是水泥做的，她正在拖第三隻時，湯姆．巴克威將手上的鉤子丟到她旁邊，咒罵：「天殺的怎麼……」

一個人沿路跑過來，臉色慘白，她花了半晌才認出他。沙德飛躍的速度一定快到像逃命。她拋下鉤子，緊跟在巴克威後面跑向他，其他人跟上。

沙德撞上巴克威，上氣不接下氣，彎腰猛喘。「獵犬。」

不可能，獵犬已經被他們殺光了。

「多少頭？」巴克威問。

「他媽的一大群。」沙德朝地上吐口水，眨眼睛。「牠們打爛了我們的卡車，路被截斷了。」

離開東門區只有一條路。沒有了車，要進殘境幾乎不可能，距離交界線有整整四哩。蘿絲打量身邊的人：包括巴克威和沙德，總共六名。

「我們回樹海之屋，」巴克威鎮定地說：「準備好砍刀，聚集在一起。」

所有人跟上他，繞過池塘往右走。

樹林衝出兩道身影，以全速奔來，是德朗和威廉，直接奔向他們。

「計畫改變，」他們接近時，德朗咬牙說：「蓋茲洪棋高一著，他的預備軍快來了。」

「不可能在空地上跟他們戰鬥，太多了。」威廉的眼眸閃爍琥珀色的光芒。

「我們需要一個容易防守的地點，」德朗說：「你們有監獄嗎？」

巴克威看著他的眼神彷彿他瘋了。

「鎮民中心？」德朗問。

「沒有。」她搖頭。

「老天，你們有什麼？」威廉咆哮。

「教堂！」蘿絲說：「我們有座教堂！」

威廉朝德朗瞥一眼，後者聳肩。「我看過，那不怎麼樣，但只能將就。帶路。」

他們衝過街道，經過沙德的叔叔開的小便利商店、經過藥頭的大宅，一路下山進入教堂。他們撞開門，衝進去，喬治．法洛從講道台後方出現，舉起獵槍，目光注視著德朗，眼中閃爍瘋狂的光芒。

「滾出上帝的屋子，褻瀆者！」法洛舉高獵槍。

威廉從他們後方越出，將他一拳打倒，法洛撞上地板，沒有起來。

「鎖上門，把長椅堆在兩邊！」德朗下令。「我們需要一條狹窄的通道，逼牠們一次只能進來一小批。」

蘿絲抓起最近的長椅，黎安在另一端用力，兩人一起將椅子拋到另一張椅子上。幾分鐘內，九個人將長椅在教堂兩邊堆成兩堆，在他們和門口之間只留下一小條開闊的空間。

一陣撞擊搖晃大門，蘿絲嚇一跳，黎安往後退，經過她身邊，走到講道台和巴克威旁邊。德朗和威廉同時上前一步。德朗抽出了兩把劍，威廉握著一把小刀。

「蘿絲，退後。」德朗說。

她留在原地不動，就在他們兩個背後。

大門傳來另一聲撞擊。

「妳沒力氣施放電光了。」德朗說。

「比他們多。」她低聲說。

他看向她背後聚集在講道台的六個人，轉回頭。

大門發出巨響飛開，血腥的夕陽在他牠們背後濺滿整片天空，金黃猩紅，太陽成了地平線上一枚融化的金幣。獵犬潛進教堂，一頭一頭，動作遲疑緩慢，後面跟著一名穿著深色袍服的男人，在落日的背光下近乎漆黑，彷彿是從黑暗中挖鑿出來的人影。他以古怪的步伐前進，上下晃動，似乎不確定怎麼站直。長袍的兜帽遮住臉。他在門口駐足，開口說話，清晰到不自然的聲音在建築內迴盪。

蓋茲洪掃視教堂。「這棟被謀殺的神的房子，眞是寒酸丟臉的建築，我覺得這出奇地適合作爲我們對抗結束的地點。據說神住在以祂們之名建造的教堂裡，所以一旦你們成爲我的養分，我就會把這棟建築夷爲平地，在灰燼中塑造一座新的神之屋，一棟適合我的房子。因爲你們瞧，我已經知道我是什麼了。我已經成爲了神。」他斜過頭。「或許我說不定還會聽見祂從房子廢墟逃走時的哭聲，畢竟祂是憐憫和同情之神，應該懂得如何哀悼。」

「看得出來你終於喪失了對現實那一點可悲的控制力，」德朗說，口氣充滿厭惡。「你不是神，只是被寵壞的小孩，始終沒改變，只是在長大以後放棄所有的僞裝罷了。」

「一個完全看穿你們陷阱的小孩。以你們這種小腦袋來說，是個好計畫，德朗，只有一個小缺失。你瞧，他們之前派了人來找我，而讓我大快朵頤他的魔力和血肉前，他把一切我該知道的訊息都告訴我了，還不只如此。我瞭解他們的能力，也預期他們會下咒，我還透過你給了他們材料來施術。我看穿了整個宇宙，它在我傑出的存在前像朵花似地開展。你們很努力，但你們殺不死神，德朗。」

「走著瞧。」德朗說。

「他老是嘮叨個沒完嗎？」威廉咆哮。

「很不幸，是。」

蓋茲洪轉向威廉。「吾兒，所以你終於選邊站了？」

「這一直不需要選擇。」威廉顫抖，嘶吼，額頭冒出汗水，眼神開始渙散。

蓋茲洪的語氣多了一份親切。「我會給你特別待遇，吾兒，畢竟你是我唯一的繼承人。殺了德朗，我就讓你逃。」

威廉咧嘴笑，表情變成蒼白的面具，微笑時露出猙獰的齜牙，看起來幾乎不像人類。「我和他在你只撐了十五分鐘的單位服役七年。要是你有辦法留下來，而不是像狗一樣夾著尾巴、屁滾尿流地逃走就會明白。如果我有欠任何人一點忠誠，那會是他，不是你。你決定要當一個神，很好，因為我打算到一個不用忍受神的地方。」

「那麼就是這樣了，」蓋茲洪舉高手臂。「你們沒有祭司給予最後的祝福，但別怕，因為我赦免你們，賜予你們聖餐，我原諒你們過去的罪惡，吞噬你們的身體和力量，歡迎成為我的信徒。」

「你難道沒辦法不在人前出糗嗎？」德朗問。

蓋茲洪扯掉斗篷，他的身體不再屬於人類，四肢修長，充滿肌肉，手指大得可怕，長出利爪，他的皮膚變成紫色和黃色的皮，背脊長出棘刺，在隆起的肩膀上形成背棘。他的臉喪失所有的人性，眼睛發出灰光，第二雙不斷轉動的狹長斜眼在臉頰上發亮。他張開口，露出密密麻麻的血紅獠牙。

她背後有人吐了出來。

德朗揮動手上的劍。

蓋茲洪往後仰，發出刺耳粗礪的尖叫。

獵犬從他背後分成兩波擁上。

威廉發出非人的怒吼，衝進他們當中，五官變得有如惡魔，身軀成了致命的旋風，身軀飛舞，銀血四濺，屠殺現場響起充滿瘋狂喜悅的恐怖高亢聲音，蘿絲發現那是威廉在大笑。

藤蔓般的黑暗魔法從蓋茲洪身上湧出——交纏污穢紫色和黃色紋路的黑煙，他凌空抓扒，黑暗的魔法湧向德朗。德朗的眼眸轉白，一波電光從他身上迸裂，兩股魔力撞上彼此，明亮的白光對上詭魅的紫光。強大的壓力撞上蘿絲，差點將她撞飛。

教堂搖晃。

一道支援的光線從蓋茲洪後方迸出。

德朗臉上的傷口開始流血，她看見一條赤痕湧過他的背。

蓋茲洪的臉因爲壓力而顫抖，他的魔力推進一呎，又一呎。

他們太過勢均力敵，而德朗太累了。

蘿絲站在混戰的中央，毫髮無傷，聽著教堂四處迸出聲響、獵犬在威廉的小刀下倒去，發現自己將會眼睜睜看著德朗死去。他的死亡將啓動連鎖反應，她所認識的每個人也都會死去，然後連邊境也一起消逝。她不能坐視這種結果發生。

蘿絲運起魔力。她必須花費非常、非常大的工夫，才能找出力量，彷彿將心臟扯出胸口。她將魔力凝聚成一點，將魔法緊緊壓縮，她爲了控制它開始顫抖。

黑暗的魔法推進，德朗的皮衣滴落紅血。

她希望自己能和男孩們道別，希望她曾對他們說過自己有多愛他們，叫他們別擔心，要聽奶奶的話。她希望她和德朗能擁有再多一點時間。

蘿絲深呼吸，痛到閉上眼睛，然後張開眼睛，釋出魔力。她毫無保留，放出所有一切，所有維持她生命的力量，獻出所有，讓德朗和孩子們能活下去。如果她辦得到，她願意獻出更多。

魔法形成一道令人盲目的白光，像針一樣筆直，從她身上迸出。那道光穿過德朗的電光和後面的黑光。她看見蓋茲洪的臉變成一張驚恐的面具，瞪大眼睛，下頷垮下，露出呆滯的困惑和恐懼。她聽見德朗大吼。

白光切穿蓋茲洪，他分成兩截的可怕身軀維持站著片刻，然後坍垮。

黑暗撞上她，將她完全吞沒。

黑暗。

一片黑暗，空虛，像堵牆一樣擋住世界。要是她能穿過去……

她不想死。她用力扭動，命令雙手舉起，拉扯黑暗，但她的手臂不見了，她只能任由黑暗將她拖走，朝深處不斷沉落。

一股閃電破開黑暗的牆。一瞬間，她感覺到德朗的手臂攬著她，她看見他的眼睛，聽見他的嘴唇不斷低喃：「別離開我！」

黑暗襲來，他消失了。

十餘條狹窄的光束震碎黑暗，她發出尖叫，因爲她被緊抱在他懷中，而他不斷施放電光，將自己的生命灌入她體內，他的魔力化成十餘條白色光流，將兩人的身體結爲一體。

第二十六章

蘿絲張開眼睛。陽光。

上方延伸的天花板有著太過眼熟的泛黃污漬，那是兩年前，杰克以山貓形態將一隻公野貓追上閣樓後出現的。她一直懷疑那是貓尿。

「妳醒了。」奶奶輕聲說。

蘿絲瞪大眼睛看向她，被深沉的恐懼攫獲。「德朗？」

「還活著，只剩一口氣，但他今天早上喝了一點雞湯，所以我想他會撐過去。」

「孩子們呢？」

「很好，他們很好。沙德死了，湯姆．巴克威的腿必須截肢，珍妮佛和盧沒撐過去，但除此之外，我們度過了這場浩劫。」

蘿絲輕嘆口氣。

奶奶的藍眸湧出淚水。「絕對不准再那麼做，聽到了嗎？絕對不准。下次碰上這種情況，妳給我到殘境去，讓別人來解決！」

「好，」蘿絲伸出手，碰觸她的手。「沒事了。」

「妳差點死了，寶貝，妳的貴族又踢又吼地把妳從死神手上拖回來。」

「威廉怎麼樣？」

「他走了，沒留下一個字，在一切結束後直接失蹤。」

德朗出現在門口，看到她，嚥了一口口水。奶奶迅速站起，讓到一旁，蘿絲張開手臂，他慢慢搖晃走進門，在她附近的地板上躺下，她將他的手握在手中，沉沉睡去。

蘿絲在床上醒來，從窗口透入的光線顯示現在接近中午。她在夜裡驚醒好幾次，害怕自己還活著，而德朗在她身邊只是一場夢。他睡在她床邊地板的一疊床單上，每次她一開始驚慌，他就在身邊，最後她終於爬下床，躺在他身邊的地板上，在他的懷裡飄入夢鄉。她再次掙脫夢境時，發現杰克蜷臥在他們的腳邊，喬治在她床上呼呼大睡。

現在德朗和孩子們都離開了，她又回到了床上。她不擔心，知道他不會丟下自己離開。

這似乎不像真的。她躺了許久，感受指尖下的床單觸感，努力說服自己這是真的，不是瀕死躺在教堂地板上的她腦中閃過的幻覺。她失敗了，終於爬起身。如果這是幻覺，她不如趁它還沒消失前好好享受。

她腿上的肌肉感覺軟綿綿的，像一團濕棉花，但她想辦法走到廁所，然後到廚房去。

「蘿絲！」奶奶將冒煙的水壺丟回爐子上，扶住她，讓她坐到椅子上。

「他們在哪裡？」

「外面。他去走走，他還不能跑，但不肯待在床上。我叫小混蛋們去陪他，免得他跌倒。吃吧。」奶奶將一碗巧克力球穀片放到她面前。

蘿絲舀了一匙進嘴裡。「喔，我的天，這速我西過最好漆的東西。」

「那是因爲妳四天沒進食了。」

穀片在她口中咬碎，她吃光那一整碗，立刻覺得不舒服。

「再吃一點？」奶奶的眼睛發亮。

「最好不要，我快吐了。」

「喝點茶，那很有用。」

她啜飲芳香的熱茶。「儀器怎麼了？」

「賈瑞米和其他人拖著它到殘境，裡面的所有東西通通鋸掉，那該死的東西過了交界線馬上停擺。他們在上面灌水泥，開車拖到海岸，沉到海裡去。我親眼見證。妳的貴族不肯乖乖靜下來，直到我跟他們一起去。妳可以別再看窗外了嗎？他很快就會回來。」

蘿絲看向她的茶。

「你們兩個接下來怎麼辦？」奶奶輕聲問。

「我不確定。」蘿絲說。

「他一直計畫等體力恢復，就馬上動身回異境，他決心要帶妳走。」

「妳覺得我該跟他走嗎？」

奶奶的臉上閃過困擾的表情。「這是少數歲月的智慧和青春的熱情衝突的時候。妳知道通常會有什麼結果嗎？」

蘿絲嘆氣。「我很快會發現？」

「智慧會澆熄熱情的希望，而妳再也不會和妳奶奶說話。」

艾麗歐諾握緊雙手。「妳知道我愛妳，蘿絲，就算妳會因此恨我，我還是必須告訴妳這件事：我的感情並不順遂。我愛得瘋狂、非常強烈，我的愛情像是那種燃燒得太燦爛的愛，遮蔽了我的眼睛。當火焰終於消退到我能清楚思考時，我發現自己最想要的是一個能夠倚靠的男人，一個不論上刀山下油鍋，都會在我身邊的男人，而那是克利特唯一無法提供的。他愛我，渴望我，讓我們的床著火，但當我需要他的時候，回頭卻發現他不在，忙著追逐不切實際的鬼火。所以在我告訴妳的時候，妳必須考慮到這些話是源自我這一輩子苦澀的失望。」

蘿絲眨眼。

「妳的德朗，他是個美夢：勇敢、自信、強壯、仁慈，我們別忘了富有和貴族血統。」

「還有傲慢、高高在上、剛愎自用和目中無人。」

「噓，妳想聽我的意見，現在就聽，德朗是女人夢想的一切，而他的長相……」奶奶認命地嘆氣。「妳很清楚他的長相，我活過兩個世紀，在他經過時，心跳還會猛跳。妳得問自己一句話：一個像那樣的男人爲什麼會想要妳這樣的女人？」

「我想他打算娶我。我說得很清楚：不可能當他的玩物。」

「妳要我說實話，」艾麗歐諾再次絞扭雙手。「妳是我的孫女，蘿絲，沒有人比妳更聰明或更漂亮，妳應該得到這世界上最好的一切，要是我辦得到，我會通通給妳。但妳和德朗並不是處於對等的位置上，我認爲妳愛他，也認爲他非常愛妳。現在。但他對妳的愛深到足以和妳共度一生嗎？發生了這麼多事，你們兩個深陷在這種生死關頭的刺激中，但他遲早必須回家，在那裡他是貴族，而妳是什麼？就算他現在認爲自己會娶妳，但等他回到原本的生活、他的家人好友看到妳之後呢？他們是貴族，蘿絲。他們一出生就坐享權勢，不懂得用盡辦法省錢幫孩子買麵包的滋味。他現在或許懂了，但他的父母呢？萬一他決定不顧一切娶妳，而他們因此避開他呢？他可能因此變成苦澀嚴厲的男人，一輩子爲此怪罪妳。他永遠不會讓妳忘記他爲妳捨棄了一切。」

蘿絲盯著杯子。

「如果妳跟他走，妳必須在清楚自己最後可能成爲有錢人情婦的情況下走，否則妳會害他失去一切。」奶奶說：「我不認爲那是妳想要的。我覺得妳太愛他，我怕他會讓妳心碎。好了，我說出來了。好好想想，蘿絲，花時間仔細考慮，免得妳讓自己遍體鱗傷。」

蘿絲坐在門廊上。她應該站起來，但覺得反胃。德朗在她前方的草地上等待。她清楚察覺到祖母站在她背後，孩子們坐在左邊的欄杆上。

她花了三天才終於恢復到可以旅行的程度。那三天德朗都在她身邊描述未來的遠景，這將會是一場很棘手的談話。

「接下來是第三項考驗。」她說。

德朗微笑，她的心跳了一下。「麻煩給我一個簡單的，叫我幫妳摘些花。」

「我不能那麼做。」

笑意從他臉上消失。「好吧。」

蘿絲深呼吸。「我要你信任我。」

她覺得又冷又熱，焦慮刺激她的皮膚，彷彿她是個剛剛打破珍貴飾品的小孩，等待父母對她吼叫。

「贏得這些考驗賦予你擁有我的權利，我將完全屬於你，成為你的財產。」

「當時我只是用對我最有利的方式說出誓言，」他說：「我不想擁有妳，蘿絲，我要妳渴望我，而我認為妳是。」

她不能讓他分散注意力。「我明白你那麼做的原因，但情況還是一樣，我必須完全信任你，才能讓你贏。」

他舉高雙手。「妳要我馬上娶妳，是嗎？如果那是唯一能擁有妳的方法，我會照辦。」

她皺起臉。「那正是我不想要的。」

「妳要什麼？」

她挺直身子。「我要你簽署三份公民身分文件。我會跟你到異境去，你要向你的家人和朋友介紹我。如果一個月之後，你還是想舉行婚禮，我會嫁給你。」

他瞪著她。「我以為妳愛我。」

「我是。」

「我怎麼能確定妳不是只想利用我取得文件，然後逃走？」

「沒辦法。這是信任問題，德朗，我信任你會帶我到異境去，信任你不會殺了孩子，不會把我賣給出價最高的買主，不會把我變成你的情婦，只能在你看上某位貴族女性時被拋棄。而你要信任我會跟你走，出於我的自由意志嫁給你，而不是因為一些愚蠢的考驗。」

他的表情頓時變成冰河般的冷靜。「那是妳對我的看法？覺得我是那種會殺害孩子、占妳便宜的男人？」

「不，」她說：「我不那麼想。我想和你在一起，德朗，我非常愛你。但你的家人可能會痛恨我，而你可能會改變心意。你不會有損失。」

「我的家人會照我的話做。」他說。

「這就是考驗，」她說：「三份文件，三十天，我不會讓步。」

他的表情沒有改變。「喬治，我房裡有個木盒，去拿過來。妳會拿到妳要的文件，」他說：「開始打包。」

他們花了一整天打包僅有的那一點財產。他們必須輕裝旅行，拿不動的就不能帶。蘿絲幫每個人準備了兩套換洗衣物，孩子們拿了他們的玩具和那三本《犬夜叉》。殘境的錢在異境沒有用處，蘿絲將錢交給祖母。她將身無分文地進入異境。

德朗變回那個異境貴族，穿回了那身灰色皮甲、劍、背包和狼毛斗篷，還有那副傲慢的表情，對她說的話還沒超過兩個字。

他們淚水盈眶地向奶奶道別。

「跟我來，」蘿絲要求：「拜託。」

艾麗歐諾只是擁抱她。「以前就算我想離開克利特，也辦不到；我沒有地方可去，沒有辦法越過海洋。但妳會有選擇。如果行不通，妳永遠可以回到這裡；永遠，蘿絲。不管發生什麼事，什麼話都不用問，讓我為妳做這件事，這麼做可以讓我晚上好睡一點。」

「我們明年夏天會回來看妳。」蘿絲保證。

他們沿著小徑走向樹海，蘿絲回頭看見奶奶站在門廊上，一臉失落。

喬治抽鼻子。

「明年夏天我們會說服她跟我們一起去。」她告訴他。

他們大半天都在走路。樹海隨著每一步越來越陰暗詭異，樹木變得更茂密，樹枝更扭曲。奇特的生物在最上方的枝葉間掠過，罕見的花朵在樹根間綻放，宛如白色和橙色的路標。

德朗終於停下腳步。「交界線。」他說。她牽著男孩的手，踏前一步，壓力攫住她，突如其來的重量令她倒抽口氣，她又踏前一步，然後一步又一步，終於完全通過。

蘿絲感覺充滿了不可思議的輕鬆感，魔力在她體內鼓動，活躍、強勁，單純的愉悅令她輕笑出聲。

德朗的手探進皮衣，拿出一個小哨子，尖銳的聲響劃破樹林，魔法從哨子中湧現，一匹馬急促的腳蹄聲隨之應和，龐然大獸穿出樹叢。肩膀厚實，深長的胸膛和有力的腿，像是百威種馬和野生公羊的混種，牠垂下長有兩根覆鋼尖角的頭，磨蹭德朗。

「牠的名字叫『哼哼』。」德朗說。

坐騎報以低哼。他們將行李裝進馬鞍袋，扶杰克和喬治坐上哼哼的背，接著出發。

兩天後，他們終於走出樹林，到了馬路上。在德朗的催促下，傍晚前，他們便趕到鎮上。

那是一座小鎮，沿著山丘的石子路散布，兩三層樓高的房子順山坡往上，被綠色植物簇擁，有些刷白了，有些是以粉紅和黃色的石頭建造，大多數都覆蓋著橘紅色的屋瓦，零星的街燈因爲魔法閃耀。有些建築展示奇特的圓穹屋頂，其他屋子在牆上以流暢的書寫體寫上特殊的複雜文字。

一輛小馬車駛過他們身邊，往山上前進。馬車沒有馬。

德朗帶著他們沿路走到一棟寬敞堅固的建築，一根高柱頂端掛著發亮的綠掛燈。

一名黑髮男孩跑出來，接過哼哼的韁繩，深深鞠躬。「爵爺！」

「安靜。」德朗告訴他，指向在哼哼背上昏睡的兩個男孩，扔了一枚錢幣給男孩，看起來比他付給她的金幣小得多。「家庭套房，頂樓，四人份晚餐。」

他們住進位於二樓走廊盡頭的兩個相鄰房間，中間有一道門互通，房間乾淨漂亮。不知怎地，她本來預期的是一間煙霧瀰漫的中古世紀旅店，然而這兩個房間幾乎可以說是先進，只少了電源插座、電視或任何需要插頭的東西。牆壁是嫩桃色，地板是金色硬木，兩個房間以一道門相連，每個房間都有一座天篷床和柔軟的深紅色椅子，整片天花板都發出靜謐的光芒，牆面裝飾著優雅的玻璃桔梗。

旅館主人將杰克抱到右邊房間的床上，然後退下，德朗將喬治放在杰克身邊。

蘿絲走進浴室，看見馬桶、雙槽盥洗台，以及一座深嵌入地板的大浴缸和蓮蓬頭，鉤子上掛著一件浴袍，平凡到讓她差點大笑。她突然察覺到自己好臭，她褪掉衣服，爬進浴缸，一心只想洗掉這三天來在森林裡留下的痕跡。她花了好一會兒才弄清楚古怪的藍綠玻璃瓶裡裝的是什麼，不過到最後，她乾乾淨淨地踏出來，全身充滿柑橘的香氣，裹著蓬鬆的奶油色浴巾。

他們似乎沒有電力，但水壓很充足，水很熱，她得問問德朗這件事。

她踮起腳尖，走過沉睡的孩子，進入第二間房間，倒抽口氣，德朗撲過來，將她橫抱起來，嘴唇碰觸她，而她融化了。她如此想念他，差點哭了出來。

他沙啞的低吼聲交雜著需求。「我想念妳。」

她伸手指按住他的嘴唇。「小聲，小鬼們……」

他瞥向門，用全力大吼。「小鬼？」

她驚喘出聲，以爲會看到杰克或喬治衝進門。德朗伸出手，轉開門，讓她看見孩子們在自己的房間熟睡。

「隔音咒，」他關上門，說：「我們可以聽見他們，但他們聽不見我們。妳愛怎麼叫就怎麼叫。」

「所以我完全任你擺佈？」蘿絲大笑。

他將她抱上床。「的確如此……」

許久之後，她火熱又不可思議地快樂，側躺著，頭靠在他的手臂上，他的身軀貼著她。「所以這是你所謂的緩慢而性感？」

「很接近。」他說：「告訴我爲什麼要那三十天。」

「那是讓你有機會改變心意，」她告訴他：「我怕你會不再愛我，怕你的家人會恨我，然後你會爲了拯救我而不顧一切娶我，遭到放逐，最後因爲被家人斷絕關係而怪我一輩子。」

他的胸口震動，而她發現他正努力壓下笑聲。她憤怒地瞪著他。「我想要給你機會，你這個白痴，我不希望讓你覺得別無選擇。」

他放聲大笑。她呻吟，蜷成一團。

「我已經做了選擇，」他說：「事實上，我用盡了一切力量，把妳帶到我的床上，而且我必須非常努力。我沒有給妳任何理由認為會被我拋棄，或殺了孩子，把他們丟在路邊。真的，那太荒唐了，我有點不爽。」

她轉向他。

他將她擁近。「我這麼做不是為了拯救妳，我這麼做完全是基於自私的理由——我愛妳，不希望失去妳。」

「我也愛你。」她告訴他。

「我們現在就結婚，」他提議：「我們一早就去找地方法官……」

「三十天，」她堅定地說：「等你父母見過我。」

「妳這個不可理喻的女人。」他消沉地說。

「如果不是這樣，你也不會愛我。」她說。

「的確。」

她吻他，他伸手攬住她，蘿絲微笑。明天會帶來新的麻煩，但現在完美而徹底地快樂。

城堡巨大無比，像一頭臥龍盤據在山頭：前方戒備森嚴的門口像一張嘴，後面是綿延的城牆——怪獸的頸部。接下來一座高大的圓塔突入天穹——龍的腿，緊接著是一片被高牆圍繞的堡壘建築，一堵架滿棘刺的胸牆蜷踞在懸崖邊緣，像臀部的一根脊刺巨尾。被歲月浸染的棕色石頭更強化了那個幻覺。蘿絲瞠目結舌地看著它。

「灰暗的只有外表，」德朗告訴她：「裡面很寬敞，公爵夫人喜歡自然光和紗幕。很快就結束，我保證：我們進去，我報告完，然後動身回坎邁廷堡，明天晚上之前就能到家。」

蘿絲聳聳肩，努力擺脫兩側肩膀之間的緊繃。她的馬是德朗那頭怪獸的縮小版，立刻做出反應，在原地跳動，那是他在第一座城鎮為她買的。孩子們各自擁有一匹坐騎，喬治的騎姿彷彿天生就擅長此道，擁有近乎德朗般的優雅，而杰克通常是緊攀住馬，只要碰到顛簸就會伸出爪子，直到他和他的馬盲目驚慌地橫衝直撞。

他們花了一個多星期穿越艾朮昂里亞，騎完第一天後，她和孩子們的大腿都痠痛無比，在那之後，他們放慢速度。這是個奇特的地方，某些區域乾淨美麗，其他區域很荒涼，鄉間到處可見斷垣殘壁，古老戰爭留下的傷痕。她原本做好了可能會不喜歡異境的心理準備，但她越來越喜歡：那些星羅棋布的森林和沒有馬的馬車，以及路邊嬉戲的孩子。

德朗的身分完全超乎她的預料。她早就知道他是名執法官，但從來沒眞正瞭解那代表什麼意思。人們對他鞠躬行禮，當他穿過城鎮時，會得到一份報告，通常是當地民兵團的指揮官親自送來。每一站都是工作站。第一次有人喊她「小姐」的時候，她的腦袋嗡嗡作響。她努力別讓他丟臉；不幸的是，她知道這種情況只能維持到她和其他貴族接觸爲止。

現在她必須面對南境公爵了，他是德朗的上司，她亟需討好的對象，甚至更甚於德朗的父母。她仍然穿著牛仔褲和T恤，頭髮還是凌亂的短髮，仍然完全沒有打扮，她就是蘿絲，而德朗堅決要將她拖進這座城堡。

他們驅馬沿路往上，情況眞的很不妙。

他們從升降閘門下通過，德朗簡單朝灰藍裝扮的守衛點頭，所有人鞠躬行禮。他從哼哼背上跳下來，扶她下馬，孩子們下馬，德朗舉步朝門口走。

「我在想，我們或許在這裡等就好。」蘿絲說：「我們可以等你。」

「親愛的德朗，你的新娘人呢？喔，我把她丟在外面，公爵閣下。」德朗搖頭。「我認爲不好。」

他牽起她的手，力道溫柔，但她非常肯定自己絕對無法逃掉，然後他引領她走進門廊。眼前是一個寬敞的房間，盡頭是通往樓上的樓梯。她看見樓梯的兩側有兩扇通往一間廣闊大廳的拱形入口。地板是久經磨損的石頭，牆面上裝飾著繡帷，牆邊擺滿的大花盆裡長著矮樹和鮮艷的花朵。整座大廳沐浴在從無數窗戶透進來的光線下，看起來出奇明朗。

一個男人出現，一頭銀髮，穿著黑皮革衣服，表情嚴肅，看起來彷彿光靠眼神就能殺人。「他在等你，爵爺。」他說。

德朗點頭，瞥向她。「請等我一下，」他說：「我馬上回來。」

他跑上樓梯，男人跟上，只留下他們三人。

喬治盯著鞋子，杰克轉頭張望，從最近的樹上摘下一小片葉子，緊張地咀嚼。

「杰克，別那樣。」她低聲說。

一名女子從右側的一個入口出現，杰克吞下樹葉。

她比較年長，高大、黑髮，非常美麗，穿著沾上桃色油彩的破爛上衣。她們注視彼此。

「妳是誰？」女人問，一片冰膜掠過她的眼眸，消融入深處。

噢，老天，是貴族。

「我和德朗一起來的，」蘿絲說：「這兩位是我弟弟，我們剛到不久。」

女人抿起嘴。「妳是從殘境來的嗎？」

「事實上，我來自邊境。」蘿絲小心翼翼地說。

「妳會粉刷牆壁嗎？」

蘿絲眨眼。「會。」

「能不能麻煩妳幫我？我一直漆個不停，背眞的很痛。」

這只能有一個答案。「沒問題。」

女人微笑，她的微笑非常溫暖，而蘿絲放心了一點。「跟我來！」

他們跟著她走進一條側邊走廊，沿著有窗的階梯來到二樓，進入一間堆滿布料的房間，有半面牆是桃色的，其他部分則是鐵灰色。

「我覺得桃紅色看起來比較好，妳不覺得嗎？」女人說。

「看起來比較亮。」

女人交給她一根油漆滾筒，幾分鐘後，三個人都漆起了牆壁。

「我擔心的時候，就會粉刷牆壁，」女人說：「我目前已經漆完了四個房間，噢，其實是六個，因爲我在顏色上改變了好幾次主意。妳弟弟很可愛。」

「謝謝，妳爲什麼擔心？」蘿絲問。

「當然是擔心德朗，蓋茲洪惹的大麻煩差點讓我少了幾年壽命，我知道我們贏了，但可以請妳告訴我細節嗎？」

蘿絲咬住嘴唇。「我不確定能不能告訴妳。」

女人微笑。「我知道大部分的經過：蓋茲洪從南境公爵手上偷了一具吸收魔法的儀器，製造出獵犬。他和威廉帶著儀器越過國境到邊境去，德朗去取回儀器，並拯救威廉，後來怎麼收場？」

「德朗正在用電光，而蘿絲差點死了，因爲她用電光殺了蓋茲洪，但是她已經沒有電光了，然後德朗對蘿絲用電光救了她。」杰克說。

「杰克！」蘿絲厲聲說。

女人的眼睛睜大。「眞的嗎？」

杰克點頭。「她的嘴巴和眼睛那時候都在流血。」

喬治用手肘戳杰克的腰。「閉嘴。」

「我現在非知道整件事的經過不可了。」女人說。

「我寧可不要。」蘿絲說。

「拜託，我堅持。」

經過二十分鐘和粉刷完兩面牆之後，她聽到了完整的故事，而蘿絲不太確定她是怎麼得逞的。

「妳眞的打算要他等一個月再娶妳？」女人輕聲笑。

「我希望他確定。」

「妳知道公爵夫人花了多久時間逼他結婚嗎？要是她發現他找到新娘，妳就逃不掉了。」

「我正希望避開公爵夫人。我不懂任何禮儀、髮型或適當的穿著，而我希望在見面之前能先學一點。」蘿絲遲疑。「爲什麼公爵夫人在意德朗要不要結婚？我的意思是，他是虛銜伯爵，我知道公爵似乎很倚賴他，而他是執法官，但我本來希望公爵夫人不會在乎這件事。」

女人頓住手上的油漆滾筒。「喔，親愛的。」

「抱歉？」

「德朗有這種討人厭的習慣，他不會眞的說謊，只是誤導人們得到錯誤的結論，又不花時間糾正他們。」

「妳很瞭解他。」蘿絲微笑。

「親愛的，在艾朮昂里亞這裡，他們稱貴族爲世族，世族有好幾個頭銜。一位公爵可能也是伯爵或男爵，繼承人只有在父親退休或過世時才能取得父親的位階，在那之前，如果繼承人服完役期，通過考試，就能取得家中第二高的頭銜。德朗是一名只有虛銜的世族，是因爲他雖然服完了役期，但他父親還在世。他是南境公爵夫婦的兒子。」

「噢，老天！」蘿絲失手掉落了滾筒。

「往好處想：妳不用擔心穿著、髮型或禮儀。如果妳嫁給坎邁廷伯爵，就能穿著裝馬鈴薯的布袋，大搖大擺地走進人群，而那會成爲最新的流行。」

「所以蓋茲洪是他伯伯？」蘿絲問，或許她誤會了……

「的確，而他向來痛恨德朗和茉德。妳知道，現任公爵夫人的母親是殘境出生的，所以德朗才能在兩個世界間來去自如，他是妳所謂的混血。蓋茲洪始終無法忍受公爵夫人，沒有人知道原因，所以他——」

腳步聲在走廊上響起，德朗的聲音喊道：「母親？」他低頭探進門口。「母親，妳有沒有見到——」

他看見蘿絲，閉上嘴。

「我見過了，而且我贊成！」女人開心地說。

「母親？」蘿絲盯著她。

女人皺眉。「或許我應該先提起——誤導別人得到錯誤結論又不糾正他們的討厭習慣？他是從我身上學的。」

德朗的表情變得冰冷。「妳就是非得要人看著。」

「對，我需要人看著，但我真的喜歡她，」公爵夫人回答：「別擔心那一個月的條件——我需要那麼長的時間來籌備婚禮。」

蘿絲完全目瞪口呆。德朗的年長版本出現在門口：「我們弄丟了新娘……噢，找到了。」他擠進門口。

另一個更年長的版本走進來，身型枯瘦，一身深紫色，看見蘿絲，然後說：「噢，她真漂亮。」他瞥向男孩：「你們哪一個是死靈法師？」

一個年輕的女性聲音在門口喊道：「讓我進房間！我是他妹妹，該死的！」

蘿絲往後退，靠在剛漆過的牆上。他們太過高大、太過吵鬧、充滿太多魔法。杰克嘶吼起來。

德朗踏前一步，推開雙扇門，牽起她的手，拉她穿過房間的門，走上寬敞的陽台。

「你們看到了嗎？」公爵夫人大喊：「開始籌備婚禮！」

「抱歉，他們只是很興奮。」德朗告訴她，帶她走到陽台邊緣。

「你騙我。」

「沒有，我省略了事實。」

她搖頭。「公爵？」

「至少要再等二十年左右。」

「老天，你母親或許覺得我是白痴。」

「她喜歡妳，也喜歡孩子。蘿絲，我還是我，我是不是公爵眞的重要嗎？如果我沒有頭銜，妳早就嫁給我了。別管這座城堡、別管我的家人。」

其中一位年長男子側身走出門。「我只是想來看看三重弧光，」他喊道：「然後就不會打擾你們！」

「我愛妳，嫁給我。」德朗說。

他的眼眸翠綠如草葉。

她伸手繞過他的頸部，親吻他，同時她的電光形成三重弧光圍繞兩人。在窗口的年長男人驚罵。

德朗對她一笑，她報以咧嘴。

「說好。」他說。

「好，」她說：「不過要等這個月結束。」

《邊境玫瑰》完

Bayou Moon

[邊境 vol. 02]

這片泥沼夾在異境及殘境之間。
多年來異境一直把罪犯放逐至此，
由於當地充滿魔法，被放逐的人無法逃進殘境，只能住下來，
在世界與世界的夾縫中進退兩難……

與蘿絲及男孩子們分別後，威廉繼續著他在殘境的生活。
但是過去總是會找上門來，他的宿敵之一史派德正在邊境探頭探腦，特務機關找威廉辦一次事，前往泥沼獵殺史派德，並搞清楚對方究竟在沼地搞什麼鬼。

瑟芮絲的沼地家族雖然擁有土地，但經濟沒什麼餘裕，更常年與鄰居交惡。某天，父母失蹤，外祖父母留下的房子遭侵占，爲了取得有利於自己家族的證物，她前往殘境。回程中，瑟芮絲遇上威廉，兩人遇到伏擊，她發現這個神祕男人似乎與沼地正在發生的怪事有關……

孤身一人的威廉與要保護龐大家族的瑟芮絲，截然不同的兩人之間，激起了出乎意料的火花。

即將出版。

邊境玫瑰（邊境1）／伊洛娜.安德魯斯（Ilona Andrews）著；
唐亞東譯. -- 初版. -- 臺北市：蓋亞文化, 2019.05
冊；　公分. --（Fever）
譯自：ON THE EDGE
978-986-319-261-9（第1冊：平裝）

874.57　　　　105025441

Fever FR068

邊境玫瑰 邊境vol. 1

作　　者　伊洛娜・安德魯斯（Ilona Andrews）
譯　　者　唐亞東
封面設計　莊謹銘
總 編 輯　沈育如
發 行 人　陳常智
出 版 社　蓋亞文化有限公司
地址：台北市 103 承德路二段 75 巷 35 號 1 樓
電話：02-2558-5438　　傳眞：02-2558-5439
電子信箱：gaea@gaeabooks.com.tw
投稿信箱：editor@gaeabooks.com.tw
郵撥帳號 19769541　戶名：蓋亞文化有限公司
法律顧問　宇達經貿法律事務所
總 經 銷　聯合發行股份有限公司
地址：新北市新店區寶橋路二三五巷六弄六號二樓
電話：02-2917-8022　　傳眞：02-2915-6275
港澳地區　一代匯集
地址：九龍旺角塘尾道 64 號龍駒企業大廈 10 樓 B&D 室
電話：+852-2783-8102　　傳眞：+852-2396-0050
初版二刷　2022年01月
定　　價　新台幣 360 元

Published an printed in Taiwan

ISBN／978-986-319-261-9

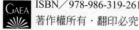